阅读之前 没有真相

午 夜 文 库

黑鹤

（日）镝木莲 著
李铁伦 王倩 译

新 星 出 版 社 NEW STAR PRESS

目 录

怨憎会苦——与怨憎的人相会

黑　鹤

我从小就非常喜欢江户川乱步先生的作品。大学毕业论文的题目就是《江户川乱步论》。我曾想，既然选择了当作家，就一定要获得冠有“乱步”二字的新人奖。可虽然有这样的想法，其实并没有做好挑战江户川乱步奖的心理准备。后来，我在杂志上看到了“立教学院创立一百三十周年纪念·江户川乱步纪念第一届立教·池袋猫头鹰文艺奖”的征稿启事。怀着对乱步先生的敬意写出的此部作品有幸入选，出席颁奖招待会的一位曾获乱步奖的作家说：“付出的努力总是会被乱步奖的评审员看到的。”这句话给了我应征第二年乱步奖的力量，我到现在也无法忘怀。本作品是最早刊载在杂志上的小说，可以说具有里程碑的意义，因此特将此作品作为本书的题目。

公司每周五的企划会议简直就像给平井步开批斗会一样。为了让发热的头脑冷静下来，平井步今天也像往常一样坐上了山手环线[①]的电车。平井在一家出版社的旅游信息部门工作，这里出版的月刊杂志《旅途悠悠》是他们的主要商品，杂志主要介绍与旅行代理店共同企划的旅游方案和一些游记。最近，由于世界局势恶化和新型传染病横行的影响，与海外游相比，较为高级的国内游更受人们的欢迎。在此背景下，原本就以中老年为对象的《旅途悠悠》杂志更加注重内容的高雅化和旅游方案的豪华化，《旅途悠悠》也因此销量大增。公司的头头们视此为良机，要求平井所在的企划部不断提出新方案并于每周五进行定期汇报。企划部共有四人，平井是其中最年轻的一个，自然备受期待能够拿出令人耳目一新的方案。无论如何，他得打破中老年人的思维定式，拿出有新意的点子来。刚进公司的时候，平井父母的年龄加起来正好一百岁，他把父母想象为读者，想出了一些比较新颖的方式。他的父母比较新潮，喜欢听披头士，到了休息日就挽着手出门，所以，平井丝毫不认为凡是中

①东京市中心的铁路环线。根据行驶方向分为外环（顺时针方向）和内环（逆时针方向）。

老年人就该去歌厅唱老掉牙的演歌[①]。

然而，在平井进公司的第四年，尤其是这半年左右的时间，无论他提出什么方案都不被采用，不但不被采用，还总被上司骂个狗血淋头。

至于为什么会这样，平井心里也有点儿数。当今，更为豪华高级的旅游方案才会受到青睐。在贫富两极分化变得严重的时代，旅游方案也逐渐分成超低价格和超豪华这样极端的两种，平井的公司走的是超豪华路线，这对出身于中流家庭，没有高级消费意识的平井来说，确实有点摸不着方向。

"什么破公司，老子不干了！"

一边这样大骂，一边把桌子上的笔记本电脑摔在地上的情景不止一次在平井的脑子里浮现。当然，他可不敢真这么干。在这个经济萧条、换个工作比登天还难的时代，不会有一家公司那么好心愿意雇用一个跳脚大骂着辞去工作的人。虽然他参加工作的时间还不算长，却也深知业界内的消息传得比千里马还快。而且，令他头疼的是，对于完全不同的业界他又一点儿都不感兴趣。

尽管净是些令人讨厌的事情，但只有忍耐。除了把怒气咽下肚子以外没有别的办法。

况且，公司里还有一个人让平井很在意，她叫真田京子，是公司的电脑排版员，今年二十七岁，比平井大一岁。她的一举一动都显得成熟稳重，优雅大方。她的脸庞细长白皙，鼻子小巧玲珑，双眼间距虽感觉稍大，但微微隆起的下巴勾勒出优雅的线条。紧闭的双唇棱角分明，微笑起来只有上嘴唇稍稍翘

①有日本特色的传统歌谣，较受中老年人欢迎。

起。每当平井在企划会议上被炮火集中轰击，精神上被搓揉得像一块破布时，只要一看到真田的面容，就会感觉得到了拯救。真田擅长和式设计，对高级物品也很在行，当平井陷入困境时，她还曾不经意地给平井的桌子上留个便条为他提提建议。虽然平井还没有向真田表白过，但已被她吸引住了。

为了让在企划会议上发热的脑袋冷却下来，平井从离公司最近的有乐町站乘上山手环线的电车，开始了绕行一周需一个多小时的旅程。这个方法是他在书上看来的，他一试还挺有效。平井感觉电车内和车窗外都会给自己带来刺激，闭塞并硬化的血管随着一站又一站的行进而变得软化，脑子也逐渐恢复思考。

只要公司不炒我的鱿鱼，我决不会主动放弃！他想。

就算考虑到最为糟糕的情况时，只要听着电车发出的那令人觉得安心舒适的声音，平井就会莫名地乐观起来，觉得顺其自然就好。

听着电车悦耳的声音，他有时还会想起曾经向往着当一名电车驾驶员的少年时代。

平井到高中时一直生活在京都，那时他一直希望能够驾驶小豆和奶黄色的双色近铁[①] 电车。从位于伏见的家到京都站，虽然只是短短十几分钟的路途，却让这个男孩子着了迷。

尽管平井还没到那种常爱怀旧的年龄，但他挺喜欢回想那个充满自信的年代。

他坐在电车上回忆着这样的往事，看着不断流向身后的风景，肚子里的怨气也渐渐消失了。他的身心不可思议地恢复了生机，也能再次迈进公司的门槛了。

---

①近畿日本铁道公司的简称。

要没什么大事的话，公司的会议一般开到中午就结束了。只有在周五，平井会利用弹性工作制将午休的一个小时延长到一个半小时，然后踏上他的环线旅程。为了在车里解决午饭问题，平井在车站的小卖店里买了饭团和瓶装茶。

车厢中银色的扶杆将座椅节节隔开，他在靠近车门一侧的双人座位坐下，把领带解下来塞进了西装的口袋里，这一瞬间他觉得自己仿佛得到了彻底的解放。

白天的山手线和通勤高峰时相比显得很空，但还不到空荡荡的程度。要想坐着欣赏车窗外的风景，得在比较容易找到空座的前方车厢乘车，眼疾“脚”快地占领一个座位。

这一天是七月的一个星期五，太平洋高气压覆盖着整个日本列岛，还没到中午，气温就已经超过了三十五摄氏度。与平常一样，平井跨进缓缓驶入有乐町的电车时有点儿气喘吁吁。

平井之所以选择坐内环方向的电车，是因为下一站是东京站，上下车的乘客很多，给人一种心情归零的感觉。而且，经过神田站后就是秋叶原，从秋叶原上车的御宅族们满是一副与尘世无缘的模样，这也让平井觉得自己给自己套上的所谓“常识”的枷锁变得毫无意义。

平井尤其对那些着迷于动画片的中年人感到又同情又羡慕。他甚至觉得自己干涸的精神沙漠因此得到了些许滋润。

平井挨个儿打量着车里的乘客，过了一会儿觉得有些看腻了。电车里的冷气开得很足，让人感到有些冷。而平井觉得自己的存在使车内的光景显得更为冷寂，他甚至开始觉得自己有点儿可怜。

就在这时，一个其貌不扬的四十岁上下的中年男人突然和平井搭起话来。

“旅游杂志也不太好办吧？”

这个男人大脸盘，脸上的胡子连到了脖子上，还逆时针地打着旋儿，使人联想到粘在磁铁上的铁砂，他给人的印象实在不雅。这个男人是从什么时候开始坐在平井旁边的暂且不说，单单是他竟然知道自己是出版社的人这一点就让平井感觉有些发怵。平井惊讶地盯着这个男人一时说不出话来。

“说错了你别介意，我看到你的圆珠笔上印着‘旅途悠悠’几个字。”

看到平井惊慌失措的表情，这个男人像答对了谜题似的，脸上得意地浮现出一丝淡淡的笑容。接着他又吧嗒起有些肥厚的嘴唇说：

“我看到你很多次了。你没注意到我吗？”

“没有。”

说着，平井把圆珠笔插进了里面的口袋。好不容易盼来的散心解忧的宝贵时间被人打搅，平井很不愉快，他毫不掩饰地把头扭向车窗的方向。这个中年男人试探性的眼神和黏人的说话方式都让他感到很不舒服。

“每星期五你都会坐这辆电车绕山手线一周，享受三十五公里多的短途旅行。到了御徒町或上野附近开始吃饭团、喝茶。哦，对了，饭团和茶每次也都是一样的东西吧。饭团是金枪鱼蛋黄酱和鳕鱼子味道的，茶是那个制造洋酒的厂家出的绿茶，对不对？”

听到这里，平井连忙用手盖住装着饭团和瓶装茶的白色塑料袋。这个中年男人说得没错，不但今天的午餐内容被他猜了个正着，而且正如他所讲的那样，他正是打算到了上野附近的阿美横丁再开始吃自己买的饭团。平井怔怔地望着，车窗外的高楼大厦在他眼前不断游走。不一会儿，列车行驶到了御徒町站。

“我很喜欢观察人。”这个男人说道。

他的胡子很浓，可头顶却是光秃秃的，比第一印象显老一些。或许，反而实际年龄比外表更年轻也说不定。这个男人穿一件浅蓝色的开襟衬衫，头部与身高一米七多的平井大约在一个高度，可他的屁股坐得很靠前，背像猫一样弯曲着，可见他的个子不矮。

“怎么样？在绕回有乐町站之前的这一个小时里，愿不愿意听听我的故事呢？当然，你不用在意，你边吃边听就行。你不是总是先吃金枪鱼蛋黄酱味的饭团吗？你吃吧。”

“那个……我们以前认识吗？”平井问道。

“不，一直都不认识。半年前我偶然看到你，那时只是观察有什么规律性的东西没有。仅此而已。哎呀，到上野站了。从有乐町到上野已经行驶了四点四公里了，我的故事得讲得快一些才行了。”

一片绿色越来越接近列车的前方，那是上野公园的一个小山丘。这片可以休息一下眼睛的绿色滑进站台只是很短的一段时间，可对平井来说好像是他的山手线之旅的一个停顿点。

“我坐电车并不觉得无聊。”平井说。

“我知道。你一定很喜欢坐电车，要不然就不会每周都来坐了。”这个男人笑着答道。

他一笑外眼角就很夸张地向下歪去，他这副像好好先生一样的表情也让平井觉得特别反感。

这家伙是不是有点儿不正常啊？手里拿着一个挺大的黑色皮包，像是个搞推销的。平井心里正这样嘀咕着，那人说道：

“你别多想，我不是什么可疑的人。你是不是有点儿在意我这个皮包啊？别担心，我不是搞推销的。虽然我的工作是销售用强磁力净化自来水的商品，但那可不是像你这样的年轻人能买得起的东西。我要给你讲的故事跟做买卖没有关系。”

“我非听不可吗？”平井小声嘟囔了一句。

“肯定对你是有好处的。我就不啰唆了，赶紧切入正题吧。这都已经到莺谷站了，又浪费了一千一百米。时间就是金钱啊，平井君。”

“欸？！”平井吓了一跳。

“我只是看到了你西装上绣的姓名而已。你别紧张嘛，平井君。”

平井感觉到，这个男人要不把他想说的话说完，肯定是不会放自己走的。座席间的扶杆好像施了法术一样，把平井和这个男人圈在了一起。

绕回有乐町的时候，如果这个人还缠着他不放，就向车站工作人员求救。现在要是刺激到这个人，万一他要出刀子什么的，说不定自己还会受重伤。

平井心里这样决定以后反倒轻松了许多。山手线一周二十九站，现在已经过去六站了，再忍受二十三站就到了。反正装着听他讲就行了，时间很快就会过去的。

“好，那我就开始讲了。我要给你讲的故事跟这个有关。”说着，他从黑色的皮包中拿出了一个小小的红色纸片。

虽然平井只是打算装着听听就好了，可还是不禁想看清楚这个红色纸片到底是什么东西，就把目光投向了他的大手中。那是一只用折纸叠的纸鹤，纸鹤的双翼没有展开，整整齐齐地贴在一起，所以看起来就像个纸片。

“纸鹤。”平井不禁开口说道。

听到平井的话，这个男人显得很高兴。他把纸鹤的双翼左右拉开，让鹤身鼓了起来。接着，他抓起平井的手，把纸鹤轻轻地放在了他的掌心中。

“没错，正是日本的传统手工艺术，折纸的基础——纸鹤。纸鹤曾风行一时，江户时代还有过介绍纸鹤折法的书籍呢。纸鹤的折法多种多样，有鹤嘴连在一起的，还有翅膀连在一起的，真是妙不可言啊。不过，后来人们开始追随西洋文明，纸鹤的折法也就只剩下现在这种了。折纸的理论还被用在了人造卫星的太阳能电池板技术上面呢。这可是日本引以为豪的手工艺术。哎呀，话题有点儿扯远了。好，你把它拆开看看。”

“是把这只纸鹤拆开吗？”

平井好像是魔术表演时被叫上台的观众一样。不知是因为这个男人说话抑扬顿挫，还是因为他的语调高傲威严，总之，平井正在成为这个男人的傀儡。

红色的纸鹤叠得整齐漂亮，应该是出自某个非常认真的人之手。平井小心翼翼地把纸鹤拆开了。纸鹤的肚子里当然没有内脏，取而代之的是一长列日语假名。

ふりふふめりめれふふきくふはめきめははは

平井反复看了三遍也没看懂。这令人想起能乐[1]演奏者喊的那些莫名其妙的号子，但这串文字更没有规律。字看起来有些潦草，想必是个男人写的。

---

①一种日本传统舞台艺术表演形式。

“你明白这是什么意思吗？”男人问。他一咬牙关，脸颊上就会突起几道筋，就像鱼鳃一样。

“一点儿也不明白。”平井回答道。

一对情侣模样的人推着大旅行箱上了车，一看就是从成田机场坐特快电车换乘来的。平井一边注意着行李牌上的旅行公司，一边想着电车应该是到达日暮里站了。

“其实这只是个暗号而已。”

“暗号？”平井盯着纸鹤问。

男人接着答道：“这是一对不被允许相恋的男女用过的暗号。你一定在想，在手机如此普及的现代社会，怎么还用这么麻烦的方法？”

平井点了点头，但他也知道并不是所有人都对手机的普及持欢迎态度。他自己就很讨厌公司配给他的手机，觉得那就像拴在脖子上的铃铛一样。不仅如此，他认为电话这个东西就不应该堂而皇之地出现在生活舞台上。电话本来是受时间和空间的限制、很难交流的情况下采取的一种联络方法。

尽管平井承认手机作为一种交流手段是很发达的，但他对手机反客为主地成为生活中心而感到厌恶。无论在什么地方，正在做什么，都会听到手机铃声。面对面地跟别人谈话的时候它也会肆无忌惮地来打断。有一次，平井的手机铃声忽然响起的时候，正一起做色调校正的真田京子吓得怪叫了一声。听她发出那种不高雅的声音只有那么一次。

“平井，你不会是那种坐电车时也不把手机调震的没有礼貌的人吧？”

京子咬着下嘴唇，脸上露出不同以往的严肃表情。平井这时感觉到，从文静中显露出严肃的样子也会成为女性的一种迷人魅力。

车窗外，公寓楼和住宅越来越多。电车经过田端站，驶向下一站驹込。

那个男人开始讲故事了："名古屋有一家名为'丸定'的很大的布料店，这家有一个独生女叫入江香乃，香乃就是这个故事的女主人公。男主人公，也就是这个故事中的罗密欧，叫宇崎慎也。这两个人同岁。"

香乃患有先天性心脏病，病名为病态窦房结综合征。过了二十四岁生日时，她做手术装了心脏起搏器。然而，手术后她就从医院消失了。这是发生在三年前的夏天的事情。

"不用说，医院里是绝不能用手机的。不光是手机，小型无线对讲机等能产生强磁场的东西都会导致心脏起搏器紊乱，是要命的东西。而且，香乃的家人怕她跟宇崎慎也私奔，便派人看守着病房，不让宇崎靠近一步，还监视着香乃不让她用固定电话。可尽管如此，严密的防线还是被突破了。"

说到这里，男人看起来有些悔恨地用拳头捶了一下自己的大腿。

"是那个宇崎把她带走的吧？"平井问。

"没错。后来人们才知道，原来宇崎每天都去医院，只是没有和小姐，哦，就是香乃，有过直接接触。本来，香乃的住院时间加上检查也就只有两个星期，可她的父母经过深思熟虑，为了给她一段时间冷静冷静，特意延长到一个月。香乃体弱多病，父母一直很疼爱她。他们也相信女儿是个保守又听话的孩子。他们以为，只要让女儿冷静上一个月，私情杂念就会像出麻疹一样消失得无影无踪。要是女儿还不能冷静下来，就把她送到岩手县的医院去疗养，一切都打算好了。"

“可结果香乃还是没能冷静下来？”

“呵呵呵，那是当然。两个人每天都在向对方传达着爱意啊！他们虽然无法用语言交流，但用的是一种更加刻骨铭心的方法。”

男人面似微笑地说着，但眼中却没有笑意。虽然只是一瞬间，他那微微下垂的眼角和突出的下嘴唇在平井的眼中映出了一副哭丧着的脸。

“他们用的方法就是这只纸鹤吗？”平井问。

“是纸鹤和暗号。”

男人这样清楚干脆地回答时，电车行驶到了池袋站。许多中年女人和学生涌上电车，车里开始变得有些拥挤。一些晒得黝黑的年轻人从别的车厢移动过来，带来了快活自由的空气。平井解开衬衫最上面的扣子，深深地吸了一口气。电车行驶在大型百货商店之间，各种广告上的文字纷纷闯入眼帘。

平井低下头，又看了看布满了放射状折痕的纸。

ふりふふめりめれふふきくふはめきめははは

怎么看也看不出这是能够传达爱意的字符。

“这到底写的是什么呀？”平井憋不住问道。

“在解释之前我得先向你说明一些情况。”

两个人是在香道教室相识的。布料店丸定很讲究店内的香气，常在店里放置香袋或点香，因此，入江家代代都要学习香道。香道老师的门下还有一个年轻人，他就是宇崎。那么，宇崎年纪轻轻，为什么要学习香道呢？

“其实宇崎家也是经营布料的。只不过毛色不够正，就是所谓乙级货批发店。宇崎慎也的父亲从前在京都做贩卖旧衣服的生意发了财，就把生意做到名古屋来了。后来，就诞生了这个罗密欧与朱丽叶的故事。”

一家是始于江户时代的布料店老字号，另一家是前不久还在贩卖旧衣服的暴发户。先不谈销售额多少的问题，单是两家大相径庭的格调就给两人之间筑起了一道高墙。

男人接着说：“人手里有了钱财，接下来就想要名誉。既然没有格调，那就去追求格调好了。所以宇崎家也开始去学香道了。”

“那个……香道是怎么一回事啊？”平井问。

“哦，对了，你还年轻嘛，可能不懂香道。看着挺老成的，我感觉好像在跟三十多岁的人谈话呢。香道啊，简单地说就是炙烤香木，品闻香气之道。”

“就跟品酒差不多，是吗？”

“你这个比喻好！没错，跟品酒是一个道理。不过，香道原本是流行于贵族间的一种消遣，有很多规矩和礼仪。香道是继花道和茶道之后的日本传统文化之一，相当深奥，要是现在给你讲，恐怕得在山手环线上再绕上两三圈才行，我就简明扼要地给你介绍一下吧。通常，香道的修行是以组香的形式来进行。各组香分别被冠以文学作品的题目，然后品闻鉴赏。香道中的源氏香图很有名，还被用于和服的图案呢。你也应该在哪里见过。”

说着，男人从黑皮包中拿出一张好像锦标赛赛程表一样的一览表递给平井。

平井看了一下说：“不好意思，我还真没见过。”

“那这张表就送给你吧。你别担心，请放心收下。我应该跟你说过了，我不是搞推销的。况且这张表跟我要讲的事也有一定的关系。”

在香道教室相识的两个人之间产生了爱情，渐渐教室里的人都知道了。没多久，两人相恋的消息也传到了父母的耳中。宇崎家常在丸定的商业地盘内举办乙级货的推销特卖活动，给丸定的利润造成了不小的打击，丸定本来就对宇崎家怀恨在心，所以香乃的父亲当然不会同意两人的交往。

宇崎家卖的虽说是乙级货，其实并不都是有毛病的。有很多和服、腰带是在中国或韩国纺织的，质量上完全没有问题。只是因为打的是日本和服的旗号，标签上就不能标“Made in China”，所以大致工序是在海外完成，运到日本后剪剪线头等完成最后的工序就上市了。

“香乃的父母坚决反对自己的女儿与奸商家交往，就极力想要给女儿相亲。可是只要本人不愿意，相亲是不可能成功的。”

电车经过高级公寓楼林立的目白站，朝着高田马场站驶去。还有十五站电车就要到达有乐町站了。不知为什么，平井开始感到有些焦急。也许是红色纸鹤和这对男女的爱情故事与自己内心深处隐隐约约的恋爱情结产生了共鸣吧，半个小时之前恨不得能马上驶到的有乐町，现在反而随着路程渐渐缩短而变成了一个不想到达的地方。

“她的病，我是说香乃的病，很严重吗？”平井问。

“三年前，她二十四岁的时候，由于一直服用主治医生开的药，再加上她性格温和，生活悠闲自在，所以病情比较稳定。香乃多才多艺，擅长舞蹈和古筝，还会绘制友禅[①] 的图案。可自从她跟宇崎认识以后，也许是因为生活规律发生了变化，就经

①日本一种具有代表性的染布技法。

常出现心律不齐的情况。”

“所以才决定做手术装心脏起搏器，是吗？”

“为了让香乃和宇崎分开，入江家也是利用了女儿的病。”男人叹着气答道。

看到他的这副样子，平井开始对这个男人产生了疑问。对入江家的内情掌握得如此详细，直到今天还收藏着那只纸鹤，他到底是什么人？这个问题涌到了嗓子眼，可平井却没有胆子吐露出来。曾几何时，这个满脸胡楂的男人就像变成了一棵参天大树般存在感十足。

男人接着讲他的故事：“七层高的住院部楼房的四楼有个特别房间。隔着一条马路，对面是一座十几层高的写字楼。这两栋大楼在楼群中显得尤为突出，不熟悉这里的人可能会觉得像是一对双胞胎一样相似。白天倒没什么，可到了晚上，写字楼变得漆黑一片，只有玻璃窗比较显眼，整个大楼空荡荡的，有种阴森森的感觉。在对面住院的一个男孩子说，像坟墓一样可怕，还说看到了鬼火。”

新宿站到了。就像是到了总站一样，上下车的乘客们都匆匆忙忙的。此时，“鬼火”这个词从一个大男人的口中说出显得有些滑稽。

“当然，不可能是什么鬼火啦。平井君。”

“可这也和两个人的私奔是有关系的吧？”平井环视了一下周围，接着问道。

周围的乘客们都变成了新面孔，只有自己和满脸胡楂的男人一直坐在那里。他甚至有一种感觉，仿佛以后也将永远坐在这里不会离开。

“医院的七楼有喝茶谈话的房间，还有一个图书室，这个图书室还有专门的管理员。虽然借书只限住院的病人，但来看门诊或来看望病人的人也可以在这里自由阅览。每到傍晚，就会有一个保安人员到图书室来。准确地说，是穿着保安制服的宇崎慎也到图书室来。制服这东西就像是隐身衣一样，不会给人留下脸部的印象。这个有些奇怪的保安到了图书室却一分钟也不停留。图书管理员见过他好几次，每次都是像巡逻路过一样，在书架周围绕一周后就离开了图书室。这么短的时间就连小孩子的图画书也看不完啊。”

“所以他没有引起别人的注意吧？”

“等人们注意到的时候一切都已经晚了。鬼火、图书室，还有纸鹤和暗号。谁都没有想到这两个人会聪明到那种地步。这是爱情的力量吗？我不愿这么认为。他们俩肯定是在做游戏呢。图书室五点关门，关门前宇崎到书架附近转一圈。到了第二天十点图书室一开门，喜爱读书的香乃就头一个来到图书室。说到这里你应该明白了吧？”

“宇崎傍晚到图书室来，把写有暗号的折纸放在某个地方，第二天图书室一开门，香乃就头一个进来把折纸取走。编制暗号是为了防止被别人看到而泄密。”平井边说边凝视着手中的折纸。

“两个人的游戏真是愉快，他们用了一种只有两个人知道的信号，把藏折纸的地方也做了规定。我刚才提到的住院的男孩子非常有洞察力。你还记得暑假作业中的绘图日记吗？就是我们曾经都很头疼的那个。那个男孩子才七岁，虽然画儿画得不算好，但关键不在画得好坏，而在于细致准确的记述。”

男人拿出一张 A4 纸，上半部分像是蜡笔画的画儿，下半部分的竖线上大大地写着一些字。看起来是把两页绘图日记复印在了一起。因为是单色复印，绘图部分都是黑色，看不出画的是什么。

然而，文字部分却显得更加清晰。

8月2日，晴。我在住院。大楼的坟墓里有鬼火在转圈圈。不过，仔细一看是在练习数数儿呢。一一三四五，数字的顺序不对呀。

8月3日，晴。我在住院。今天前面的大楼里也出现了鬼火。鬼火还在练习数数儿呢。一二二四一，谁能教给它一二三四的顺序该多好啊。

“男孩子说‘11345’和‘12241’是鬼火写的数字。”

“这孩子认为数字的顺序有问题。”平井说。

“是的。如果是大人的话可能不会去仔细看，也记不住。但对这个孩子来说却是一件印象极深的事情。他一定觉得把数字的顺序，而且是五以内的数字顺序搞错是很不可思议的。”

“这数字到底是什么意思呢？”

电车进站时速度一放慢，平井就会感到有一种焦躁感袭来。他从来没有像今天这样觉得山手线车站间的距离这么近。高层建筑和购物商城的影子映照到车窗上，代代木站马上就要到了。这个男人会不会只是把自己的兴趣勾起来，然后留下一堆谜团就离开呢？如果是这样的话，那他的目的是什么呢？说不定就连平井开始怀有这样的疑心也在这个男人的计算当中。平井装出一副平静的表情，又问了一遍。

“这数字也是暗号吗？”

男人闭着眼睛，好像一下子睡着了一样，没有反应。电车通过皇室专用的明治神宫参拜月台就到原宿站了。电车刹车减速的感觉很明显，平井随着惯性靠向坐在电车行进方向的男人的胳膊。这时，一丝微微的香气钻进了平井的鼻孔。难道他也学过香道吗?

“是香的味道?”平井问。

“你闻得出来吗?”

男人像突然打开了开关一样发出了声音，接着又像什么都没有发生过一样开始继续讲。

“他们是利用了刚才我给你的那张源氏香图。据图书室管理员说，还记得香乃急切地翻看圆地文子①翻译的《源氏物语》的样子，可她却总是只翻不借。所以我才这样推测。”

宇崎的保安制服是从自家公司下属的一家保安公司借来的，乔装成一个保安毫不费力。之所以到对面的大楼转悠也不会引起怀疑，是因为这家保安公司实际上担任着对面大楼的保安工作。一切都在计划之中。

到了傍晚，乔装成保安的宇崎来到医院图书室，把折纸夹在《源氏物语》的特定书页里后就马上离开。因为万一被入江家的人看到的话，肯定会加强戒备，所以停留在医院的时间越短越好。

之后，宇崎通过对面大楼的窗户把特定页数告诉香乃。那么，在黑暗的玻璃窗上写数字的“鬼火”是什么呢?

“平井君，会议上不是经常用吗，那种红光?”

周围变得有些昏暗，使平井有一种仿佛穿过山丘般的错觉，电车行驶到了原宿站。乘客的平均年龄突然降低了，车厢中到

①圆地文子是日本的小说家。翻译成现代文的《源氏物语》的版本很多，圆地文子的译本是较为有名的版本之一。

处响起年轻人又尖又细的声音。

“是激光笔吧。”平井瞅着站在自己面前的少女的金黄色头发说。

男人也注意着周围的人群，靠近平井的耳边告诉他说：让目击到“鬼火”的男孩子看了激光笔的红光后，男孩子说跟他看到的“鬼火”完全一样。

图书室所藏的圆地文子翻译的《源氏物语》共十卷。开始以为数字表示的是卷数和页数，但后来发现这种表示方法与位数不符。比如“11345”，因为没有第十一卷，所以只能理解为第一卷的一千三百四十五页。但全卷平均只有三百多页，四位数字就说不通了。“12241”也一样，是根本不存在的页数。

“这对恋人是在香道教室相识，香道与《源氏物语》相联系的话，那只有源氏香图了。”

《源氏物语》从“桐壶”到“梦浮桥”共五十四回，源氏香共有五十二组，除去首末的“桐壶”和“梦浮桥”，就可以用源氏香图来代表《源氏物语》中的五十二回了。源氏香的品玩方法为：将五种香木各准备五包（共计二十五包），从中任取五包后依次闻香，品鉴各种香气的异同。香炉经五次传到闻香人面前，闻香人每闻过一次就从右到左画一道竖线，哪几种香气闻起来相同，就在顶端用横线把代表该种香气的竖线连起来。比如第一种和第二种香气相同，就用下图来表示，这个图案是“空蝉”。

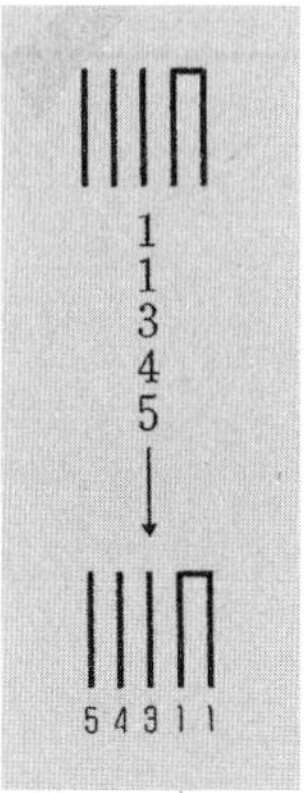

"'11345'和'12241'都是五位数字。代表五种香气都不同的'帚木'用五位数字表示为'12345'，那么第一种和第二种香气相同的'空蝉'就可以表示为'11345'。这样推算的话，'12241'表示的就是第二种与第三种相同，第一种与第五种也相同。"

平井听后立即抄起源氏香图，开始搜寻与之相符的图案。

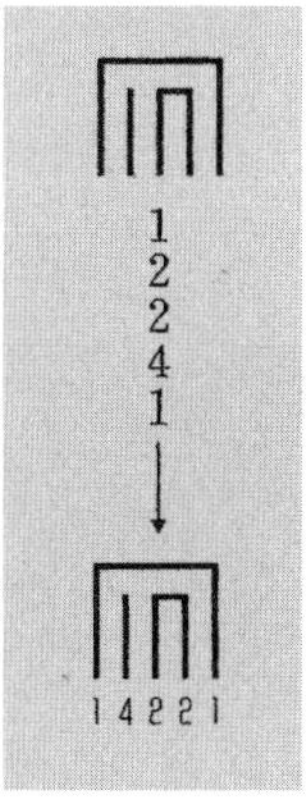

"'铃虫'！是'铃虫'！"

坐在对面的老夫妇被平井的声音惊得抬起头来，接着相视而笑，目光中仿佛在说：现在正是盛夏季节，谈铃虫有点太早了吧。

男人接着说：“除此之外，那个男孩子还看到了‘11341’‘12221’‘12341’等数字。这些数字代表什么，不用我说你也应该明白了吧。”

“明白了。分别是‘横笛’‘竹河’和‘幻’。”平井回答。

“这样一来，马上就能知道折纸藏在哪里了。”

平井又问：“可是，为什么不藏在同一个地方呢？比如定好了‘夕颜’就一直藏在‘夕颜’中不行吗？干吗搞得这么麻烦呢？”

“开始我也这么想。可后来我明白了，他们之所以这么做，是为了确认彼此的爱意，这就好像一种仪式一样。两个人共有的秘密中肯定有一种甜蜜的感觉。”

说到这里，男人歪起了嘴唇，脸部也跟着扭曲起来。

一个魁梧的男人与一个懦弱的年轻人手里拿着纸鹤谈话，这幅景象在其他乘客眼中一定显得有些奇怪。这两人看起来像是老相识但又不像是朋友。从年龄上看可能是上司和部下的关系，却看不出两人之间有足够的信赖感。当然，谁也不会看出来，这个年轻人正在魁梧男人铺好的轨道上被牵着鼻子跑呢。

埼京线的站台出现在了眼前，这说明电车已经过了涩谷，离惠比寿站不远了。平井感到一阵尿意袭来。这是心情焦急时常常产生的生理现象。

“我说过，谁都没有想到他们俩会巧妙到那种地步。香乃不但没把收到的写有暗号的折纸毁掉，还把它折成了千纸鹤摆在了大庭广众之下。其实，宇崎向香乃发送的每一步私奔计划都在她父母的眼皮底下。她母亲看着折纸鹤的女儿，万万没有想到里面藏有天机，而只是把期望手术成功的心愿寄托在了千纸鹤上。”

“那些千纸鹤……”

“当然也都在我这里。”

“他们对暗号那么有自信吗？”

“倒也不是。我刚才说过，那暗号其实没什么大不了的。”

“可是千纸鹤就留在那里，如果被人破解的话事情不就暴露了吗？他们一定认为暗号不会被破解才没有带走的吧？”

“他们不怕事情暴露。只要出了名古屋，他们反而愿意向世人显示两个人有多么相爱。嗨，先不说这些了，你再好好儿观察观察折纸上的暗号。”

平井无论怎么看都看不出来。

男人看平井一直歪着脑袋冥思苦想，就开口说：

“明治时期的旧衣铺曾用过这样的暗码：‘ふくはきれりめでたや’。这十个文字分别表示从一到十的数字。比如‘ふたでや’就表示一千九百八十日元。当然，现在已经不用这种暗码了。你不觉得‘ふりふふめりめれふふきくふはめきめははは’这些文字和折纸中的暗号有些相像吗？”

原来如此！暗号里的假名文字无一例外地包括在旧衣铺的暗码中。不过，说不定这也许只是偶然的。

“那我告诉你吧，我手里这四十二只纸鹤中的文字里都没有用到暗码以外的假名。”男人好像看穿了平井的心一样。

电车已开过了五反田站。男人不紧不慢的态度加剧了平井的尿意。他的膝盖微微地哆嗦着，把震动传送到座椅上。

“藏在《源氏物语》中的折纸上代表数字的暗号的个数是

偶数。这要是希腊文字的话，可根据叫作‘波利比奥斯密码表’的一种棋盘密码来解读。α、β、γ……字母依次以五行五列排成矩阵，为表明各个字母的坐标，纵横行列分别标上一到五的数字。例如一和一表示α，一和二表示β，等等，这样就可以用两个数字表示一个字母了。当然，用这种方法表示罗马字母也是可行的。但是，两个人一直用的是源氏香、源氏物语、旧衣铺暗码等日本传统智慧，到这里突然改用希腊或罗马字母应该不大可能。他们俩的游戏充满了惊险与激情，同时也令人感受到独特的美学。不是吗，平井君？”

平井只能默默地点头。不必要的插嘴只是浪费时间。电车又驶过了一站。

“关于暗号我也做过一些研究，暗号必须是临时性的。而这两个年轻人要想不利用随机数表就能够瞬时解读，就需要有一定的坐标方式，而且这得是不费力就能记住的或者是已经很熟悉不用再去背的方式。这样的话，只要通过简单的学习就可以掌握了。我还看过江户川乱步的分类表，我知道坐标方式是很有讲究的。”

也许是心理作用，平井觉得男人的语速变得快起来了。

正在这时，电车到了田町站，开关车门的方向变了。平井只是任凭男人讲下去，他觉得以后不会再有机会听了。平井有一种预感，这个男人讲完故事就会消失得无影无踪，并且永远不再出现。

“把折纸上的暗号用暗码置换成数字，‘ふりふふめりめれふふきくふはめきめははは’就是‘16117675114213747333’。

你再看，这些数字都在‘7’以内。如果用五十音图① 当坐标的话，由于母音是五个，可以表示‘7’的就只能是子音的纵轴。但是五十音图中不可能出现‘76’这样的组合，所以坐标方式不会是五十音图。那么，我们再来试一下更古老的假名表《伊吕波歌》② 吧。”

电车内空调开得很足，可男人的额头上渗出了汗珠。他用高级手绢擦干汗，又咳嗽一声清了清嗓子，继续说下去。

“‘いろはにほへと、ちりぬるを、わかよたれそ、つねならむ、うゐのおくやま、けふこえて、あさきゆめみし、ゑひもせす。’《伊吕波歌》不受母音限制，我们可以把开头的‘いろはにほへと’这七个字作为第一列，接着把其他假名依次排列成七乘七的一个表。这样一来，‘76’的组合问题就解决了。那么，查找坐标时是按（x，y）的顺序，还是（y，x）的顺序呢？这个简单，两种都试一下就看出来了。一种是：16＝へ、11＝い、76＝无对应。另一种是：16＝あ、11＝い、76＝し。”

め(7)	り(6)	れ(5)	き(4)	は(3)	く(2)	ふ(1)	
ゑ	あ	や	ら	よ	ち	い	ふ(1)
ひ	さ	ま	む	た	り	ろ	く(2)
も	き	け	う	れ	ぬ	は	は(3)
せ	ゆ	ふ	ゐ	そ	る	に	き(4)
す	め	こ	の	つ	を	ほ	れ(5)
	み	え	お	ね	わ	へ	り(6)
	し	て	く	な	か	と	め(7)

①将日语的假名按母音和子音排列的五行十列的图表。

②始于平安时代，使用日语全部假名，且每个假名只使用一次所作的诗。

“按（y,x）的顺序查找就会出现无对应的情况吧？”

“是的。这下答案就出来了。‘あいしているよくなれ（愛している良くなれ）[①]’。‘我爱你，早日康复。’怎么样？一字不差吧？这样，解读暗号的方法就找到了。宇崎就是用这种方法一直向香乃传情送爱。四十二只纸鹤中净是些爱啊恋啊，不要输给病魔啊，我在注视着你啊什么的。这还谈何冷静，简直就是火上浇油嘛。”

“这也是一种执着吧。”

“执着？是这样啊……”

男子这次从裤兜而不是皮包中拿出了一只白色的纸鹤。

“这是最后一只纸鹤。你拆开看看吧。”

平井很快地拆开了纸鹤，里面写着一大串暗号。

きれめきめはめはめくふふめふふふははれりふふふめはりはふふくめりくりふりきれくれふめ

“替换成数字就是‘45747373721171113356111736311276261 6452517’。”

平井又小声重念了一遍，对照着《伊吕波歌》坐标表解读为以下内容，但意思不大清楚。

“フクナナカイトイレメイエキハチシサアフマエ。”

男人为他解释道：“这是‘衣服在七楼厕所，名古屋站萨博犬像前见’的意思。当地人把名古屋站叫作‘名駅’。‘サーブ’

---

①日语中有平假名文字、片假名文字以及汉字。简单地说，平假名类似英语的小写字母，片假名类似大写字母。此外，有的假名可以用汉字表示，反之，汉字也能用假名来替代。因此，同样意思的一句话可用不同的写法来表示。

是指为了帮助主人而失去一只腿的导盲名犬萨博，名古屋站前有这只导盲犬的塑像。不过听说现在建了新的塑像，移到别的车站去了。”

香乃换上宇崎为她准备好的衣服，两人在名古屋车站的萨博像前集合后，成功地私奔了。就在那个夏夜，上演了一幕逃避现实之行的童话。

不过，这个故事完全是由平井身旁这个男人提供的信息构成的。纸鹤、源氏香图、暗码等，谁知道这一切到底是不是真实的呢？如果是这个男人在妄想，那平井可真是被骗得够惨的了。

还有，他把故事全部对平井讲完，对他自己又有什么好处呢？

“平井君，我有一件事想请你帮忙。”

男人突然睁开眼睛，从拿出白色纸鹤的相反的裤兜里摸出一只黑鹤。

“我想托你把这个交给她，告诉她这是我现在的心情。我找了她三年，终于找到了她。”

这个人是不是疯了？突然要托人送什么黑鹤？送给谁呀？

“香乃的相亲对象就是我。虽然我们年龄相差二十多岁，可我一直作为丸定的领班努力地工作了许多年。我亲自跟入江社长谈判，说香乃小姐要继承丸定一定会需要我，总算得到了相亲的机会。入江夫人开始对我的年龄和外貌不太看好，后来也终于被说服，同意我们相亲了。在医院看守小姐也是我自告奋勇去的。我从小姐还在上学的时候就喜欢上她了，我一直梦想着能和她在一起，为此拼命地工作。可结果她却跟人私奔了，而且，她把我对她的监视当成了一种游戏还乐在其中。当我解开一只只千纸鹤的谜题，读着那一句句恶魔的诅咒时，你能理解我的心情吗，平井君？”

“你为什么要把这些事情告诉我呢？”

“对不起，我有些过于激动了。说了一大堆，其实我就是非常爱香乃。所以当我得知她的私奔是为了从我身边逃开时，我真不知道该如何是好。我甚至想找到他俩，把他们撕碎。可是，平井君，当我真的找到香乃，在角落中偷偷看到她的时候，我突然变得想原谅她了。所以，我不想在她面前出现了。让一切都付诸东流好了。我只希望她能把这个胸针收下。”

“这黑色的千纸鹤原来是个胸针啊？”

“是用石头特制研磨成的。请把这封信一同交给她，她看了就会明白的。”

“可你为什么非托我去呢？”

“因为她就在你的公司工作。”

“我们公司没有叫香乃的人呀？”

“她现在的名字叫真田京子。”

“什么？真田就是香乃！”

“丸定这个店名是出生于长野县小县郡真田町的创始人起的。宇崎的故乡在京都，所以合二为一叫了真田京子这个名字吧。这想必是爱好暗号的宇崎想的名字。好了，快到有乐町了，回到公司后请务必把东西交给她。我说了那么多，就是希望你能够理解我的心情。”

“真想不到她有那样的过去……”

平井不愿相信真田京子竟然跟别的男人私奔过。

平井接过了信封和沉甸甸的胸针，走下了电车。可他却无法释然。折纸和源氏香图不知何时已被男人收走了。他的右手里还和上车时一样，拿着车站小卖店的塑料袋。要不是胸针的重量，恐怕他会以为自己是碰上了狐仙。

走出检票口，过了一个人行横道，平井走进一家大型量贩店一楼的一家咖啡店。他要了一杯冰拿铁咖啡后到自己的位置上坐下了。那个信封是白色的，十分普通。他轻轻一捏信封的两端，信口就张开了，里面折成四分之一的浅蓝色信纸仿佛在探着头看着自己。

平井一口气把冰凉的液体用吸管送入喉咙，然后看了看表。已经是一点十五分左右了。

“要迟到了……”

平井嘴里这样嘟囔着，可还是输给了好奇心，把信纸从信封中抽了出来。

> 香乃小姐，我终于找到你了。但你现在已经有了圆满的家庭和工作，幸福地生活着。看到这一切，我决定把三年前的事情当作一场梦。我是绝对不会在你面前出现的，请放心。丸定受到经济不景气的影响，上个月倒闭了。社长和夫人的精神状态很差，希望你起码给他们打个电话问候一下。此致。祝好。

这并不是平井所期待的内容。平井以为，这个男人只是嘴上说得漂亮，而实际上，他的心中一定滚滚地流淌着憎恨和痛苦。而且，信中连他的名字也没写，也没提到礼物的事，就凭这么一封短信，真田京子能明白是怎么回事吗？再说，真田京子真的就是香乃吗？

“不想那么多了，总之，先把这事当作迟到的借口吧。”

平井把塑料咖啡杯的盖子打开，喝光剩下的冰拿铁，走出咖啡店。热风就像事先瞄准了他似的呼地袭来。

平井回到了公司。上午开完企划会议之后，企划室里仍然弥漫着凝重的空气。京子一边摘下防电磁波的围裙，一边从制作室走来。她的手里拿着一沓汇总了上午会议课题的资料，每部资料都认真地用金属别针别在一起。

京子正在向平井的上司做汇报。她说话声音不大，但吐字十分清晰。对平井说话时总是尖酸刻薄的课长，在京子面前却像被抚摸着的猫一样，不时发出附和的声音。

平井决定等他们说完话再去找京子。他坐回到办公桌前，把装着胸针的信封随手扔在了没装盒的软磁盘和堆成山的资料上。

“他的信里也没提胸针的事啊。”

平井正在自言自语，看到京子向上司鞠躬后又重新系上围裙，就把信封揣进裤兜里，站起身来朝正要回制作室的京子身后赶去。

平井在走廊追上了京子，把刚才乘山手线电车时发生的事情简单地说了一遍。

“哦，是吗。”京子低着头，只回答了这么一句。

“啊……那个……这是我送给你的。”

平井的嘴里溜出了这样一句话。他很快地从信封中取出胸针交给京子，又马上把信封揣进裤兜里，并在裤兜里面把信封和装在里面的信揉成了一团。

“为什么送我礼物呢？”京子问。

“听了关于你的许多事情后，我变得更喜欢你了。虽然我知道说出来也没有用，但还是想把我的心意传达给你。”

“黑色的鹤很少见呢！真漂亮！”

京子头一次在平井面前显露出天真可爱的表情。她解下围裙，把黑鹤模样的胸针别在白色衬衫的左胸前给平井看。

平井害羞难耐，连忙返回到自己的座位去了。身后传来了京子的道谢声。

平井打开了休眠中的电脑开关，那早已看惯了的桌面壁纸仿佛有一种新鲜的感觉。现在他清楚地明白了自己对京子的感情。他觉得好久没有这么心情开朗了，现在重新考虑企划一定会很顺利。他哼着歌拿起面前的专用软磁盘插进电脑驱动器，可试了好几次总是出错无法读盘。

“是磁盘坏了吧？”一位年轻同事的声音从他身后传来。

“不好！”

平井猛地冲向制作室，三台电脑中最里面的地方是京子的位置。

“真田小姐！”

京子聪颖的额头俯在键盘上，那姿势就好像一只鹤把头埋在胸中正在睡觉一样。平井走近，看到京子的嘴唇在微微地抖动着，喉咙中发出痛苦的喘息声。她睁大眼睛一眨不眨，充血的眼中流出了大滴的泪水。

“快叫救护车！真田小姐……真田小姐她！”

平井一边大喊，一边为了减轻京子胸部的压迫把她的身体扶了起来。京子手里厚厚的资料雪崩一般散落开来。不对，资料并没有散落在地上，而是朝着与重力相反的方向，纷纷涌向京子的胸前。纸片仿佛化作白鹤的羽翼，别在上面的别针就像鹤嘴一样纷纷向黑鹤啄去。

“糟了！是、是磁铁！”[①]

（李轶伦 译）

①作者注：现在已经开发出了不易受强磁影响的心脏起搏器。

莱卡的证言

本作是为了回应读者的要求而写的医疗推理小说。在这部作品中，《曲折光》的女主人公兽医医师内海绫子再次登场。《曲折光》是我获得乱步奖之后，花了两年时间写的小说。绫子的父亲是日本屈指可数的一流脑神经外科医生。父亲去世后，绫子继承他的遗志，为了成为一名脑外科医生再次考进医学系学习。在海外，有专家认为进行人与动物共通的医疗研究是具有必要性和有效性的。事实上，在制造用于人类的药物时，都要使用白鼠等进行临床前实验，如此想来，这也许是理所当然的事情。那么，就请读者们来欣赏绫子是如何从兽医的观点来解开谜团的过程吧。

1

那天，田所谕一在会议室里向原岛仁史的妻子果步讲解了她丈夫的病情。

“怎么样？现在平静一点儿了吗？”

“是的，医生。”说完，果步就低下了头。

田所觉出她对自己的态度有些疏远，而且好像在回避自己的眼睛，就问：“你怎么了，出什么事了吗？”刚问完，他不禁苦笑起来。就连自己也觉得这个问题有些可笑。是她昨天凌晨叫救护车把丈夫送到医院的。他接着补充了一句：“我的意思是，你对我……”

“没有，什么也没有。”果步只是摇头，不去看田所的眼睛，“那个……我丈夫的情况怎么样？”

“嗯，你看一下。”田所停顿了一下，把三十二英寸的显示屏转到果步面前。从两年前起，滨松庆明医科大学第二医院所有的检查数据都电子化了。无论是X光透视、CT或是核磁共振都不需要胶片，而是用电脑屏幕显示。“这是你丈夫刚送到医院时拍的CT图像。这次发作是脑栓塞。虽然现在还没有恢复意识，但目前没有生命危险，所以你不用担心。不过，看样子送医院前耽误了一些时间，右脑受损较严重，今后出现偏瘫的可能性是比较高的。”

“偏瘫？”果步听后抬起头来，两人的目光终于交汇在一起。“进行康复治疗的话能不能……”

“康复治疗……”

“情况这么严重？连康复治疗都没法进行吗？”

“你就那么担心他吗？”田所伸出两手，抓向果步放在大腿上的双手。

“别这样！”果步立即把手缩了回去。

田所为了掩饰两手抓空的尴尬，顺势把双手交叉在胸前，说：“你不会到现在又后悔了吧？”

“是有些后悔。”果步的声音小得几乎听不见。

“你心里一定很乱，这我能理解。可我是认真的！”田所说。

“您是有妻子的人。”

“是啊，你不也有丈夫吗？”田所瞥了一眼灰黑色和白色的大脑 CT 图像，又说，“这些你我一开始不就知道吗？”

“所以我才觉得后悔。”果步咬着较厚的下嘴唇默不作声。

他们俩是两年前相识的。果步的丈夫因头疼和呕吐不止，在妻子果步的陪同下来到滨松庆明医科大学医院。初诊是在脑神经内科做的，但因为发现额叶有胶质瘤，就被转到第二医院脑外科田所谕一这里。

胶质瘤是典型的恶性肿瘤，发展很快，所以进行活体组织检查后马上就做了开颅手术。经过手术，肿瘤几乎都被切除，最小限度残余下来的肿瘤，通过服用抗癌药物和放射线治疗就可以有效地减缓扩散。

事实上，原岛的健康状况大有恢复，可以回到他经营的房地产公司做一些简单的工作了。可与此同时，他对果步的态度却出现了很大的变化。

原岛有时会很郁闷，出于关心问候他一下，反倒会大发雷霆。他一不顺心就胡乱撒气，常随手抓起手边的东西就摔到墙上。后来甚至对果步动起手来。

由于做肿瘤手术时同时切除了部分大脑，而且，手术后进行放疗也会产生一定的影响，因此会造成轻度麻痹和性格突变等情况。在手术中，由于控制理性的前额联合区被部分切除，所以原岛变得情绪狂躁，常无法抑制怒气。

尽管院方多次向果步说明，原岛变成这样并非性格问题，而是一种病症，但原岛日益严重的暴力已经开始摧毁果步的神经了。

果步四十二岁，田所第一眼看到她时就对她那忧郁的眼睛和嘴唇十分在意。看着她陪原岛做检查时苦恼的样子，田所的心里不禁产生了一种想要保护她的念头。渐渐地，两人的关系自然地密切起来。

田所当了二十一年医生，做梦也没有想到会在年过半百的时候真心喜欢上一个女人。他与妻子圭子结婚是恩师做的媒，他们的婚姻早已名存实亡。圭子只对美术品着迷，和朋友一起去国外参观美术馆是她最大的乐趣。比果步大五岁的圭子跟忧愁二字无缘，除鉴赏美术品之外，品尝海外美食更是她的一大嗜好。

田所之前也有过一些婚外情，可都是玩儿玩儿而已。但对于果步，他是动了真情。

田所接着对果步说：“我们都清楚自己和对方的情况，在这样的前提下才发展成这种关系的嘛。这也是……"

田所刚要接着说出"命运"这个词，却没有说出来。作为一名医生，他拯救过许多其他医生已束手无策的脑癌患者，给许多认为命数已尽而放弃治疗的患者带来了希望。田所觉得，如果从医生口中说出"命运"这两个字，就等于承认患者需要依靠医生以外的某种力量，也就等于宣告医疗的失败。

"难道你是因为想从照顾丈夫的劳累中解脱，只是拿我当个消遣吗？"田所这样改口说道。

"不是这样的。我可没那个本事。其实我……"

"其实你也和我一样，是吧？我们只是相遇得晚了一些而已。"说着，田所把手伸向果步裙子下露出的膝盖。她的身体抖动了一下。

"我好怕我丈夫。"

果步的背上和腹部有好几条长长的伤痕，是丈夫用怀表的表链狠狠抽打出来的。这些伤痕穿着衣服就会被盖住、看不出来，可见殴打时并不是一时冲动，而更像是一种阴险的故意虐待。这不得不令人怀疑，原岛对果步施暴是否单单缘于大脑损伤。

"反正他住院的时候肯定伤害不到你。"田所嘴上这样说，可心里仍有些不安。虽然原岛的身体左侧有些麻痹，可右手完全没有问题。而且，他恐怕会因身体无法自由活动而变得更加暴躁，人也可能会变得比以前更为凶恶。不仅如此，由于原岛的语言中枢没有受损，所以他的语言暴力也可能会愈演愈烈。

果步握紧了田所的手说："他曾说过，要在自己身体毁掉之前毁掉一切。"

"毁掉一切……"

原岛没有任何语言障碍，他可以告诉所有人，医生跟患者的妻子有不正当关系。而且只要他愿意，甚至可以诉诸法律。

这样的话，自己多年来筑起的威信将瞬间扫地，为练就高超的手术技术而比别人多付出的几倍，不，几十倍的努力也将化为乌有。

怎么可以允许这种事情发生！田所认为自己也有内海的天资，本应成为第二个内海。

内海辽一，庆明医科大学医院脑医科主任，他是一名传说中的脑神经外科医生。内海的开颅手术技术不仅在日本首屈一指，在全世界也享有盛誉。内海创建了全世界首家脑医科，在大学里开展了与大脑相关的各种治疗研究。不光是肿瘤，内海在痴呆症治疗方面也颇有建树，受到世人的瞩目和期待。然而，内海在八年前过世，他的位子顺理成章地由他的首席得意门生武井来继承。武井的手术技术也很高超，可与内海相比还相差甚远。如果抛开弟子门生这些陈旧体制，光比实力的话，田所自认为不会输给武井。

田所想要的不是第二医院脑外科主任的位子，而是庆明医科大学医院脑医科主任的宝座。脑医科大楼才是庆明医科大学的象征。

自己的宏图大志岂能容忍被区区一名患者破坏？不说别的，这次给原岛做手术的要是换成一名技术平平的外科医生，哪能像他那样把肿瘤切除得那么干净？那样的话，别说恢复健康了，能否保住性命还说不定呢。

“他还变得疑神疑鬼。”果步继续诉说。去医院时，不光是服装，就连口红的颜色和首饰他也要过目。“我要是穿得艳丽，说说也就罢了。可穿朴素的衣服他也会说风凉话，说什么‘上流人士喜欢清纯型的，可别穿得太妖艳啊’什么的。”

“他还挺了解我的喜好啊。”田所只是想开个小玩笑，可这对果步来说却是极其令她生厌的挖苦。

“田所医生！”果步生气地瞪着他说。

“对不起。不管怎么说，我是医生，我会尽力让你丈夫的身体和言行恢复正常。”

“拜托了。”果步低下头鞠了个躬。

“问题在于，发病的原因并不是栓塞，其实另有病因。”田所在显示器上调出了MRI的照片，接着说，“这是为了检查脑栓塞的严重程度而拍的，所以看得不是很清楚，但胶质瘤有复发的可能。你看这里，右头部。”

在这种FLAIR式的MRI中，因梗塞造成的肿胀部分看起来略微发白。田所指了一下片子上部另一处挤压变形的白雾状的地方。

“这是新的肿瘤？”果步问。

“不仔细检查还无法断定。可如果复发的话，就得再做一次手术。”

“还得……做手术？”果步显得很不安，她怕原岛会变得比以前更加凶暴。

“总之，先观察一下情况，等他恢复意识后再做详细检查。为了能使图像显示得更清楚，下次拍片子时要使用造影剂，可以吗？”

“是需要签同意书吧？”

“对。一切都交给我就行了。我会办好的。”说着，田所抱住了果步的肩膀。

“不要这样。”果步嘴里这样说，身体却没有反抗。

田所回到家，今天也没有人迎接他的归来。妻子从上周起一直在欧洲旅行，家里只有一条狗在起居室的沙发上躺着。这条狗是妻子养的一只西伯利亚哈士奇犬，名叫莱卡。只有这个名字是田所起的。

看到田所回来，莱卡把身体缩成一团，显出一副警觉的样子。田所当然知道莱卡为什么会这样。莱卡没有把田所当作自己的主人，而且这些天它一直遭到田所的“虐待”，变得十分胆小。

田所看着莱卡疲乏无力的样子说：“莱卡，身体怎么样啊？”莱卡虽然很害怕田所，却无力逃开，可见情况比较严重。田所瞅了一眼厨房里莱卡的饭碗，里面的食物一点儿都没少。宠物保姆是下午五点之前给它倒的狗粮，看来莱卡没有食欲。

田所仔细看了看莱卡的眼睛和嘴周围，发现莱卡的口水很多，呼吸急促，下巴上还粘着一些呕吐物。

这样下去可就危险了。

他用纸巾把呕吐物擦干净后扔掉了。

田所走进书房，从皮包里拿出一根一端带有翼状点滴针的延长管，放在书桌上，又戴上乳胶手套从复印机的墨盒里取出一些墨粉，倒在复印纸上，然后从抽屉里拿出一块磁铁垫在复印纸的下面。

用手移动下面的磁铁，一部分粉末就被磁铁吸住。田所把没被吸引的粉末倒进垃圾桶，再把吸在磁铁上的粉末移到别的纸上。这一系列动作一连重复了几次。

接着，田所往电脑的计算软件里输入体重等数据后算出剂量数值，再把算出的数值输入到调配药剂用的超微量粉末自动计量器里。然后，他把包药纸放在计量器皿上，把刚才收集的黑色粉末一点点地加在上面，直到达到刚才输入的数值为止。

之后，田所把翼状针的针头插入收集到的粉末中，慢慢抽动了连在延长管另一头的注射器针筒。粉末正好布满了蓝色翼状部分时，田所停了下来。最后，他把剩下的粉末和纸团在一起扔掉了。

一直屏着呼吸的田所终于舒了一口长气。他小心翼翼地把带有翼状点滴针的延长管绕成圆圈，放进一个塑料袋中，接着把乳胶手套摘下，装进皮包。

完事之后，田所走进厨房，把莱卡的饭碗和袋子里剩下一半的低镁含量的狗粮倒进垃圾袋里，换上了莱卡平时吃的狗粮。

年轻的宠物保姆只是把主人准备好的狗粮给莱卡，而不会在意是否换了东西，不过妻子可不一样，她对狗粮的种类十分在意。

如果妻子回来后看不到健康如常的莱卡，一定又会跟他吵上一架。虽说两人感情早已破裂，但田所还是不愿意因为夫妻不和而破坏自己的公众形象。

田所又去看了看莱卡的情况。莱卡把头放在前腿上睡着了。

田所做了一个深呼吸，自言自语地说："能做的都做了，剩下的就看天意了。"

莱卡的耳朵动了一下，指向了田所。

原岛的意识恢复过来了，但还不了解自己的情况。从重症监护病房转到五楼的单间后他才知道自己身体的左侧不能动了。他大受打击，又是呻吟又是哭叫，大闹了好一阵子。后来，他的意识出现了朦胧状态。一般来说，同样情况的患者会一直发呆，有时会因为受到什么刺激而突然叫骂，或变得害怕起来。

住院后的第六天早上，田所去原岛的单间看望。那时，服用了镇静剂的原岛正在睡觉。田所向陪床的果步点点头打了个招呼之后，向她提起了 MRI 检查的事。

跟在田所背后的护士给果步递过一张同意书。

“看样子您丈夫现在签不了字吧。” 田所说，“我们希望能尽早弄清楚肿瘤的形状。”

“我知道了。那就拜托您了。”果步深深鞠了一躬，在同意书上签了名。

“那么，今天下午一点开始检查，请在房间里等候。”护士接过同意书，开始确认原岛的身体情况。

“回头见。”田所与果步对视一下，离开了病房。

田所走在走廊中，心里涌起一阵微微的兴奋。这是一种与通过手术救助人命的心情所不同的感觉。他的脑海中浮现出果步的笑容，想到果步即将只属于自己，兴奋之情更加高涨起来。

接下来，只要带翼状针的延长管和装有造影剂的针筒神不知鬼不觉地连接起来，巨大的磁铁就会帮他下手。

医院规定，装造影剂的针筒应在使用时开封，给患者静脉注射后马上丢弃，所以要往造影剂里混入异物是很困难的。但要在每天大量使用的一次性针头或延长管上做手脚就容易得多。而且，恰巧担任实习培训的指导医师作本是他的学生，这样，还可以通过作本利用实习医生。

2

为了成为一名像父亲一样出色的脑外科医生，内海绫子放弃了兽医的职业资格，考入庆明医科大学重新学习医学。绫子生于医生家庭，人们都认为她自然也会当一名医生，可结果她却成了一名兽医。她之所以选择兽医，并不是因为想逃离来自周围过重的期望，也并不因为父亲是日本首屈一指的脑神经外科医生而带给她的巨大压力。绫子在上小学时曾捡回一只快要死去的小猫，父亲却借口太忙而没有救小猫。这件事给她留下了很深的印象。绫子一直非常尊敬父亲，正因为这样，这件事带给她的失望也就更大。她多次反驳父亲，动物和人的生命是一样的。也正是这种对抗意识让她走上了兽医的道路。

然而，当绫子看到父亲尽管自己脑疾在身，行动不便，但为了救治患者一直努力到最后一刻的样子，她的想法渐渐变了。她突然发现，妄自给生命划分界线的不是别人，反倒是口口声声地讲着生命并无不同的自己。另外，患者寄来的几大纸箱感谢信，也给绫子留下深刻的印象。父亲将这些信视为珍宝。各式各样的来信仿佛大大小小的勋章一样，表彰着父亲废寝忘食给病人做手术的功绩。绫子在读那些信件时看到一句话：生也欢喜，死也欢喜。正因如此，医学才会胜利。父亲把这句话铭记在心，直到逝世。绫子很想知道却不太清楚这句话的含义。

绫子顺利从医科大毕业，从四月起，实习生活开始了。按照惯例，庆明医科大学的毕业生都要到附属医院进行临床实习。

绫子家住滨松市内，但她考虑到实习期间会非常忙碌，就搬到了医院宿舍。此外，体弱多病的母亲和女管家真佐子总是对她唠唠叨叨，什么都管，这也是她搬家的原因之一。

特别是真佐子，她一见到个四十岁左右的女人就缠着人家不放，跟人家说要是我家小姐找不到个好归宿就对不起去世的老爷什么的。她对绫子的男性朋友们也看得很严。这也难怪，绫子高中毕业后，就像出走似的突然离开家去岩手县上大学了，所以在真佐子看来，绫子一直停留在高中生阶段。

绫子嫌长头发碍事影响实习，就把头发剪短了，加上她几乎不怎么化妆，所以看起来不像个成熟的女人。绫子开玩笑地问真佐子自己像不像个高中生，真佐子回答她“是啊，你长得年轻，皮肤又白又嫩，看上去最多也不到三十”。

绫子故意装作不满的样子继续调侃说，那就是说，高中生是没戏了？这时，真佐子就会显出特别不好意思的表情。绫子很喜欢她这个样子。

庆明医科大学的实习期为两年。从二〇〇四年开始施行的新临床实习制度规定，除了内科以外，实习内容还包括外科、急救、小儿科、妇产科、精神科、地区保健和医疗等。

尽管绫子想当的是脑外科医生，却无法一下子达到目的。考虑到自己已经不再年轻却要绕上两年的弯路，她自己也有些着急，但也不得不按规定走。

新人指导于上周结束，从今天、五月一日起终于开始了正式的内科实习。内科实习共半年，是各种实习中最长的。据说这是为了培养新人医师与患者的沟通能力。这是正确把握患者病情所不可欠缺的能力，也是临床工作的基础。

包括绫子在内，实习医生共有七名。上午，他们先到各个病房巡视，给患者打点滴、服药，然后回到护士中心整理病历卡并将其电子化。这时，实习指导医生作本来了。

大家都立即站起身来听作本训话。

“今天下午，按计划进行选定检查和实地研修。请大家一点钟到第二医院的 MR 室前集合。”

“是脑疾病的患者吗？”绫子问道。

庆明医科大学医院常会排满了慕名而来的各地脑疾病患者，

总院接待不过来的时候，就会转到第二医院治疗。

作本说："内海，你的运气不错啊。"

"为什么？"

"第一次内科实习就碰上脑梗塞和脑肿瘤的MR，机会难得啊！不过，接着还有住院患者问诊的工作等着你呢。"说完，作本抖动着双下巴笑了起来。

作本知道绫子想当一名脑外科医生。他曾说绫子当惯了兽医，养成了一个坏习惯，那就是面对不会说话的动物，只是凭表情和呼吸判断一切。

其实，绫子在医学系学习期间，也渐渐开始对自己当兽医时进行的治疗产生了疑问。她有时想，以前的治疗是不是真的没有问题呢？说不定她的治疗并不得当，只是动物们不会抗议而已。

"患者的主治医师是哪位呢？"绫子问。

"你想知道吗？告诉你吧，是田所医生。"接着，作本又骄傲地告诉大家，自己在外科实习时的指导医师就是田所。

"太棒了！"绫子不禁提高了声音，其他实习医生也纷纷惊叹。

绫子在大学上武井教授的课时就看过田所医生摘除脑肿瘤的手术录像。她记得，武井教授当时也对田所医生手术的精准度啧啧赞叹。

虽然绫子曾认为内科实习是绕了弯路，可在实习的第一天就能见到田所医生，自己的运气的确不错。

作本接着嘱咐大家："绝对不许迟到啊。还有，不要像平时那样没完没了地提问，知道吗？要注意场合和身份。"

——生也欢喜，死也欢喜。正因如此，医学才会胜利。

绫子一直在苦苦追寻这句话的含义。父亲追求的应该不会是一句不切实际的精神口号吧。绫子自己也感觉得到，为了得到打开医学胜利之门的钥匙，她积极向上，也许正是这种心情使自己变得太爱刨根问底。于是，她老老实实地回答："我会注意的。"

实习医生在MR检查室前排成一排，田所走到绫子面前，好像自言自语一样说了一句"你就是内海啊"，然后叫她进核磁共振室里去。

其他人走进检查室里的监控室，绫子走进核磁共振室，田所和患者都在那里。

绫子在田所的指令下打开装有造影剂的针筒包装，交到田所手中。田所把造影剂针筒和延长管连接起来，熟练地挤出里面的空气后递给绫子，用低沉的声音说："你来注射。"

"是。"绫子回答，接着对病人说，"会有些痛哦。"病人没有反应。

"快注射吧。"

在田所的催促下，绫子把针头刺进了病人右臂的静脉中。

微微拉动针筒活塞，稍有些泛黑的血液流入针管，这说明针头准确无误地插进了血管。

然后，绫子把造影剂慢慢地注射进去了。

"嗯，行了。"

得到田所的指示后，两人离开核磁共振室向监控室走去。

等造影剂流到大脑，需要三分钟的时间。

"开始吧。"田所一声令下，病人躺着的平台缓缓进入了巨大的圆筒形磁架台。机器发出嗒、嗒、嗒的有规律的声音，这种MRI特有的声音给人一种压迫耳膜的感觉。

没过多久，紧盯着图像的田所的表情突然出现了一些变化。锐利深邃的表情让人联想到老鹰。“这个地方！再让我看一遍！”田所用急迫的声音说。

操作断面移动图像的技师按照指示把图像切换到了田所要看的地方。

“这是……右边缘系统。肯定是胶质瘤复发了。”

田所注视着出现问题的部分，突然说：“嗯？这儿是怎么回事？”虽然不够清晰，但可以从黑色背景看出一个灰色的椭圆形，看起来像个血块。

“奇怪，眼看着越变越大。肿瘤形状造影先不看了，把这部分转成血管造影画面。”

技师按田所的指令把屏幕画面转成了血管造影模式。MRI可以通过改变设置来选择各种摄影法。血管造影是只显示内脏血管来进行摄影的方法。

“啊！”田所的喉咙里挤出了惊讶的声音。

不光是田所，绫子和所有实习医生看到脑血管的影像后都大惊失色。画面上清楚地显示出脑血管出现了大范围破裂。

“请赶快关掉MR！”绫子高喊着跑出了监控室。

“你要干什么？”绫子的身后传来一个不知道是谁发出的声音。

绫子顾不上理会，慌忙跑进检查室，从垃圾桶里抓起刚才扔掉的造影剂针筒和包装纸。

田所和外科实习医生也赶了过来。“你在干什么？快让开！”

“造影剂没有问题，”绫子把针筒上标注的医药名称给大家看了一下，“我以为是我注射时出了问题……”

“大脑里的变化没那么简单的。不马上做紧急手术就危险了。别磨磨蹭蹭的，快把病人送到手术室！”田所大声喊道。

外科实习医生们一边斜眼瞅着站在那儿发呆的绫子，一边忙着把患者抬走。

留在那里的绫子和其他的实习医生们就像是被赶出现场一样。

绫子一直无法平静下来，一个人在手术室前苦思冥想着患者的病情。

“请问，我丈夫的情况怎么样了？”一个愁云满面的女人向呆立不动的绫子问道。

绫子马上想到外科实习医生做的患者情况记录。她是患者原岛仁史的妻子原岛果步。庆明医科大教育学生，患者情况记录中不仅要记入既往病史和治疗情况等，还要把与患者家人有关的信息也记下来。

“您的丈夫现在在手术室里。我是实习医生，不了解详细情况，很抱歉。您在这儿等一会儿吧。”说着，绫子把手指向了手术室走廊里的长椅。

“手术会很危险吗？”果步完全没有想坐下来的样子。

“这个不好说，”绫子低下头说，“现在……现在只能等着。”

“我只听说是做检查而已啊。到底是怎么一回事？”果步用责难的口气抓着绫子的肩膀说。

对果步来说，是不是实习医生都不重要。刚才离开病房前说是要做MRI检查，可突然被送进了紧急手术室。换作谁都会着急的。

“好，那我去问问情况怎么样了。”绫子想都没想就说出了这句话。

“拜托你了！”果步紧握着双手说。

一个实习医生在手术中闯进来问患者的情况，这连她自己都觉得荒唐。可她无论如何也无法铁下心肠不去理会果步的担心。绫子硬着头皮敲了敲手术室旁边监控室的门，走了进去。

监控室的墙上挂着五十英寸的大屏幕显示器，上面显示着手术过程。五名外科实习医生和一位看上去像是中级指导医师的目光一齐向绫子扫去。

“什么事？你是作本医生的……啊，内海，”指导医师满脸不悦，“你不是在内科实习吗？到这里来捣什么乱？”他看到绫子胸前的姓名卡，知道她是内海辽一的女儿。

“哦，我不是来观摩手术的。”接着，绫子把遇到果步的事情简单说了一下。

“这种情况你就让她在外面等着好了。你还想什么都要跟外行解释清楚吗？我跟你讲，越解释越麻烦。”指导医生没好气地说道。

“可患者的妻子当初只听说是没什么危险的检查，患者突然被送进了紧急手术室，这种情况起码……”

“起码什么？你也看到血管造影的图像了吧？脑血管破裂成那样，我都没见过。你还要把情况如实告诉人家？你想过后果吗？”

“那……那既然到了这种地步，也应该告知家属吧。她虽然很担心，可肯定并没有想到情况这么危险。”

“我说，内海医生的大千金，”指导医生用挖苦的口吻说道，“那你是想告诉家属患者快不行了，让人家准备后事吗？我跟你讲，说出这样的话，搞不好以后人家会告你的！”

“我不是这个意思，我只是……”

“我看你就是想找借口来看田所医生做手术，是不是？你快出去！关于患者的情况不许乱说！”

绫子又委屈又气愤，一句话也说不出来，微微地抖动着嘴唇。

“对不起，那我出去了。”绫子说着走了出去，可声音小得连自己都听不到。

绫子走近果步正要向她道歉时，身后手术室的门开了。

身着手术服的田所边用纸巾擦着刚摘下手套的手指缝边往外走。

“田所医生！”果步从绫子身旁跑了过去。

“是脑出血。原因是患者的血管脆弱，以及服用了预防栓塞而使血液不宜凝固的药物。……我们已经尽力了，很遗憾。”

“我丈夫他……”

“是的。下午一点四十九分……”田所低下头。旁边的医生和护士们也都一起低下头行礼。

绫子也默默地行礼。果步摇摇晃晃地走了几步，突然身子一软跪在地上。“原岛夫人！”绫子连忙喊着跑上前去扶住她。

“内海，你把原岛夫人带到病房去。”说完，田所就走了。

“都是我不好……”

果步说出这样一句话。

3

原岛因脑出血死后，绫子一直陪着果步，直到她的精神有所恢复。然而，这件事却加深了绫子和其他实习医生之间的隔阂。本来，她的岁数就比别的实习医生要大出一轮多，再加上她是内海辽一的女儿，大家在方方面面都对她有些敬而远之。绫子很不希望这样，所以为了避开有关父亲的话题，她总是尽量提一些学生时代的老师的话题。

可现在，大家都认为绫子是擅自见习脑外科手术，从那天之后，谁都不愿意理睬她了。

被排斥到实习医生的圈子之外，绫子觉得很孤独。不光如此，连护士和医生们也对她变得冷淡起来。这使绫子格外难受。在医院内巡诊或门诊期间，医生经常利用早上或午餐的时间，举行心电图或胸透片子的读图学习会以及病例报告研讨会等，而这些都是为了学习团队医疗而进行意见交换的重要机会。绫子在这些场合也被无视，对她来说是一个很大的损失。

绫子很少有发言的机会，而且在门诊工作的时候谁都不来帮忙，绫子日渐消沉起来。就在这样郁郁寡欢时，她又想起了果步说的那句话：

“都是我不好……”

果步把丈夫的死归咎为自己的责任。

如果家中养的宠物得病而死，大多数主人都会责怪自己，他们认为自己就在身旁却未能发现宠物的身体情况变糟，所以宠物才会病死。

绫子很能理解这种心情，对果步说的话也并未多疑。

可她一直耿耿于怀的是果步说完那句话之后的状态。

那是一种茫然恍惚的状态。那天，果步一直啜泣着，用微弱的声音讲述了有关原岛患脑肿瘤的情况，以及此次叫救护车把丈夫送到医院等事情。她还说，看到丈夫的身体发生变化是最让她痛苦的事情。

她也问到了丈夫最后的情形。绫子反复道歉称自己只是实习医生，不太了解具体情况，不过绫子告诉她造影剂是自己注射的。

“我丈夫说什么了吗？”

“没有，什么都没说。”

“因脑出血死亡，很疼吗？很难受吗？”

“对不起，这个我也不清楚。”

“是啊。不好意思，问你这种奇怪的问题。”说完，果步就没再说话。

绫子当兽医的时候，曾给狗洗过胃。那是一条个头很大的俄罗斯狼狗，由于呕吐和腹泻被送到医院。这条狗误食了一次性暖手包，当即打了镇静剂后就洗胃。洗胃进行得很顺利，可是镇静剂药效过去后，狗由于惊恐变得慌乱不止，上蹿下跳。

看到这个样子，主人很生气地质问她是不是真的有必要用镇静剂。尽管狗的主人也对自己没把暖手包放好而后悔，可是看到爱犬受到惊吓的可怜样子时，就对医生发泄了不满。

原岛的死亡可以说是检查中发生的事故。果步在感觉到自己的责任之前，应该先对检查抱有疑问才是人之常情。比如是否有必要做检查，检查中有没有发生失误等。

通过上次的脑肿瘤手术，田所与果步之间一定建立起了牢固的信赖关系。可这次注射造影剂的是实习医生绫子。要知道，她丈夫是在一个没有经验的实习医生参与的检查中死亡的。事实上，就连绫子自己都做好了被指责的心理准备。

原岛夫人，您没有任何责任。

绫子看着夹在患者情况记录中果步在检查同意书上签的字，自言自语地这样说道。

这几天，绫子的平均睡眠时间恐怕连三个小时都不到。门诊、病房的工作再加上值夜班，每天都被时间追赶着的绫子变得身心疲惫。她劳累得连今天是几号、星期几都搞不清楚。早上做打点滴的准备时不确认一下日期都会觉得不放心。

原岛死亡的事故过去三天了，周围的人对绫子还是不冷不热。对大家而言，现在是重要的实习期，而且将来还会成为工作的同事，可他们却跟绫子拉远距离，能不说话就不说话。

和不会说话的动物一样，不愿开口的人的心思也同样捉摸不透。

晚上八点，病例讨论会较早结束了。今天不用值夜班，绫子决定骑上自己的爱车到远州滩兜兜风，放松一下心情。她的爱车是本田的“伊哈托夫”，虽然是二手车，但她非常爱惜，一直保养得很好。这辆“伊哈托夫”从绫子住在岩手县盛冈市时就一直陪伴着她，无论是绫子流过的汗与泪，或是小小的幸福，老朋友“伊哈托夫”都最为知晓。

在夜晚的街道骑车奔驰了大约十五分钟后，心情轻松了许多。海风徐徐送来潮水的味道时，绫子骑到了南九领桥的十字路口。

从这个十字路口左拐就是静冈县公路六十二号线，原岛家住得离那里不远。绫子以前在检查同意书上看到过原岛家的住址，因为离自己知道的家具店很近，所以她记得很清楚。

一般来说，原岛的告别式应该在今天白天举行。

这一瞬间的想法让绫子打开了左转的转向灯。穿过一个大型购物商城后不久，就到了家具店，在那里向右拐进了一条较窄的路。

这时，前方开过来一辆车灯耀眼的汽车，冲她开过来时也不减速，绫子急忙向左掉转车头躲了过去，并在路边停下。好在“伊哈托夫”“身手不凡”，才轻轻松松地躲闪过去，要不然，可能就撞上去了。这种开车的人真是可恶，就算有再急的事也不能开得这么野啊。

绫子稳定了一下情绪，正要继续前行，又改变了主意，把摩托车的引擎关掉。这附近是一片闲适安静的住宅区。

她确认了一下四周的方向，一边看着各家的门牌号一边推着摩托车向前走去。不一会儿，前方出现了一座比较显眼的住宅。这家门前的信箱上方亮着灯，灯光下可以看到门牌上写着“原岛”两个字。

绫子把摩托车停好，按响了门前的门铃对讲器。

“哪位？”传来的是果步的声音。

“很抱歉这么晚打扰您，我是庆明医科大学医院的实习医生内海。”

“啊。”对讲器传来果步有些惊讶的声音。

“我只是想上炷香就走。如果您现在不方便就算了。”现在，一天做完告别仪式和头七法事的人家也不少，所以此刻家里可能还有亲友在。

“没关系，请您稍等。”

不一会儿，前方十米左右的门口出现了果步的身影。

绫子被请进了起居室。起居室里摆放着很气派的祭坛，遗像上的原岛微微地笑着。相比之下，白色的骨灰盒看起来有些小。

绫子为原岛上完香后，穿着黑色丧服跪坐在一旁的果步向她三指拄地[①]行礼，毕恭毕敬地道了谢。

“请您节哀顺变。”绫子也深深鞠躬还了礼。

“没想到您会特意到我家来。”果步揉了揉有些充血的眼睛说道。

“原岛先生病情突变时，我也不知道到底发生了什么……一直没能给您做一个详细的解释，实在抱歉。我真没用……”绫子说的是心里话。

“哪儿的话。当时是我太冲动了。其实，那天做检查之前，我丈夫虽然脑子还不太清楚，可他对我说，做完这次手术后一定会变回正常的自己。”

肿瘤切除手术后出现了人格改变的后遗症。原岛的病历记载着这样的内容。

“您丈夫对您有过谩骂和暴力行为吧？”绫子问道，那口气似乎想要确认什么。

“是的。而且很厉害，我害怕极了。可那是病，所以他跟我说想要变回正常的自己。他的话现在还在我的耳边……”果步用手指揉着眼睛说。她的眼角和面颊泛红，眼睛充血变得更严重了。

“我想冒昧地问一下，那天您说‘都是我不好’，那是什么意思呢？”

“就是那个意思啊。照顾好丈夫的身体本应是妻子的责任，仅此而已，没有什么更深的意思。”说着，果步突然开始使劲地挠后脑勺。

看到果步的上嘴唇时，绫子开始发现有些不对劲。果步下

①一种恭敬郑重的礼仪。双膝跪地，将拇指、食指、中指轻轻拄在地上俯首行礼。

嘴唇较厚，这是她的长相特征，可现在看起来她的上嘴唇更厚一些。

“您是不是觉得身上很痒啊？”

“啊。”果步听了有些吃惊，挠着后脑勺的手停在脖子上，“嗯，没什么……”她一边说着一边又挠了挠衣领下边的皮肉。

“不好意思，让我看看，”绫子用双手轻轻扶起果步的头看了一下，“看样子是突然开始发痒了。”

“您这么一说还真是。”

“这是怎么回事呢？”绫子将果步从头到脚仔细观察了一番，在黑色连衣裙的裙边发现了几根灰色的毛。“您是不是对狗过敏啊？”绫子问。

“是的。狗我倒不讨厌，可过敏很厉害，连养狗的人都不能靠近。”

“今天您跟养狗的人接触过吗？”

“家里养猫的亲戚倒是来过，不过三点钟就已经回去了。”

“这绝对是狗的毛，而且是比较大的狗。我以前是兽医，根据长度和手感就能判断出来。三点以后，不，应该是更晚一些，来过这里的人可能家里有狗。”

“没有，谁都没有来过。”果步使劲摇着头说。

果步说完，绫子用手绢把毛包起来装进书包里了。

4

绫子一夜没合眼，早上直接去病房巡诊。昨晚从果步家出来以后，绫子回医院开了抗组胺药的处方，然后到夜间急诊的药房拿了药送给果步。

回到宿舍之后，她把带回来的狗毛拿在手里看了又看，想了又想，怎么也睡不着。

看样子果步是急性过敏。如果过敏与三点离开果步家的亲戚有关的话，应该更早出现反应才对。急性过敏一般是五分钟到十分钟后就开始有反应，两个小时之后达到最严重的程度。而果步是在绫子到访的八点半左右才出现反应的，这说明最早是在六点半之后有人来过果步家，而这个人家里养着一条大狗。可是，果步隐瞒了这个事实。

她为什么要隐瞒呢？算了，人家的隐私还是不去追究为好。

下午有当地企业的职员来团体体检，绫子一直帮着采血，一下午不记得抽了多少人的血。熟练的护士抽血又快又准，在跟体检者聊天当中就采完血了。

造影剂的静脉注射也一定是护士们的技术更高。如果那时不是自己给原岛注射造影剂……

是发生了什么失误了吗？应该不会啊，因MRI的造影剂出现过敏性休克的病例她倒是听说过，可造成血管破裂却是闻所未闻的。

受到孤立而感到不安无助的绫子总会去想一些本来用不着想的事。

可是，到底为什么田所医生会选自己去注射呢？跟父亲有关吗？

莫非田所医生也和大家一样，用异样的眼光看自己吗？想到田所，她的脑海里忽然闪过他在手术后对果步的解释：原因是患者的血管脆弱，以及服用了预防栓塞而使血液不易凝固的药物。

原岛脑血管出血的确由于服用了抗凝固药物而没有止住，

但这只是一个结果，并不是出血的原因。血管破裂应该另有原因。一般来说，导致血管破裂的原因多为动脉硬化和高血压，但自从原岛被送到医院之后的六天内并没有发现此类异常，做检查时显示器上也显示正常，所以应该不是高血压性脑内出血。而且，如果有动脉瘤的话，田所一定会告诉大家的。

绫子更在意的是那从未见过的大范围血管破裂。那天在场的有那么多脑科专家，如果破裂范围没有那么大的话，起码能够保住性命。就算是脑干出血，也应该不至于当场死亡。事实上，监控室里的实习医生们也被那血管造影图像惊得目瞪口呆，那是在任何教科书上都没有见过的。正因为如此，谁都没有对原岛的死感到疑惑。

然而，不感到疑惑并不是作为实习医生应有的态度。如果不去追究根本原因，就失去了实习的意义。绫子似乎觉得，一批批的实习医生就像被运到传送带上一样，只是按部就班、言听计从地进行着研修，却忘记了用自己的头脑去思考。自己又何尝不是这样呢？每天只是等着指导医师和老资格的护士下达指示，然后就像个医疗机器人一样忠实地去履行任务。这样下去别说达到父亲的境界了，就连父亲的身影也远得看不到。

绫子决定利用实习间隙去见田所，直接询问一下当天的事情。试了几次，终于在研究楼里见到了田所。研究楼是与治疗部和住院部分开的独立建筑。

绫子确认主任室里有人之后，敲响了房门。

“怎么是你？有什么事？”坐在主任室办公桌前的田所抬头问道。

“田所教授，我有件事无论如何想请教您，”绫子绕过接待客人用的茶几走到田所的办公桌前，“是关于原岛先生的事。”

“看来，实习科目里缺礼仪教育这一项啊。没看见我忙着呢吗？”田所把目光投向办公桌上的文件说，“快回去实习吧。”

“我就是作为一个实习医生才想向您请教的。脑出血的原因到底是什么？为什么血管破裂得那么厉害，都来不及做紧急手术？”

“你已经把自己当成脑外科医生了吗？先从内科实习做起吧。不然你就回去做你的兽医好了。”田所嘴角挤出一丝微笑。

“为什么？询问疾病的原因不应该吗？”绫子的声音变大了。

“我劝你先去掂掂自己几斤几两再说吧。”

“拜托您，请告诉我！不清楚这个原因，我就没办法向前走下去。”绫子深深地鞠了一躬，身子低得不能再低了，“求求您了！”

“那就后退好了。去给那些猫猫狗狗看病吧。”

实在太过分了！田所这是打心眼儿里看不起兽医。

绫子按捺住委屈和愤怒说：“那您是说不需要查明原因吗？”

“动脉硬化造成高血压进而导致类纤维素坏死、胶质瘤发生浸润、脑栓塞，再加上脑肿瘤复发，这些原因综合在一起，抗凝固剂的影响当然就不可小视了。就是这样。你满意了吗，小狗医生？”

“小狗……”愤怒让绫子的身体颤抖起来。

“对了，听原岛夫人说，你一下子就看出来她对狗过敏，不愧是兽医啊！”说着，田所扬起尖尖的下巴夸张地笑了起来。

“告辞了。”继续待在这里的话，绫子怕自己会忍不住揪起田所的领子。她把两手按在胸前走出了主任室。

绫子在门前深深地吸了一口气。

小狗医生……

绫子长叹一口气后放下了肩膀。这时，她发现自己白鞋的鞋尖上沾着一些纤维状的东西，正随着风微微摆动。可能是在主任室踩上的吧。

是什么东西呢？

她轻轻用手指取下，觉得这手感有些熟悉。

绫子加快了步伐。她跑步回到宿舍，拿出保存的狗毛对比了一下，便冲出去跨上"伊哈托夫"，向她朋友开的动物医院"滨松爱心动物诊所"疾驰而去。

乘着五月的风，绫子一边快速熟练地操作着"伊哈托夫"的离合器，一边整理着有些混乱的大脑。骑在爱车身上的这一刻，才是她最能够集中精力、思考问题的时候。

在庆明医科大学医院，考虑到过敏问题，在接触患者之前要换上防过敏原的白色衣裤，还要通过风淋室进行彻底净化，据称这里是全日本应对过敏措施最严格的地方。如果狗毛是在主任室里沾到她鞋上的话，那么只有一个可能，那就是田所自己或是来客家里养狗并把狗毛带进了主任室。

如果这狗毛与果步的过敏原一致的话，那么就可以判断，出入主任室的人就是举行告别式那天到果步家去的人。

而且，田所刚才说，原岛夫人告诉他绫子看出她对狗过敏，这说明田所跟果步一直在保持联系。

等等，要冷静！不能因为田所看不起兽医就气得头脑发晕，也许一切仅仅是把自己的想象创作得像事实一样而已。

不过，是想象还是事实，经过验证后就会水落石出。

绫子和爱心动物诊所的院长草川珠里是在兽医医师研讨会上认识的，两个人意气相投，一见如故。珠里今年五十岁，但精力充沛，风度翩翩，就是跟宝塚歌剧团[①] 的女演员相比也毫不逊色。

绫子没有跟珠里讲述详情，只是请她帮忙弄清楚毛是不是同一只狗身上的。珠里二话没说就痛快地把研究室的分析仪器借给了绫子。

绫子先用显微镜观察了一下毛的质地。看起来非常相似，但仍无法确定。因为看起来相似的毛太多了。虽然珠里的诊所里备有可以鉴定血统的DNA 解析装置，可听珠里说，等到分析结果出来要花一个星期的时间，而且毛的量也不太够。

“你只是想知道毛是不是一条狗身上的吧？”珠里问道，“如果是的话，其实不用鉴定 DNA 也可以做到。”

“有别的方法吗？”

“有啊，对狗毛进行成分分析就可以。准确度也相当高。”

通过分析狗毛的成分可以了解到狗的营养状态、特别是身体所需的矿物质如钠、钾、镁、铬、钙、铁等是否充足。根据分析数据，可以预防宠物营养不平衡，或对一些给宠物过量喂食营养素的主人进行饮食指导。

“狗毛的长度虽然会有一定差异，但基本上可以了解到两个月前每一天的饮食和营养状况。两条狗的饮食和营养状态完全一致的情况是不太可能的。而且做这种分析鉴定用不了多长时间。”

“那就麻烦你了。”说着，绫子把狗毛交给了珠里。

①日本有名的歌剧团，所有演员均为女性。因为需要扮演男性角色，大多数演员都具有潇洒帅气的特征。

5

一辆银色的奥迪驶进田所所在医院的停车场。

绫子向汽车跑去，她很紧张，好像脚都要抽筋了。

“哎呀？这次变成跟踪狂了？”田所看见绫子，从车里钻出来说道。

“如果您家里养狗的话请一定要注意，那只狗的身体状况现在非常危险。”绫子的话语铿锵有力。

田所上半身钻进车里取出皮包后，用力摔上车门。“我还以为你要说什么呢，原来又是兽医那一套啊。”田所轻蔑地看着绫子说。

“没错，我现在就是作为一个兽医告诉您，不采取措施的话，您家的狗可能会有生命危险。”

“你说我家莱卡要死了？哼。作本说你有个坏毛病，不好好听患者说的话就妄自做诊断，看来他说得没错儿。别说不听人家说话，你现在连看都没看就说我家的狗有生命危险？真是无稽之谈。”田所锁上车门，汽车的前灯闪了一下。

这时，绫子发现车灯好像跟那天去果步家时遇上的那辆车的灯很像。

绫子确信自己的推理是正确的，与此同时，她觉得自己的身体好像注入了一股力量。

“原来果真是您家的狗。莱卡是西伯利亚哈士奇犬吧？”

“什么，你怎么知道的？”田所的目光变得犀利起来。

“正如您刚才所说，就是不用看我也能了解到狗的健康状况，更不用说狗的种类了。”绫子露出一丝微笑，可同时脸部不自然地抽动了一下。

“嗬，真了不起呢。失敬失敬。不过，我家莱卡很健康啊。”

田所正要走，绫子挡在了他的面前。

“干什么？”田所皱起眉头，不耐烦地看着绫子。

“之前，莱卡的确很健康。不过有一段时间突然开始缺镁，接着又过量摄取了铁，差点儿得了急性铁中毒。”

“这是……不可能的。”田所扭动脖子，颈椎发出了嘎嘎的声音，让人听着觉得难受。

“我用最新的检查机器进行了分析，不会错的。”

“你给莱卡做了检查？难道你偷偷进我家了？”田所恶狠狠地瞪着绫子，仿佛要把她吃掉。

“怎么会呢？我只是对狗毛进行了分析而已。”

“狗毛？”田所看了看灰色西装的胸前，又扭着脖子看了看裤子后面。

“是的，就是狗毛。那天我去主任室时沾在鞋上的。之后我查了一下。”

“你查什么？有什么目的？”田所的额头上暴起了青筋。

“我是想对比一下。和在某个地方作为过敏原采到的狗毛……”说到这里，绫子故意停了下来。

“某个地方……噢，你是说原岛家吧？可能是我去上香时带过去的。那天我是从家直接过去的……哎呀，太对不住原岛夫人了。”说着，田所把视线从绫子脸上移开了。

“那天，原岛夫人可遭了罪了，脸上和身上都出了疹子，可尽管这样，她也没说您来过她家的事。原岛夫人对一个实习医生来上香都觉得很惊讶，却对脑外科主任来过的事只字未提。问诊实习的时候，指导医师曾经说过：与说出的话语相比，没有说出的事情里面反而隐藏着疾病的暗示。我就是通过这样的暗示进行了推理。”

“你想怎么推理是你的事，但你胡猜乱想给我带来麻烦可不行！”田所的眼光里含有威逼之意。

“我要说的跟您想象的不是一回事。田所医生，您到底对莱卡做了什么？”

“做了什么？我对一只狗能做什么？”田所用手拢了拢后脑勺的头发，又轻轻地拍了两下，接着说，“真是可笑！”

“我以前当兽医的时候给狗洗过胃。那只狗因为误食了一次性暖手包而造成急性铁中毒。幸亏洗胃及时，不然呕吐和腹泻一直继续下去的话它就会越来越衰弱。我想，现在莱卡就是这种状况吧？”

“我家的狗用不着你担心。不过，既然你这么说的话，那我就带它去哪个医院看看吧。”

看得出来，田所想早点儿收场离开，但绫子毫不理会地继续说道：“狗的体内缺镁时会对铁特别感兴趣。哦，不对，从这份分析图表来看，铁的摄取量是急剧增加的，所以也不排除有人故意让狗摄取了大量铁的可能。”

“好了好了，我没时间听你讲狗的事。人类的患者还在等着我呢。”田所一边说一边朝治疗部的大楼看去。

“可是，田所医生，人类的患者、我是说原岛先生的死因，其实是莱卡告诉我们的呀。”

“什么？你到底在瞎扯些什么呀？”田所皱着眉头看着绫子问道。

“我有一个假设，为此我去拜访了一位放射科的指导医师，想更详细地了解 MRI，结果上了一大堂临时实习课。”

“你说话可真够啰唆的，你不会还要给我讲你怎么实习的吧？”田所没好气地向主任室走去。

“您猜对了。”绫子紧追不舍。

很多实习医生正在赶往治疗部的大楼。看到绫子追在田所医生后面，他们肯定又以为她在套近乎。绫子时而小跑，紧紧跟在田所身后说：“我问指导医师，如果做 MRI 时脑内有金属，而且是铁砂的话会怎么样，结果被人家取笑了一番。想想也是，就是因为不能有金属才要在事前用金属探测器检查嘛，而且大脑里本来就不可能有金属。”

“碰上你这样的实习医生，指导医师也够倒霉的。”田所看着前方不屑地说道。

看来不管怎样，田所是在听自己说话。的确，指导医师一开始对绫子可笑的问题觉得不屑回答，可是在得知绫子注射造影剂的患者死亡，而她想对事故负责之后，放射科的指导医师对她表示了理解。

“那么，通过金属探测器检查之后会怎样呢？要想往体内注入铁砂的话，其实是有一次机会的吧？”

“你是说注射造影剂的时候吗？”田所哼着鼻子嘲笑道。

“是的。造影剂主要用铁和钆等金属作为原料，以便增加图像的分辨率。为了用于医疗，这些金属粉末经过了加工，不受磁性的影响，是安全的。但是，如果把从类似一次性暖手包中提取的铁砂混入造影剂的话会怎样呢？指导医师听了我的问题后说，当然没有做过这种荒唐的实验，但假设这种情况真的发生的话……”绫子想尽量忠实地再现指导医师的原话，停下来调整了一下呼吸后继续说道：“我们医院为了拍到清晰的图像，采用的是 3T 的 MR。 磁架台附近的磁力大约有一万八千高斯。要是把长二十厘米、重五百克的铁棒放到磁架台附近，产生的力量会高达两吨左右。如果没有经过处理的铁砂混入造影剂的话，在一定条件下可能会产生剧烈移动或发热现象，从而破坏人体组织。”绫子把指导医师的回答一口气复述完了。

不知不觉间，两人来到了第二医院研究楼的电梯前。

走进电梯，只有绫子和田所两人。绫子对田所说：“也就是说，造影剂也有可能变成杀人的凶器。”

“你的意思是，我们医院里有杀人犯？”田所用嘲笑的口吻说道。

“是的。”绫子斩钉截铁地回答道。这时，电梯门开了。出了电梯后，绫子压低声音继续说：“不过，把混入铁砂的造影剂注入静脉时如果患者感到痛苦，检查就会中止。而如果患者没有当场死亡，患者的身体就会出现铁中毒的症状，这样的话当然有必要去查明原因。所以……”绫子走在田所旁边，看了看田所的脸。

田所昂着头，没有看到他的表情。“凶手需要知道往造影剂里加多少铁才不会让患者突然感到痛苦，而且不会出现明显的中毒症状。所以他做了实验，用莱卡的身体。”尽管根据体重也可以计算出摄取铁的最大剂量，即铁的饱和量，但要加到造影剂里的话，最大剂量就太危险了。

走到主任室门前，田所用钥匙打开房门走了进去。

正要关门时，田所突然停步回过头来。

“啊！”绫子一下没刹住脚步，差点儿向前摔倒。

“等等，你假设的前提不对啊！”田所把皮包放到地上，开始解领带。看样子是要换医院的白衣服了。

“不对？”

“是的。你好好想想，打开造影剂针筒包装的是你，没有人可能往造影剂里放铁砂呀？”说着，田所打开了门口的衣柜。

“静脉注射造影剂时，先会有一些发黑的血流进延长管，开始我认为静脉血发黑是正常的，就没去在意。可铁砂就是在那一刻混进血液里了。”

“可透明的延长管里怎么能藏得住铁砂？”

“也许是事先隐藏在翼状针的针头部分吧。藏在蓝色部分的话从外面是看不出来的。那天，是您连接延长管和造影剂针筒的吧？”

“真是荒唐至极。我还好心点名让你去注射，你竟然恩将仇报！”

“这一步也是在您的计算当中，不是吗？如果是经验丰富的护士，从接管到注射这一系列动作自己就能熟练完成，您就没有插手的机会了。所以你才点名让我这个实习医生来做。”

“你不要在这里无凭无据地胡说八道！”田所从衣柜里取出白衣服，然后重重地关上了柜门。

“田所医生，已经晚了。刚才我说的话已经告诉过原岛夫人了。”

“你跟患者家属乱讲些什么！”

“这一点我承认是我不对。不过，是原岛夫人托我调查她丈夫的死因的。她还告诉我说，是自己做的孽。我这才明白原岛夫人说的‘都是我不好’的真正意思。田所医生，您也把真话讲出来吧！”

“只凭你的一面之词就想陷害我吗？”

“我没有陷害您，这都是您自己犯下的罪行。”

“你不要再瞎折腾下去了。谁会相信一个实习医生的话？你和我在这个医院里，不，在整个医学界谁重要谁不重要，这不是明摆着的吗？”

“您真的这么想吗？太遗憾了。”绫子失望地垂下了头。可她在心里暗下决心后，又坚定地把头抬起来说：“虽然还在实习，但我也是一个医生，我是不会忽略任何科学证据的。”

“你什么意思？”

“我已经得到原岛夫人的许可，可以向警方提供原岛先生的遗骨。”

“什么？”田所把手里的白衣服摔到了沙发上。

“头盖骨里应该还留有铁砂的痕迹吧。”

“你……”

“警察当然会把莱卡带走检查。这样一来，我的推理就会被证实是正确的。”

“等一下……你听我说！原岛这两年的生命可是我给他的呀！”

“田所医生，您不要说了。我不想听您说这种话。”

“你让我说下去！那家伙的胶质瘤那么严重，早就应该死了。像他那种浑蛋男人，本来连多活一天的价值都没有！”

“太过分了！真不敢相信！原岛先生做检查之前曾经跟妻子忏悔过。如果他活着，哪怕只是一天也好，他们夫妇间的隔阂说不定就能够消除，原岛先生说不定还会得到妻子的信赖啊！我觉得我们当医生的，看到的只是病人的患处而已。”

“你一个实习医生懂什么？”

“您说得没错，我的确还是个不成熟的实习医生，而您，是脑外科的权威。可您每天只看着患者的大脑，却没有看到患者的真心！”说着，绫子用力拉开主任室的门走了出去。在门口她又回过头来朝房间里的田所静静地说：“决定人生价值的不是时间，更不是你！”

说完，绫子使尽全身力气砰的一下把门关上。绫子走出研究楼，快步向治疗部的大楼走去。这时，一阵风吹来，把刚吐新绿的树叶吹得沙沙作响。

爸爸，您攀登的山实在太高了。可我一定会一步步地追上您的！

绫子看一下手表，冲着天自言自语了一句。“糟糕！不赶快跑又会被训的！”说着就拔腿飞奔起来。

现在，田所正在接受警方的调查。原岛遗骨的头盖骨片中检出了氧化铁，莱卡体内也残留着同一种金属成分，而且发现莱卡的血管上有注射过造影剂的痕迹。这一切基本都与绫子的推理一致，只是铁粉是来自复印机的墨盒，而不是一次性暖手包。得知这一事实也归功于莱卡，因为它脚底的肉球上沾上了墨粉。看来，是莱卡“调查”了田所书房中的垃圾桶吧。

（李轶伦 译）

爱别离苦——与深爱之人离别的痛苦

重要的人

主人公女刑警是在《时限》《炎罪》中登场的片冈真子。真子出生并成长于京都的花柳巷之一上七轩，说着一口当下上了年纪的人都不使用的京都话。虽说这让她看起来与刑警的身份不太搭，但她用一双阅尽世间“成年男女”的眼睛、天生的正义感以及女性的第六感和思维发散能力挑战了诸多案件。在《时限》中，真子深刻地体会到尽可能地延长生命的长度对人来说无比重要，作为一名刑警也成长了许多。而在本作品中，她又发现每个人都有一个“重要的人”，只有这个人才能看到自己不为人知的一面。靠着这一发现，她解决了案件。在本作品之后，为期进一步的飞跃，她又挑战了纵火杀人案件《炎罪》之谜。

1

“姑娘，你知道一家叫作纱英事务所的公司吗？”

喝完了杯子里的日本酒，京都府警五条署刑事科主任中野问道。

五条署管辖区域内发生的街上暴行致死案件，警方用了不到四个小时，就逮捕了嫌疑人，迅速地解决了案情。大家正在附近的居酒屋举行简单的庆祝仪式。

“这么快就开始思考下一个案件了啊。我虽然不太了解，但好像受害者女社长最近上了古都电视。”

任刑警第二年的片冈真子，不知为何竟与中野用平常的京都话交流起来。

“这样子啊，还上了电视。毕竟这个叫朝仓纱英的也是个美人，论容貌也是不输给姑娘你的呀。”

“还美人，就算你说的是真的，这也是实实在在的性骚扰了。”

真子直言不讳道。

“性骚扰？要是因为这个就被说成性骚扰，那我一天都得写四十八次检讨书了。”

“有点危险啊。主任，都说到这个了，今晚可以让我回去了吗？”

四十八这个数字一旦从喝醉酒的中野口中说出来就得注意了，这在刑事科办公室内是常识。电影《寅次郎的故事》[①]系列一共有四十八集，接下来就得没完没了地听他讲故事了。

“回去可以，但你得把资料读熟了。会议是八点开始，我再加点油然后回家。”

中野伸手去拿酒瓶打算倒酒。看见真子迅速地斟满了酒，中野露出一副赞赏之态，笑呵呵地加入到年轻刑警之中。

“死者是个美人，一下子就感觉有干劲儿了。”

他对着五条署的寅刑警方方正正的后背说着脏话。

回到署里，已经过了晚上八点。

真子伸了个大大的懒腰，调整了一下将长发挽在后面的酒红色发夹的位置。平日里，她都是从署里骑着她引以为豪的折叠式自行车，花三十多分钟的时间骑过缓缓的坡道，而今晚，她却选择了步行。走了一身汗后，可以看到树木繁茂的一角，那里就是北野天满宫。沿着它前面的小路拐过去，就到了被称作上七轩的花柳巷。真子的家就在那里，她的母亲是教舞蹈、三味线以及鸣乐器[②]的老师。

真子的家外面是京都古建筑特有的赤褐色弧形栅栏，夜晚需要从关着的大门一旁的小门推着自行车进入屋内。进屋之后，先有一段水泥地，过了厨房后就可以一直穿到后院。后院有一

①电影《寅次郎的故事》日文原名直译是“男人不容易”，因此中野才喜欢借此发挥。

②为歌舞伎伴奏时用的除三味线之外的乐器的总称。

个大概六张榻榻米[①]大小的偏屋，这是母亲为了方便生活不规律的女儿可以不必顾虑入室弟子随意出入家里而增建的。今天，因为才刚过九点，真子将东西放在自己屋子后又回到厨房这边，向起居室打了声招呼。

“姑娘回来了，今天还挺早的嘛。”

推开拉门，里面是一位入室弟子，名为初音。她才只有十八岁，是从艺妓屋[②]过来的舞女。从十五岁到二十岁的舞女逐个来做母亲的入室弟子，然后在能够独当一面的时候分别自立。

“我妈妈呢？”

“师傅去街道的集会了。”

“这样啊，好不容易早回来了。”

“姑娘的脸好红啊。因为皮肤很白，所以看起来像桃子一样白里透红。”

初音说着微笑着站起来，向玲珑瓷茶杯中倒入冰凉的绿茶，用托盘端给了真子。

“谢谢。我肤色白多亏了妈妈手工制作的乳液。”

真子用双手捂着发热的脸颊，坐在了起居室入口的台子上。用放了冰的桶冷却过的水泡出的煎茶别有一番风味。柔润的清凉感像是慰劳干渴的喉咙般流入，瞬间浑身的汗都消失了。

“是加了茶叶和蜂蜜的乳液吧？那个确实很好啊。”

“皮肤会变得像婴儿一样呢。不过初音，你真是变成了一位优秀的艺妓，品味也很好。”

真子盯着手里的茶杯说道。

---

①一张榻榻米面积大约为一点六五平方米。

②拥有一些艺妓、妓女等，以向茶馆、料亭派遣服务为业的店铺。

“姑娘你就会打趣我。”

初音露出羞涩的笑容，看上去像是一个到今年春天为止还是高中生的少女。

“果然是真子，回来了啊。”母亲从偏门进来了。

“我回来啦，妈妈。哎呀不对，应该是我说您回来啦。”

“说哪个都行。你也累了吧，去泡个澡。我去冰镇些葛根凉粉[①]。”

真子一边吃着葛根凉粉，一边时隔好久地与母亲聊了会儿天。之后，她回到屋里，看了一遍中野给自己的案件材料。

受害者名叫朝仓纱英，生于一九六四年九月八日，享年四十六岁。

四十六岁？

真子将目光投向资料上的照片，这是报纸报道中的彩色照片。照片中的纱英怎么看都像是三十五岁左右的样子，她穿着粉色的晚礼服，将一头黑发高高挽起，突出了细长的脖子。即使是最能暴露年龄的喉头，在报纸中也显得非常漂亮。

现住址是京都市下京区竹屋之町，原籍为东京都江东区森下 x 丁目。职业是纱英事务所的社长。

死者在三十四岁的时候嫁给了当时四十五岁的松井综合维修公司的社长松井刚，两年后协议离婚。但之后又借助松井的贷款，建立起公寓出租事业。现在，双方在安全与维修领域处于合作关系。备考栏里写着，纱英事务所去年的实际总销售额大约为二十亿日元。朝仓纱英从女性的视角建造公寓，用了十年时间将事业推向轨道，也因为其精明能干的性格而登上杂志

①将葛根粉溶于水中，煮沸、冷却、凝固后切成细条的小吃，浇红糖蜜汁食用。

或电视。

虽说有前夫的协助，但她本人也一定是相当能干的。

案发现场是纱英的私宅“璀璨纱英”的七〇一号房间。二十张榻榻米大小的起居室中，她穿着白裙仰面躺在地板上。身体没有明显的外伤，衣着也没有特别凌乱的样子。

验尸与解剖结果显示，死因是颈部压迫造成的窒息，甲状软骨的骨折也得到认定。从遗体僵硬、直肠温度以及胃内物体等推算，发现时在死后一小时到三小时之间。

室内没有翻过东西的迹象，现金、贵金属和其他物品都尚存，不太可能是小偷所为。

真子接着阅读遗体发现的经过。

九月十日要进行电视录制，下午一点半，古都电视的制作部导演城下充与纱英在北山的餐厅会面后，下午三点十四分曾在私宅前分开一次。

五点二十分，城下再一次带着女助手去接纱英，两人在附近的咖啡厅等待之时，纱英打来电话说“我现在要换衣服，会晚点到。一会儿我自己去演播室”。于是他们决定回到电视台里等纱英过来。然而，已经到了碰面约定的时间六点，纱英仍然没有到场，于是他们给纱英打了电话，但没有人接。无奈之下派了替身上场，大约六点半时，城下去纱英的公寓确认。她家是自动锁，从一楼入口按下房间号也没有人应答，过了一会儿打电话仍然没有人接。

城下心中觉得蹊跷不安，傍晚七点后，他请负责安全的松井的公司确认一下她的房间。接到联络的松井于傍晚七点三十分进入纱英的房间，发现了遗体。

根据推测，死亡时间大约是四点半到六点半之间。由于考虑到五点二十分曾打过电话，所以犯罪时间应该是那之后的一个小时之内。

案发现场“璀璨纱英”包括受害者的家在内一共有二十五户。一层有四个房间，六层以下是一般住户，顶层是纱英的居所。

案发当日受害人的行动以及有无可疑人员等，目前还在调查中。电梯中没有摄像头，但受害人玄关处的对讲机有图像存储功能，九月十日的存档中只有七点半时发现遗体的松井的影像。

真子又看了鉴定照片班拍的现场照片，没能第一时间参与搜查的时候，她总是在脑中将众多照片联系起来，想象其中发生的故事。

纱英的表情充满了震惊，弯曲的手指也像是在表达着痛苦，看得人非常痛心。

白色的裙子是大胆的开胸设计，可以看出材质和做工都很优良。红紫色的痕迹显示凶手的拇指是交叉的，脖子后方有缠绕的四指痕迹。

耳朵上是蓝色的耳环，胸前佩戴着镶有粉色宝石的项链，手上戴着嵌有与项链同色钻石的戒指。

又是蓝宝石，又是粉钻，价格都不菲吧。

真子一边这样想着，一边看着每张照片上面的部分。

咦？怎么回事，这个耳环……

2

来到府警鉴定科后，真子拜访了水森班长。

“您辛苦了。”真子向出现在鉴定科门口的水森行了个礼，“我看了朝仓纱英案件的照片后，有个地方比较在意。”她看着眼镜后方的眼睛说道。

“要是有我能帮上忙的，尽管说。”

听了水森的话后，真子从帆布包中拿出了资料。

“我想看一下受害者所佩戴的饰品实物。戒指、项链，还有这个耳环。”真子一边按顺序展示着现场照片一边继续道，“人家，不对，我小时候就被迫学了很多关于饰品的知识。衣服的质量从照片就可以看出来，但宝石类不看实物是很难判断的。”

“什么意思？”

水森歪着头问道。

纱英所佩戴的饰品，除了耳环外，设计都充满个性和美感。但使用了蓝宝石的耳环却很平凡，不知为何有种轻浮感。

“哦，原来如此。”

水森一边苦苦思索着，一边回到室内，拿来了装在塑料袋里的证物。

真子戴上手套，用备好的放大镜凝视着一个个饰品。

“宝石的鉴定已经完毕。戒指和项链都是用的天然粉钻，耳环的蓝宝石也是真品。但是价格认定上却存在很大差距。戒指和项链都是五十万以上的价格，而耳环也就值四五万的样子。和姑娘你说的一样。”

“果然，耳环有些不一样。”

戒指和项链的中心宝石周围还配着装饰性宝石，而支撑这些的白金托架上还施加了花瓣的纹饰，一看就知道是同一个设计理念。

“我看了受害者出演的节目录像。”

古都电视在府警本部附近，真子中途去了那里，看了一下之前直播节目的录像带。

“受害者每月的第二个星期五晚上七点半开始，都会出演一个叫作‘住在京都’的时长三十分钟的节目。每次，她都会解说京都的优点，展现京都的宜居之处。节目进行时，为了做出她就在现场的效果，都会将背景中的报道画面与演播室进行合成，镜头会取她的全身，但因为她的衣服都是精心搭配过的，所以看上去非常漂亮。”

据说，她不接受电视台准备的服饰，身上的穿戴基本上都是自己负责的。

“全都自己准备？”

“对，所以这个耳环怎么看都不搭。为什么她会戴，这实在是让人纳闷。耳环上有没有留下指纹？”

“只有受害人自己的，姑娘你这是……”

“这种搭配，我觉得不会是受害人自己弄的，所以我猜测会不会不是她本人戴上去的。”

“不，指纹的附着方式没有问题，应该就是她本人戴上去的。”

真子又前往案发现场的公寓。她坐电梯到了六楼，然后使用业主专用的楼梯。

受害人房间的玄关前，站着穿制服的警官。看到真子后，他敬了个礼。“中野主任已经到了。”他凑近低声说道。

真子打开门，走到里面打招呼。

“不好意思。”

“啊，你来了，五条署的夫人。”

传来中野低沉浑浊的声音。

中野经常说，真子长得像《寅次郎的故事》第十九集“寅次郎与贵族”中的夫人堤鞠子。出演堤鞠子的是年轻时的真野响子，她身高有一米六八，确实从体形上来看有些相似。真子把这话说给母亲后，母亲开心地笑道：“非要说的话，也是像响子的妹妹梓。”

“姑娘，这屋子不得了吧。”

中野像是在自己家一样伸开手臂。

“住在这个公寓的人也都是很有素养的。”看到了几个居住者，大家都静静地颔首示意。

“我刚刚在事务所问过话，住进公寓的人都是受害人自己进行面试决定的。”

这就仿佛是就业面试一样。只允许有眼缘的人入住公寓，这样可以形成有信赖关系的社区。因此，公寓里也没有安装会侵害隐私的防盗摄像头等设备，而是对来访者采取自动锁以及对讲机显示器的方式进行确认。

纱英的想法在于，公寓入口与各个屋子的玄关处可以阻拦可疑人员，与此同时，社区发挥功能的话，人眼也可以起到安全保障的作用。

“那姑娘你想到什么了没有？”

中野探身问道。

真子说了饰品的问题。

“不愧是女孩子，大叔的话就注意不到这些地方。”

“哈哈，明年就三十岁的女孩子。找到粉钻耳环后，我就马上回署里。”

“粉钻是指什么？”

“我想，为了和戒指项链搭配，一定有粉钻耳环存在。”真子一边说，一边走向卧室。

进入房间后，她确认了床头的收纳盒与壁橱里的包等物品。仅看迄今为止的电视录像，就应该明白，从纱英的品味来看，那个蓝宝石与其他的饰品并不搭。还是说，她打算到了电视台再换成其他的呢？

真子打开衣柜的抽屉，发现了带锁的宝石类物品，现在没有上锁。

里面排列着相当数量的高级饰品。

真子更加确信，那个耳环是有问题的。因为抽屉里有着与戒指相同设计的粉钻耳环。

指纹的附着清楚地表明，是纱英自己戴上耳环的。那么，她选择那对耳环的理由是什么呢？

真子走出卧室，进入了旁边的房间。这间西式房间像是用作书房，整洁的桌面上排列着各种各样的书。书的门类从风水相关、方位学、建筑学到健康美容、婴儿起名词典，非常广泛。书架上塞着满满的物业周边信息的调查资料等。

“话说，主任您为什么在这里？”

真子回到二十张榻榻米大小、宽敞明亮的起居室后，向坐在沙发上的中野问道。

“我？我在等姑娘你啊。骗你的。我跟居民探听了许多情况，了解到，那个松井频繁地来受害人家里。”

“作为第一发现人的那个前夫？”真子看着中野的脸。

“对，他俩到底是生意合作伙伴还是什么的不太清楚，只知道他是个追着分手的老婆屁股跑的大叔。我就觉得有些不对劲，果不其然，从那儿找出些这种东西。”中野用下巴示意的，是一百英寸的液晶电视。

“很羡慕这种家庭影院吧？”

“这个确实是很棒啊，真想用这个看完四十八集——笨蛋，要说羡慕，我该羡慕这整间屋子，特别是那个园子，真是好啊。”

真子看了看窗外，屋顶的庭园非常漂亮，它对面可以看到貌似松崎西山的森林。这座山比较低，今年盂兰盆节的时候，在山上点亮了五山送火[①]中妙法的“妙”字。

“玩笑就开到这里。我调查了一下DVD，结果发现它隐藏在架子上。”

“主任，这是……”

递过来的A4纸上，写着松井公司令人震惊的签约方法。为了让客户与自己公司签订安全合同而破坏对手公司的安全系统，甚至建议采取先偷窃再煽动恐惧心理的方法。他的公司就是这样达成协议的吧。

“这简直是搬弄是非从中渔利，真是个奸诈的家伙。”

中野愤愤不平道。

“这个是手册，上面还写着目标物业的名称。”

“受害人因为一个偶然的机会拿到了这个，于是藏了起来吧。”

“正是因为知道这些幕后消息，所以比起机器什么的，纱英更重视人眼所见吧。”

“那么，如果受害人向松井表示不满会怎么样？比如，跟他说我要告发你之类的。”中野刚说到这里，他的手机就响了，手机铃声当然是寅次郎的主题曲。

“水森打过来的。”他看了眼真子。

“哦，这样啊。明白了，我会转达姑娘的。”

中野挂了电话，继续说道：“姑娘所在意的耳环，果然很奇

①五山送火是在环绕京都市的各山上点燃篝火的仪式，是八月份京都各项仪式中最为壮观的仪式。

怪。受害人不可能戴那样的东西。”

“跟其他饰品也不搭呢。”

“不仅如此，水森发现耳环的颜色也不对劲。你看了受害人上电视的样子吧？”

“我看的是录像。”

“她有出镜吧？”

“是影像的合成。”

真子向中野说明，为了做出在演播室里的纱英去了各个实地的效果，这些影像都是合成的。

“这是一种电视画面合成技法，演播室的背景是蓝色的，受害人只要站在它前方就好。这个合成方法必须注意的是，与背景相同的颜色会变得透明。也就是说，戴上蓝宝石耳环的话，耳朵看上去就像是有个孔一样。”

“但是，这个事情受害人不可能不知道啊。”

“这样的话，为什么受害人偏要戴那种颜色的耳环呢？”

“真是奇怪。总之，我们先去会一会这个惹事牟利的人。”

中野从座位上站起来。

3

松井综合维修公司位于右京区西院，标牌上宣称“我们为您守护一切重要的东西”。

搜查班已经在提问了，真子确认了发现遗体的过程后，果断地用京都话问道：“方便讲一下您与纱英女士离婚的原因吗？”

因为以前曾被中野说过，用不紧不慢的语调会让对方感觉到某种无法违背的意志。

中野只是在旁边倾听。只要没有什么特殊情况，他都不会插嘴，这是他的指导方法。

“这个和案件有什么关系吗？”松井面露怒色。

真子从容的语调并不管用，这表明，对方要么是个相当较真的人，要么就是心中有鬼。

“倒不是因为这个，只是我们发现您频繁地访问已经离婚的妻子的住宅。”

真子变换了语调。

“那是为了谈生意上的事情。我是把她当作一个优秀的企业人士来交往的。”

“优秀的企业人士？”

“没错。刚结婚那会儿，我就被她的天真搞得晕头转向，怎么说呢，慢慢就对她的玩心感到厌烦，所以就分手了。但是当我看到她许多有趣的想法在事业上开花结果时，我就明白了这是一种才能。”

“也就是说，她作为妻子让您头疼，但是作为企业人士却值得肯定，是这样吗？”

“这话讲出来有点露骨。总之希望您能理解，她后来变得让人尊敬了。”

“原来如此。我们从您的生意伙伴纱英的屋子里，发现了奇怪的东西。”

“奇怪的东西是指……什么？”

“现在指纹鉴定还没有完成，所以没法给您拿来实物。”真子先做了铺垫，然后将情况概括地讲给他。

“胡说，不可能有这种东西。”

松井的脸色变了。

“您先别激动。”

中野插嘴道。

“但是被说了这种莫须有的事情，谁都会……”

“松井先生，我们打算让警察对此一一验证。”

“验证……”

“这样就可以搞清楚真相了不是吗？话说回来，十号下午四点到七点之间，您在哪里？”

中野张开细小的眼睛问道。

“我在客户那里。”

“能告诉我具体是哪里吗？”

虽然屋里空调很足，但松井却不断地擦着额头的汗。他打开记事本，说了一个叫作“欢乐伏见”的公寓名字。

“我在那里的管理员室内，与这家公寓所属公司的上川先生会面了。”

松井的不在场证明很快就被打破了。上川做证表示，松井出现在管理员室是四点左右，但大概过了二十分钟就回去了。

此外，分队调查了在屋子里发现的纸上所记录的公寓，发现所有公寓的签约对象都被变更为了松井的公司。

例如与 K 安全公司签订合同的中型公寓在不断发生盗窃案后，与松井的公司签订合约，采用了松井公司的防盗系统。这些情况，在细节上都很吻合。

“非常抱歉，为了增加业绩，这也是无奈之举。”

“《轻犯罪法》[①] 或是业务违反等问题待会儿会让你进行说明的。现在我们调查的是杀人。”

---

①日本的《轻犯罪法》主要针对一些轻微的破坏公共秩序的行为而制定。

真子将松井传唤到署里，向他询问情况。

“那种事我可没有干。”

“你看，假的不在场证明可不行。”

“不好意思，是她发短信叫我过去的。”松井的声音听上去非常软弱。“五点刚过一会儿的时候，纱英发短信给我说，让我去伊势丹的画廊等她。这是真的。”他继续说道。

大约五点半的时候，松井到了那个画廊，但却没有看到纱英。这时候，她又来了一条短信，说是准备录节目了要与人碰面，没法过去了。

“然后呢？”

“因为是我喜欢的莫里斯·郁特里罗[②]展，我就顺便看了画展。”

松井表示，回到公司的时候是七点前，十分钟后城下打来电话。

“大叔，您觉得这样的借口能说得通吗？”

中野插了一句。

“我说的都是真的，请你们相信我。”

“纱英的手机里并没有那样的短信。能让我们看一下您的手机吗？”

“其实……我把短信删了。”松井一副难以开口的样子，摇了摇头。他表示，短信开头写着“我想跟你聊聊投机攫利那件事”，所以他立刻就把短信删了。

“纱英女士也是因为同样的理由而删掉短信的吗？”

真子像是在确认似的问道。

②莫里斯·郁特里罗（Maurice Utrillo，1883—1955），法国风景画家。

“这个我不知道，但因为是秘密谈判……”

“可以查看您的手机吗？”

真子这样说着，促使松井交出手机。即使删除了，短信内容也有办法恢复的。

“那件事调查后即可明白。不过，事实上纱英女士对于您的做法是持怀疑态度的，不是吗？”

“那是她误会了。”

松井不停地用手帕擦汗。

“误会？现在您的做法已经违法了。因为这个您与纱英女士产生纠纷，然后……”

“怎么可能就因为这个杀人……对了，那样的话，那家伙，古都电视的城下呢？他可是纱英的情人。”

“情人？”

“没错，我是有证据的。”

松井表示，两人在与节目播出没有关系的时候也会见面，对此他提出要追查过去三年期间对讲机的影像数据。

“大约从节目开播的半年前开始，城下就经常留宿在纱英的房间，可他是有妻子的。”

“推脱的话是不管用的。”真子说完，松井大大地点了个头。

4

真子等人一直等着节目录制结束，晚上十一点半后才见到了城下。

“我感到很震惊，也很遗憾。”

城下垂头丧气地说道。

“您与朝仓女士关系很特别吗？”

真子毫无铺垫，直截了当地问道。

最初，城下对此矢口否认，表示作为节目制作人，与出演人员有特别的关系简直是胡扯。但当真子说了对讲机显示器的存在时，他便承认了从三年前开始，两人就有了特别的关系。

“我是有妻子的人，我爱我的妻子。所以，请你们帮我保密。”

城下说，自己与纱英发生关系只是一时鬼迷心窍，并没有持续下去的打算。

在演播室后面昏暗的等候室里，城下戴着眼镜，看上去一脸认真的样子，完全不像是会有婚外恋的男人。

“都是男人的游戏吧。”

“是的，这一点她也应该是清楚的。作为回报，虽然这么说不太合适，我也是尽心尽力地支持了她的事业。”

两年半前，率先提出要在自己导演的节目中设置一个“纱英事务所”专栏的正是城下。

“她也因此得到了相应的回报。即使是拒绝了前夫松井先生的援助，也依然获得了足够的利益。”

“松井先生的援助……”

真子试图观察城下表情的变化。如果两人是同谋，那么他应该会有些许动摇。

“没错。最近，反倒是她想要跟松井先生的公司撇清关系。”

这与手册的存在连起来了。

“这样啊，那您之前打算怎么处理和纱英女士的关系呢？”

案件有时候就起因于分手时的纠纷。

“我觉得她会理解我的。就在出事前，我还打算找个机会跟她说清楚，好做个了结。”

“其实是觉得她挺碍事的吧？”

“怎么可能，刑警是在怀疑我吗？”

“那，我想请您将案发当天的情况再讲一遍。”

“又要讲吗？”

有一瞬间他面露难色，但很快就流利地回顾了案发当晚的情况。

“等她准备好了，会给我电话。”

城下说，自己总是和女助手一起去接纱英，在附近的咖啡厅里等她联系自己。

“她说那天有事，会晚点换衣服。因为她说自己会直接去电视台，不用我们接了，所以我们就决定在演播室里等了。”

同行的助手也做证，两人在咖啡厅等待的时候，城下的电话接到了联络。之后的行动与调查书里写的一样，而纱英电话的通话记录和城下的说辞一致这件事也得到了确认。证言没有矛盾。

也就是说，起码到五点二十分她还是活着的，之后换上了那身衣服，被杀害了。

“您的话很有参考价值。啊，对了，纱英女士的服装总是非常漂亮，事先会就穿着搭配进行讨论吗？”

“不会，一直到收录前都不知道她会穿什么，因为她执着于追求自我的风格。”

“十号的摄影，也不知道她的服饰吗？”

“嗯，不知道。因为她品味很好，所以我们是完全交给她来定的。”

“啥情况，最后那个问题？”

一回到署里，中野就问道。

“没办法，还是特别在意那对耳环。”

“那个问题，就算了吧。现在虽然松井还在找各种借口，等他坦白了这个案子就结了。受害人公寓的安全是松井在负责，有过节了他想干啥不成？”

发给松井的短信毫无疑问正是来自纱英，而画廊接待处也证实见过一个类似松井的人。但这只能说明，一直到五点半纱英还活着，并不能成为松井的不在场证明。甚至可以说，在死亡推测时间内的六点半以前，他都可能去纱英的公寓实施犯罪。

“松井有嫌疑，可那个耳环是纱英自己戴上的，会有什么问题呢。”

“可是……我觉得换了衣服就说明她是打算去电视台的，穿得那么漂亮，她会想去见自己所讨厌的松井吗？”

“我说，如果受害人告发的话，松井的公司可就完蛋了。虽然不知道她是想要求对方改变商业方式还是要断绝关系。”

中野认为，松井因此而恼火，最终杀害了纱英，而当时纱英的穿着并不是什么问题。

“主任，请允许我去趟东京。”

“去干啥？”

“我想参加一下纱英女士的葬礼。”

“你就牢记这一点，有动机和机会的人会作案。和松井的离婚原因也可以成为动机。你去东京的话，回来带点特产啊。”

5

纱英的遗体经过司法解剖后，从京都运回到东京老家。为了追踪之后的情况，真子前往东京出席了葬礼。

在亲戚们去了火葬场以后，真子向纱英初高中时的朋友们了解了情况。

总结她们的话来说，纱英就是个调节班里气氛的人，对于体育节、文化节、远足和修行旅行等活动来说她是不可缺少的。

“中学体育节的时候，所有女生一起唱《wanted》的事我到现在还印象深刻。”

据说，中学全体女生对当时流行的粉红女郎[①] 的歌曲编舞后进行了大合唱。

真子也从母亲那里听过粉红女郎这个二人组曾经红极一时，但还无法想象许多人一起唱她们的歌是什么情形。

朋友们觉得纱英的厉害之处就在于，当时还是一年级的她就做了这个策划。此外，高中文化节的时候，她开了模拟小店，从大家那里借来衣服首饰，自己担任化装师，为到店者化装打扮，“变身”后拍照，据说当时反响也很好。

听完她们的趣事，真子感觉似乎有点懂了松井所说的天真与玩心，以及这些有助于她现在的事业开展的原因。

纱英事务所一共在市内拥有四十七处租赁公寓，在所有的地方，比起物理防盗手段，她都推崇有人情味的连带意识，即社区化的安全与信赖。

防止犯罪者入侵有各种各样的锁，但最关键的锁是邻居的眼睛，这一点也是警察防盗科一直推崇的。现在，在纱英的公寓里，居民的确目击到了松井。对于在租赁公寓中实现这一理念的纱英的思维发散力与行动力，真子也感到十分佩服。

---

①粉红女郎（pink lady）是日本二十世纪七十年代中期最红的女子二人组合。

抱着变成遗骨的女儿回到家，纱英的父亲身心俱疲，母亲也心力交瘁，不仅面容憔悴，脸部甚至有些浮肿。

真子深呼吸了一下，然后走入纱英父母的休息室。虽然事先已经在电话里约好了，但还是不忍直视他们哭肿的脸。

真子尽力冷静地告诉了纱英父母遗体发现的状况以及搜查的进展情况，然后问道："您二位有没有从纱英女士那里听到什么烦心事？"

七十岁的父亲轻轻地摇了摇头，看着坐在旁边的母亲。经常听说，任何家里女儿都不跟爸爸说心里话，但真子并不知道事实是否如此。因为在她五岁的时候，父母就离婚了。

"纱英结婚前，我们经常打电话聊天。但是她跟松井先生分手后，一年也就联系两三次，也没有找我商量过什么事。"

母亲看上去比父亲年轻许多，但资料上写着她也已经六十岁了。

"您有没有听她讲过离婚的原因是什么？"

真子想到了中野的方块脸。

"那孩子总是喜欢调皮搞恶作剧。所以，她也能感觉到松井先生的心正在远离自己。我忘了是什么时候，她说自己可能怀上孩子了之类的话。"母亲说，那个好像是在撒谎，这反而导致松井的心走得更远了。

"最近您与纱英女士聊天是什么时候？"

"上个月初，她问我要不要去看五山送火。不巧那会儿我正好有事……要是早知道会变成这样，我就应该去见她一面的。"她用手按着眼角，泪流满面。不论多大，在母亲眼里，纱英都是孩提时的模样，让人担心，也惹人疼爱。

父亲担心地说，接到通知后，妻子一直说着后悔的话。

“她有没有什么异样的地方呢？”一想到纱英或许是想让母亲从自己公寓的庭园看五山送火，真子就觉得心痛。

“嗯，她说过回老家也不错，听上去有些消极。”

母亲说，那样的话在京都的成就就可惜了，她就笑着说只是开玩笑而已。然后，她就像往常那样关心父母的身体，说会把自己出演的电视节目做成 DVD 寄回家，之后就挂了电话。

“那么您已经看了纱英女士出演的电视节目吧？”

“嗯，她寄回来的都看了。感觉导演真是很照顾她，我也很感激。”

“您是说城下先生吧。”

“没错，他是个很有才能的人。我们虽然不太清楚，但好像这边的电视台也曾邀请过他。”

“东京的电视台吗？”

如果是这样的话，城下就可以制作在全国播出的节目了。

真子询问了耳环的事情，但两人都说对此没有印象。

“这个颜色对那孩子来说确实比较罕见，因为纱英喜欢暖色系。”

“暖色系吗？非常抱歉，在这个时候问您这些。”

真子道完歉准备收起记事本的时候，纱英的父亲向真子深深地鞠了一躬，用呻吟般的声音说道：“刑警女士，请您尽快抓住凶手。纱英真的很喜欢京都，没想到却在京都……请让她毫无遗憾地走吧。”

从东京回来后，真子获得许可先回了趟家。她吃过饭后泡了个澡，然后准备在自己屋里写出差报告书。然而，什么成果都写不出来，只能一个劲儿地叹气。

“姑娘，要不要来杯冰咖啡？”

打开门，初音正拿着托盘站在那儿。

“你来得正是时候，我这会儿脑子一片空白。快进来吧。”

“嗯，谢谢。”

初音穿着一身青色的印有红叶图案的绵罗浴衣。

虽然母亲说，一整天都穿着和服也是一种练习，但像今年这么热的情况下，还是像真子那样穿着短裤和 T 恤衫比较舒服吧。

“听说您去了东京，真是辛苦啊，刑警的工作。”

初音往冰咖啡的杯子中加了牛奶，然后放在矮脚桌上。她了解真子的口味。

和初音说着曾经流行的粉红女郎等故事，真子的心也平静下来。

平时，初音待个二十几分钟就会回自己屋子，但今天却一直跟她聊。真子正这么想着，初音突然要给她揉肩膀。

什么情况?

真子观察着扭扭捏捏的初音。

“初音，你换了香囊吧?”

她每动一下，都会飘来淡淡的桂花香。

“呀，你果然发现了。这个味道不常见吧。”

初音突然迸发出笑声。

“是秋天的清香。”

她为了让真子注意到自己的香味，所以在屋里走来走去。

“初音妹妹真是可爱呀。”

“哎呀，姑娘你别打趣我了，我会害羞的。”

看着初音的表情，这就叫作天真吧，真子想起了松井的话。

天真的笑容……吗?

“初音，别净在那儿瞎胡闹，快去复习长调[①]。”

“呀，师傅叫我了。”

6

“你就这么在意那对耳环吗？”

中野露出吃惊的样子。

因为真子向中野报告说，没能写成东京出差报告书，还是想追踪一下耳环的下落。

“因为我不能认同。戴那样一副耳环太奇怪了。”

“也有可能是一时兴起，那样的话就没法跟嫌疑人联系在一起了。”

中野一脸阴沉地看着真子。

“主任您就可以认同吗，那么奇怪的时尚？”

“这就是人不可思议的地方吧。即使知道会出现个孔，但还是忍不住想戴上试试吧。”

“受害人喜欢的可是暖色系哦。”

“可能因为时值处暑吧。”

“就算您说这种残暑问候文末用语一样的话我还是……”

“哎呀行啦，真是的，你就把它当作恶作剧或开玩笑好了。”

“恶作剧？开玩笑？对谁？”

“对谁，你别问我。”

“就是这里，主任。纱英是因为某种理由才搞了这出恶作剧。”

①近世邦乐的一种曲目，是作为歌舞伎舞蹈伴奏音乐在江户发展起来的三味线音乐。

明白了这个理由，在她面前的人物也就会浮出水面了。

昨晚，初音想让对方发现自己换了香囊的香味，所以来了真子的屋子。这是因为她知道，真子是可以分辨出微妙的气味的。也就是说，只有面对知道蓝色耳环是什么意思的人，纱英才有戴上它的意义。那个人是松井、城下，还是另一位男性呢。

“姑娘，咋了？看远处什么呢？”

“主任，我想调查一下耳环的意义。”

真子一个人飞奔出了办公室，中野在他后面大声喊着什么。

真子首先把从水森那里借来的耳环带到了检查并交易纱英的宝石类遗物的店里，结果发现，只有有问题的耳环不是这家店出售的。

“因为它不是有名的设计师的作品。”

店员私下说，这是个便宜货。

真子想，只能逐个调查京都府内出售宝石、贵金属的店了。但是出售宝石的商店，包括钟表店在内，府内共有三百多家。她后悔单独行动了，只有水森在听了她的话后，帮忙在网上调查了网购站点。

真子先在纱英住宅附近的四条路周边转了一天，结果毫无收获。第二、第三天也走访了宝石店，但没有找到出售这对耳环的店。

什么都行，哪怕是一点点线索也好。

如果耳环是她自己买的，那么在她的行动范围内，应该会有对应的商店。真子打算再走访一下纱英事务所经营的公寓所在的地区，然而这个做法也很勉强，毕竟扩大了范围，商店的数量也会随之增加。

只是在空白地图上标出宝石店的位置，也会令她叹气。

走走转转之后，真子一定会回到纱英的房间，看看已经确认过多次的宝石箱和收据。

跟中野道个歉，让他同意自己加入主流搜查队伍吧，之后再申请开展地毯式搜索——不行，执着于那对耳环的只有真子，现在无法明确说明原因，这样是没法谈的，只会落个被一口否决掉的下场。

真子又长叹了一口气，坐在了起居室的沙发上。闲得无聊，她按下了电视遥控器的开关。架子上放着纱英最近出演的节目DVD，真子把最新一期拿出来放进了DVD机。

画面中，介绍完古刹参道、庭院等之后，纱英又转了周边的购物区和公共设施等，然后顺便与公寓信息联系在一起。

上个月播出的节目也有录像，报道的是桂离宫周边。纱英穿着一件粉色的坎肩，露出肩膀和纤细的手臂，即使说她二十多岁也不过分。

——刚刚给大家介绍了，我自己也想和重要的人一起去走访的秘藏景点。

纱英在结语中说道，然后预告了下个月的内容。

——下期节目，我们将开始“令外国人欣喜的古都”这一系列。每期节目我们都会邀请海外嘉宾，一起为您报道“这里是京都令我欣喜的地方”。那么，我们下期再会。

纱英端庄的脸微笑着，画面如同花朵绽放般明亮起来。

真子将录像带退回去，重放了一遍。她在意的是“我自己也想和重要的人一起去走访”这里。

这句话总给人一种不自然的感觉。若这个“重要的人”已经不是松井了，那指的就是城下。

如果城下已经决定要分手的话，这句评论对他来说应该是充满压迫感的吧。是自己想多了吗？孩子？不对，纱英并没有怀孕的迹象。

真子的眼前浮现出最初书房里放着的婴儿起名字典。

假设纱英和她在试图留住松井的心的时候一样，告诉城下自己怀孕了呢？不，只是让城下看到自己在读这些书，就足以让他联想到与妻子的纷争、进军东京的阻碍——这不就会成为充分的杀人动机吗？

恶作剧。在合成影像中给耳朵留个孔，这也是对城下的玩心吗？

不对，不能完全这样说。如果杀害了纱英之后，城下拿着房间钥匙和纱英的手机出去了会怎么样？

“那个，小水。”真子给水森打了电话，问他城下会不会在纱英的手机上进行了操作，“发信地点的精度有多准？”

“这个得看电话公司了，纱英的电话大概是半径三百米吧。稍等，啊，城下接收信息的咖啡厅和公寓也只相距大概一百二十米吧。”

“那样的话，是不是没法分辨出是从纱英房间打的电话还是从他那儿打的？”

“应该分辨不出来。”

如果城下预料到了这一点，发给松井的短信有可能也是他所为。

城下也有动机和机会，真子自言自语道。

7

两天后，警方终于查到，在桂离宫附近的贵金属店里，一个貌似城下的男性买了蓝宝石耳环。

真子确信，纱英所说的“重要的人”就是城下。她向中野提出，希望传唤城下。

“不行，我们已经以器物损坏和非法侵入的罪名逮捕了松井，接下来要让他说出真相，以杀人的罪名逮捕他。”中野把整套搜查资料交到真子手上。“去讯问一下松井。”

“主任，那天站在纱英眼前的不是松井。”

真子能够感受到犯罪实施瞬间纱英的心情。

“姑娘你真是缠人啊。比起抓住嫌疑人，要让你闭嘴好像更难。唉，真是的，随你便吧。”

“城下先生，听说能在全国播放节目的电视台想要挖您过去呢。”

真子在讯问室内提问着。中野非常不情愿地准许了对城下的传唤。

“那又怎么了？”

城下对于真子没有说京都话而一脸困惑。

“所以她妨碍到您了吗？”

正如纱英母亲所言，东京的电视台跟城下提过跳槽的事情。而背地里，却接到他和K电视台的大型赞助商的女老板纠缠不清的报告，两人的关系看上去并不正当。也就是说，他说爱着自己妻子的话，也只是信口雌黄。

“所以呢？所以你就说我杀了纱英吗？”

“难道不是吗？案发当日，您说在北山的餐厅与纱英女士碰面后，下午三点十四分在公寓前分开，实际上是一起回到房间了吧。”

这种情况下不需要按对讲机，所以城下也没有被录进去。

“之后，您杀害了纱英女士，带着房间钥匙和她的手机出去了。然后，您用纱英女士的手机给自己播了一通电话留下了通话记录，接着为了将搜查的目光引向松井先生，您给他发了信息，夺去了他的不在场证明。”

“这些都是你的想象不是吗？”

“您在六点半的时候，假装很担心纱英女士，去了她的住宅，把钥匙和手机放了回去。”

只要有钥匙，即使是这里，不使用对讲机也可以入室。真子充满自信地断言道。然而，城下的表情并没有大的变化。

“刑警编造的故事就是这样产生了冤案。您的话我学习到了，制作纪录片的时候可以用到。”

说完，城下扭过头去。

“您接到的来自她的电话，那只是演戏而已，是为了让助手做您的证人。”

“能停止这种找碴行为吗？”

城下的语气变得不同以往，说话方式傲慢无礼。

“她根本不可能打电话，因为那个时候她已经死在您手上了。”

“我确实听到她说了，现在开始换衣服，会晚点儿到，要自己去演播室。喂，后面的刑警，把这个人撤了吧，她在给我设圈套。”

他越过真子，对担任辅助官的中野说道。

这时，有刑警走进讯问室，接着和中野一起去了走廊。过了不久，真子也被中野叫出去了。

据说，古都电视从九月起因为有外国人出演，将画面合成的背景从蓝色变成了绿色。因为外国人的眼睛是蓝色的，用蓝色的背景会使他们的眼睛看上去有孔。

也就是说蓝色的耳环看上去不再是透明的了。虽然在搭配上会有一些违和感，但纱英戴着蓝色的耳环已经没有任何问题了，说这是她为了吸引城下而搞恶作剧的看法也变得没有说服力了。

真子咬着嘴唇。

“姑娘，放弃吧。我代你去。”

中野面容阴沉。

“不，主任。还是由我，片冈真子来讯问。”

“我再问一次。三点十四分分开之后，您说一步也没有踏入纱英女士的房间吧？”

回到讯问室的真子用毅然的态度与城下对峙着。

“没错，你问多少次我都是同样的回答。”

“您说她没有就演出服装向您咨询过，是真的吗？”

“完全交给她决定，我之前也说过吧。”

“哎，是这样吗？我可不是傻子，我也学习了一下影像合成技术。”真子突然改变了声调，“纱英女士的时尚是不行的，因为映像中可是会有孔的呢。”真子尽量用得意的语气说道。

“孔？”

“没错，这对于合成影像来说可是致命的吧？城下导演动怒也是不难理解的嘛。”

“我还以为你说什么呢，原来是那个啊，所以才净问些服装的事情。我跟你说啊，刑警女士，我可以非常得意地告诉你，那个是没问题的哟。即使戴着蓝色的耳环也不会透过的，现在不行的是绿色哦。”

“绿色？”

真子故意装傻道。

“对啊，之前因为背景是蓝色的所以会透明，现在已经没问题了。”

“耳环也不会透明？”

“我刚刚不是说过了，你没听吗？”

“说什么来着？”

“我说，蓝色的……”

城下的脸色变了。

“的确，纱英女士戴着蓝宝石耳环。但是，有关受害人的服装，警方除了白裙子以外什么都没有公布，更不可能公布受害人戴着耳环的事实。然而为什么您却知道这个事情呢？”

“我……”

“纱英女士在即使戴着蓝色饰品也没问题的节目录制当天，天真地戴上了这个，因为这是您送给她的诞生石耳环。”

说完，真子从塑料袋中拿出耳环放在桌子上。

“我想起来了，她在电话里说过，因为是九月，所以要戴诞生石做的耳环。”

“你真是够了！”

“啊？”城下瞪大双眼，倒抽一口冷气。

“能够理解一个人将另一个人看得无比重要的心情的，才是真正的男子汉。”

纱英所说的“重要的人”这句话，一定是发自真心的。

“你连这一点都不明白，有什么资格以情人自居！”

真子只说了这一句，就把座位让给了中野，留下蓝色的耳环在桌子上。

（王倩 译）

步上白云

我收到邀约，要写一个以京都为舞台，且脱离俗套的故事。在寻找故事灵感的时候，我邂逅了种田山头火[①]的俳句“云涌云涌，步上白云”，我像念咒语般重复着这句，不知不觉脑海中浮现出怀有身孕的女刑警和京都的街屋。古老的京都街屋有一种仿佛会自己呼吸的生命感，在那里似乎隐藏着什么故事一样，主人公开始不断行动起来。顺便说一句，我在感受到京都街屋特色的故事性后，提笔写了《京都西阵合租屋》这部连作短篇小说。

①种田山头火，本名种田正一，日本自由律俳句的著名俳人。

走在去往京都爱宕山连绵不绝的山间府道上，鲜艳的红色桥梁栏杆就映入眼帘了。这座桥跨在注入保津川的清流清泷川上，长二十余米，宽三米半，名为渡猿桥。

沿着桥稍走些许的地方，整齐地放着一个褐色挎包和黑皮鞋。从那里探出身子往下看，清澈的河水正沿着粗糙的岩石堆缝隙流过。在一处岩石上，能看到与栏杆上的鲜红血液似是而非的紫黑色血痕。

我叫阿僧百合，是京都府警西阵署刑事科唯一的女刑警。今天早上出勤后，很快就接到来自京都府警本部的联络，说是在清泷川渡猿桥正下方的岩石堆上发现了大量的血痕，而桥上则找到了小田彻也所携带的物品。

小田彻也的妻子惠美在一周前的三月十日，向西阵署提交了搜查丈夫下落的申请书。

附近住宿设施的经营者在桥上看到了放置着的鞋和包，觉得有些可疑，于是通报给警方。

"阿僧你小心点儿。"

"没问题的，就这么点高度的台阶。"

我一边摇头拒绝了上司加藤警部伸出的手，一边小心翼翼地下到岩石堆上。平日里，署里是没有人会担心我这个合气道高手的。但现在，我不是寻常的身体。到了三十四岁，我才首次怀孕，现在已经有七个月的身孕了。

我打算工作到生产月再休产假。在警察学校当柔道教官的丈夫整日喋喋不休，一开口，要么是让我休产假，要么就是让我快去申请调离一线。虽然我知道他是在担心我和即将出生的孩子，但最近不由得开始为此吵架了。

被分配在刑事科，从端茶倒水开始，我用了七年时间，终于成长为说话有分量、可以独当一面的刑警。虽然得到上天眷顾，在我对生孩子不抱希望的时候惊喜怀孕，但我并没有要辞掉刑警一职的打算，我害怕因为休产假而导致自己再次失去立足之地，毕竟我每一天都深切体会到，这仍然是一个男权色彩浓厚的职场。

我一直告诉自己，刑警是不分男女的，埋头苦干一路到此，但却给出了怀孕这个最能证明我是女人的证据。随着我的肚子不断变大，周围的目光也莫名其妙地变得温和起来。所以我竭力将腹带缠得更紧，走路的时候也尽量缩着肚子。

即便如此，受到腹部的妨碍，我还是没能矫捷地爬下不稳定的岩石堆。

“你别勉强自己。”

“不用担心，就是胖了一点而已。”

我那样说着，站到了一块染成浓浓的黑红色的大岩石前。越过挺起的肚子，我看到大量的血痕，这让我预感到了死亡。我不由得不想让肚子里的孩子看到，用手捂住了肚脐眼。虽然肚脐眼不可能是眼睛，但我觉得对孩子来说，这是唯一一个通向外界的窗口。

下一瞬间，我又将手移到腰部，确认了一下确实没有人看到我刚才的反应。站在案发现场，即使是一刹那，我也不希望被男人们察觉到即将成为母亲的天真幼稚。

“原来如此。”

一位鉴定官一边将白色的纸片放入塑料袋中，一边点着头。

“看出什么来了吗？”

我从桥下抬头望着鉴定官问道。

资深鉴定官从长着青苔的急坡滑到岩石堆上，把装有稿纸的塑料袋交到我手上。

“云涌云涌，步上白云。”

上面只写着这一句。

“这是山头火的俳句，前段时间电视上还介绍了呢。这个稿纸被铺在鞋子下面了。”

虽然我知道种田山头火这个名字，但并未接触过他的作品。

“这是俳句吗？”

“山头火是一位漂泊的俳人，行事自由不羁，并不拘泥于五七五[①] 的格式。”

“自由……这么说来确实能感觉到一种不论去处阔步而行的刚健呢。”

“据说这是他的绝笔之作。”

“啊！绝笔之作，就是说，这是他道别今生所吟的俳句吧。”

“我觉得这正是山头火有趣的地方。”

“这样啊，因为是绝笔之作，所以你才会信服。”

他从整齐放置的鞋子与绝笔之作猜想，彻也从桥的栏杆处

①俳句有特定格式，分别由五、七、五音节的三个不压韵诗行构成，共十七字音。

投水自杀了。的确，按照这个情况，认为是自杀也很自然，然而关键的遗体却没有找到。

从栏杆上方到岩石约有六米。如果是头部朝下的话致死概率很高，也有可能失去意识后落入清泷川溺死。可是，这里的水量并不像东寻坊[①]或是立待岬[②]那样多到能让遗体消失的地步。清泷川接下来会和水流湍急、又深又宽的保津川合流，但即使在那里也不会找不到尸体。

在保津川上有观光画舫航行，从亀冈市过来的十六千米急流，花上两小时就可到达岚山。警方设想尸体沿着这条线路从河底一路流过去，在岚山渡月桥附近或许会突然出现，也尝试用橡皮船进行搜索。

然而，遗体还是没有被发现。

北野天满宫祭祀着以学问之神闻名的菅原道真，小田夫妇的住所就在它附近。

这座京都街屋还保留着昔日的模样，我从紫红色格子的玄关入口处打了声招呼，身材小巧的妻子惠美便将我引入屋内。面阔狭窄，但里面很深，这是京都街屋的特点，这种构造经常被形容成是鳗鱼的床铺。另一个特征是，为了采光以及营造出开放感，在屋子正中间会设置一个院内庭园。

我被带到了起居室后，想看看那个院内庭园。从帘子下方可以窥见大约三平方米的庭园中央有一口古井，栽种的山茶花等植物非常漂亮。估计从别的房间也能看到这充满雅趣的景色，

---

①东寻坊位于福井县北部，是与石川县相邻的日本海沿岸的一处山岩峭壁，由于长年受到海浪侵蚀，显得十分陡峭险峻。东寻坊海岸是日本有名的自杀圣地。

②立待岬位于函馆山的东南方，是面向津轻海峡突出的海角。

如果换作是我的话，怕是会掀起帘子炫耀一番呢。

不久惠美拿着托盘进来了。她静静地将盛着煎茶的茶杯放到矮脚桌上，递到我跟前。

她四十岁了，一副沉稳祥和的模样，与日式房间和谐地融为一体。丈夫彻也比惠美大七岁，现年四十七，搜查申请书中附上的他的照片看上去相当老。他在三十五岁的时候创立了印刷公司，公司规模虽然很小，但他也是雇佣着十几名员工的负责人，这一点与他的容貌或许相符。公司在天满宫的后面，从家走过去大概五分钟。

五年前，惠美辞掉了护士的工作，开始担任会计，负责公司的财务等工作。她很清楚，公司近两年的运营并不顺利。她在递交搜查申请书时说道，自己猜测，彻也的失踪是否也跟他为公司运营而烦恼有关。

“我们发现了您先生携带的物品。地点是从嵯峨野车站往爱宕山方向开车大约十分钟的位置，在渡猿桥上。桥下方有血液的痕迹，有可能是您先生的。您对这个地方有什么印象吗？”

“没有，我丈夫果然是出了什么事吗？”

“现在还不能确定，但情况很不乐观。”

我淡定地告诉她鞋子摆放整齐、流血量很多的事实，然后将稿纸放在桌上。

“这是在您先生鞋子下面发现的。”

“这、这是山头火的绝笔之作，我丈夫很喜欢。”

“没错。看上去好像是您先生自己选择了死亡。”

我看着惠美。她没有出声，只是将头垂得很低很低。

“他为了公司、为了员工真的是鞠躬尽瘁地工作，到头来却落了个自我了断的下场。我，被抛下的我该怎么办？”

小田夫妇没有孩子，因此夫妻两人相处的时间很多，经常进行交流。尽管如此，自己依然没能察觉到彻也的烦恼，对此惠美感到后悔不已。

“有心印刷，他在公司名字里寄托着，一切人和事物都是有心的，我们要用心来印刷的愿望。”

“原来如此。为了保险起见，我想拿到他的毛发等对血痕进行 DNA 比对。”

我干脆地说道。对案件相关人员的半吊子同情心会妨碍到搜查。

我戴上手套站起来，惠美带我去了丈夫的书房。书房收拾得非常整齐，没有一点生活感，垃圾箱也是空的。书架上塞着满满的文件，从文学全集到最近的畅销作品，看上去有数百本不止。

我找了一下俳句和山头火的相关书籍，但是没有找到。我想，如果那个稿纸有遗书意味的话，在那里都用了俳句，那屋里好歹也应该有一本山头火的书吧。

文几上放着几十张有淡绿色线格的稿纸，稿纸上印有有心印刷的图标，和现场发现的一样。旁边是一个相框，里面是张小田夫妇年轻时候的照片。

“这是我们第一次约会的时候拍的，他说我俩僵硬的表情看上去非常天真烂漫，所以一直摆在这儿，我倒觉得有点不好意思。”

惠美在我后面说道。我回过头去，她正难为情地站在门口。

两人的合影不止这一张，书房以外的书架和橱柜、起居室的电视和古老的音响套件的扩音器上、厨房的餐具架上都有。惠美说因为天真烂漫所以才摆放着，但从上了年纪的面容来判断，也有最近拍摄的照片。

餐具几乎都是两套，两人虽说年纪也不小了，但餐具中许多都是色彩缤纷的可爱设计，与街屋的氛围和情调有所不同。

我家到两年前为止应该也有一对杯子，现在连一对筷子都看不到。只看餐具架，也能感受到小田夫妇婚姻生活的美满。

我从卧室的枕头和盥洗室的梳子上取了几根毛发，为了调查自杀原因和笔迹，我又借了日记和笔记本。

“刑警女士，恭喜您啊。”

就算是再注意，下蹲的时候我还是会扶着肚子。惠美可能是看见了，所以突然这样说道。

因为我不打算说个人的事情，所以没有反应。不，是我不想有反应。我一想到自己的动作会显露出某种懈怠感就感到很痛苦。

“真羡慕您。我先生和我都很喜欢小孩，但始终没能怀上。”

“您二位结婚多少年了？”

我反过来问她，以此糊弄过去惠美的话。

“到今年五月就九年了。我这么说您可能不会相信，我们都没吵过架。”

惠美幸福地微笑着。她的表情仿佛是在试图拂去痛苦的心情般，看上去有些扭曲。

再次回到有矮脚桌的屋子，我听取了小田夫妇相识至今的生活状况等。

惠美出生于伏见区一个拥有一男两女的家庭，她是长女，在市内短期大学学习后，又去了护士培训学校进修，随后在西阵一家医院工作。彻也因为过劳而倒下，住进了那家医院，两人就是在那里相识的。得知彻也过劳的原因是独立创业后，惠美如亲人般关心他的身体，慢慢地两人之间萌发了爱情。

“认真得不能再认真了，他这个人。总是为别人考虑，先人后己，善良到你都不敢相信现如今还会有这么单纯的男人。”

惠美一边回忆当时的事情一边静静地说着。

彻也的兴趣就是工作，如果惠美不提醒他，他不由得就会努力过头。为了让他哪怕能稍微歇息片刻，惠美才果断地租了这个古老的街屋。

“您先生老家是哪里的？”

“是九州，他考上京都的大学后就顺便留了下来。公婆在熊本和哥嫂住在一起，开始我不想让他们担心，就没有告诉他们丈夫失踪的事情，但三天前我还是向他们坦白了，大家担心得不得了。”

“是啊。”

我拜托惠美提交一下彻也的简历，同时问了她一些有关公司经营方面的问题。

公司周边有许多西阵风俗、绸缎、织物相关的店面。彻也一丝不苟地拉关系，拿到了印刷和服展会宣传手册等订单，这要求他尽可能做出和实物相近的色彩与质感。

“也得益于此，我们公司打出了特殊美术印刷的特色。”

就在竞争对手们因为经济低迷而挣扎时，拥有特定技术的公司迎来了机会。然而，近年来，别家公司的技术也在提高，彻也的公司开始被卷入价格竞争中。

“因为业绩恶化，他也很烦恼吧。”

“他把力量都倾注在公司史、个人自费出版书等应要求印刷的方向上，却仍然在价格战中比不过大中型企业。”

彻也这半年期间为了营业和筹款四处奔波，从未休过假。

曾经，惠美担心他又因为过劳而倒下，硬是拽着他去了自己以前工作过的医院，之后在主治医生的指导下，由惠美在家给他打点滴。

“他经常会留宿在公司，我正要担心的时候，结果他就……”

惠美捂着脸哭了起来，纤弱的身体微微颤抖着，细得似乎要断掉的锁骨看得让人心疼。

我跟着惠美前往“有心印刷”。向南走一点点，就可以看到公司的招牌。

公司里，三台印刷机中有两台正在发出轰响。惠美解释说，每一台都是大型印刷机，没有运作的特别大的那台是特殊美术印刷机。

办公室在操作间的里面，四个钢铁桌对面是社长的位子，桌子后面端放着一个高高的保险柜。巨大而厚重的保险柜在这里非常显眼。

“保险柜中有现金吗？”

“怎么可能，要是有那个钱的话，我丈夫也不会发愁了。里面应该都是文件，因为我们也负责一家专科学校的入学考试和名册等个人信息的印刷。”

“虽然没有搜查令，不过为了参考，能让我看一下里面吗？”

我想，里面或许会有能够弄清楚彻也失踪和自杀原因的文件。

“钥匙在专务那儿。”

说完，惠美就打算叫专务过来。

我制止了她，为了从职员那里了解彻也在公司的样子，我决定找手头没事的人到办公室来。

职员对社长的评价基本都很一致，说他是个“从早到晚都在工作，对工作非常严格的人”。而专务的证词略有不同，他因为社长没有接受自己的裁员方案而感到焦躁。在我听来，这就是一个不会积极采取经营健全化对策的天真的经营者。

“还是找不到社长吗？”

“我们正在追踪他的去向，暂时还没找到。小田先生最近看上去怎么样？”

“感觉他一个人背负了所有问题，经常不告诉我们去向就自己出去了。虽然我不太清楚，但他也说过有秘计之类的话，我还想着他可别把主意打到不正规的金融机构上了。他晚上写东西写到很晚，连我也不给看。”

专务噘着嘴说道。

我让专务打开了保险柜，里面几乎都是原稿和名册等文件。

其中吸引我注意的是一捆大约二百张的原稿。我拿起来翻了一下，结果一串意想不到的文字映入眼帘。

“云涌云涌，步上白云。”

现场留下的绝笔之作。

连起来了！

我急忙拿了原稿，飞奔回署里。

原稿中坦白，彻也在十六年前曾杀过人，文字间满是忏悔的心情。这究竟是事实，还是虚构的？

但是，杀人现场写的是那座渡猿桥。最后以一句“浊水变清澄，尽在自流中”。结尾，查了一下果然是山头火的俳句。

可以认为，彻也在忏悔十六年前杀人事件时激动起来，冲动地自杀了。他自杀的原因是为了补偿过去的罪行吗？

为了抑制住兴奋的心情，我去了府警本部，调查了原稿中记载的十六年前犯罪日当天附近发生的案件，结果找到了在清泷川河岸发现被勒死的女性尸体的案件记录。

受害人是伏见区的女性，名叫室井美纱，二十二岁。司法解剖的结果显示她已经怀孕四个月了，于是警方彻底地调查了她的交往对象。然而，由于对方有着牢不可破的不在场证明，最终没有查清真凶是谁。搜查范围又扩大到盗窃与临时起意的过路者，但没有找到明显的信息，调查最终陷入迷宫。

现在，杀人案件追诉的时效延长到了二十五年，但美纱案件发生时的时效是十五年，现在已经无法起诉了（二〇一〇年杀人案件时效废除）。

十六年前，彻也三十一岁。

我拿出了惠美提交的彻也的简历。二十三岁的时候他在一家大型印刷公司就职，三十一岁的时候住在北区衣笠的公寓。美纱的案件记录中看不到小田彻也的名字，需要找出这一时期他和室井美纱的交点。

这么决定后，我立刻访问了室井家。

室井家位于商厂酒窖等林立的旅游胜地，经营一家旅游特产店。

大约二十张榻榻米大小的店里，收银台旁边站着一位中年妇人。

我打开笔记本，给她看了警察徽章，开门见山地说明想就美纱案件问一些问题。

“你们还记着美纱的事情啊，竟然连警察也亲自过来一趟。”

“您的意思是说，还有不是警察方面的人来过这里吗？”

“没错，那是上个月。印刷公司的社长过来，说想到墓地祭拜。”

“那位，是不是叫作小田，小田彻也？”

“对，是小田先生。”

妇人高兴地答道。

“您对小田这个名字有印象吗？我指的是，他们是不是从美纱生前就认识了？”

她尝试回忆了一下小田和美纱的关系。

“没有，我没见过他。我当时就觉得，他因为我女儿的事来访挺不可思议的。不过，说到不可思议，接着就有美纱的朋友联系我，问我小田先生有没有来我家。我特别吃惊，上次听到那孩子的声音还是十六年前呢。然后我才知道，原来小田先生是惠美的熟人，这下才明白了。于是我就把墓地的位置告诉她，让她也去祭拜一下吧。”

“当时的朋友……十六年前……惠美。”

“没错，那孩子叫西田惠美，跟我女儿比亲姐妹还要好。”

“请问有没有您女儿和那位惠美合影的照片？”

“有好多呢。”

美纱的母亲把店交代给可能是在打工的年轻女孩，然后去里屋拿来了照片。

照片上是年轻的惠美，也就是现在的小田惠美。

究竟是怎么回事？惠美打电话确认了自己的丈夫在调查美纱案件，而且隐瞒了两人的夫妇关系。

“您女儿和惠美是怎样熟起来的？”

“惠美是美纱中学时的学姐，她俩在护士宿舍也是室友，关系特别好。惠美怎么了？”

“没有，我只是在进行美纱案件的相关搜查而已。”

因为要回西阵警署，所以我从最近的车站坐上了近铁电车。

摇晃的电车中，我一边抓着吊环，一边想着惠美充满古韵的面容。惠美和美纱是室友，而坦白杀害那位好朋友的是小田彻也的话……案件正朝着出乎意料的方向发展。

我感到抓着吊环的手变得汗津津的。

“你没事吧？坐下来吧。”

过了几个站后，坐在前面座位上的一位中年妇人对我说道。

妇人好像有着独特的嗅觉似的，看出来我是个孕妇。当然，我并没有坐下，但心情却很复杂。

因为想要保护弱者不被恶势力欺负，我才报考了警校。这样的自己却被当作弱者还被让了座。如今的我，在中年妇人眼里怕是也无法依靠吧，我有种仿佛被人说了句“真没用”的感觉。

一定是我想要隐藏腹部的意识过于强烈，反而让姿势看起来很不自然吧。

能被看到的东西，要诚实地露出来才会显得自然吧。

理所当然要露出来的东西被隐藏起来了……

小田家的违和感是什么，我终于明白了。

仔细地读完资料室的案件记录，就会看到，美纱案件相关人员指纹的提供者中，确实有同居人西田惠美的名字。但是，根据当时的记录，调查了美纱周围的人后，丝毫没有找到她和彻也的联系。

刚回到刑事科，手里拿着鉴定科给出的报告文件的加藤警部就找我说话。

“根据DNA鉴定的结果，可以断定血液就是小田彻也的。但是非常奇怪的是，那个岩石的任何一处都没有小田彻也的头皮等附着在上面。从常识的角度来看，流了那么多血，应该是头部裂伤啊。”

“那么，如果是刺杀的话会怎么样？”

“什么？！你是说不是自杀而是他杀？”

我向警部说明了十六年前的美纱案，告诉他受害人的室友是惠美，然后将有心印刷保险柜里的原稿交给了他。

一个公司男职员，对西阵医院的女护士 M 一见钟情。从外地来的男人无处诉说自己心中的郁闷，唯一商量过的上司还背叛了他，将 M 占为己有。

无奈之下这个男人放弃了，然而当他知道上司有许多女人时，为了劝告 M 和上司分手，便邀请 M 和他去兜风。可是 M 骂了男人，并告诉他自己已经怀了上司的孩子。男人一时冲动掐住了 M 的脖子。事后他害起怕来，将遗体丢下不管就回家了。男人一边吐露背负着罪恶活下来的辛苦，也诉说着平凡生活的珍贵。与此同时，他现在依然思念着自己所杀害的女性 M，以及自己出于真爱而掐死对方的悔恨之心，这一切都书写得情谊深厚，感人肺腑。

“不得不说，看了这篇文章的话，我会认为是自杀。”

警部歪着头，一边摸着下巴一边说道。

“结婚第九年，我试着考虑了一下知道丈夫过去罪行的妻子的心情。那位妻子从心底爱慕着丈夫，他们的婚姻很幸福。如果她知道一个大概与杀人等罪行完全不沾边的男性，实际上曾经杀害过一个女人的话，她心里的落差一定很大，更不用说那位被害人还是自己的好朋友。”

“但如果是好朋友的话，惠美没有跟成为丈夫的彻也说过美纱的案件吗？”

“惠美没有说出好朋友被杀的案件。”

“为什么呢，他们夫妇不是关系很好吗？”

“我想，即使关系再好，也会有不说的话。美纱的母亲说，上一次惠美联系她是十六年前了，不仅如此，惠美也没有去好朋友的坟墓祭拜。”

“想要忘了这件事，是这样吗？”

“我觉得是相反的。惠美没有办法接受美纱的死，在她去世十六年之后，美纱，这位真正的朋友依然活在惠美的心中。我想，她是不是在逃避能够让自己感受到美纱死亡的一切。”

“她想当美纱还活着。”

“可是，‘杀害了’美纱的人突然出现了。对于惠美来说，相当于好朋友被杀了两次。第一次是在十六年前，而另一次，是现在。在十六年后，他又一次杀死了一直活在自己心中的美纱。”

“所以阿僧才推测，这会成为充分的动机吧。你觉得是出于愤怒的感情吗？”

“不，我觉得是绝望。因为，让活在惠美心中的美纱停止呼吸的，可能是已经深深走入惠美内心的彻也。我想，这种绝望足以摧毁那个性格温顺的惠美。”

“这些都是唯心的意见，阿僧，关键在于怎么杀的。”

“这个还不清楚。但是，我总觉得，有大量的血痕但却没有和岩石接触的痕迹，可能尸体根本就没有掉下去，而只是洒了血液。如果是护士的话，应该是可以办到的吧？”

“鞋子和山头火都是伪造啊。但是，受害人的遗体去了哪里？”

“我有一点头绪，虽然会有风险，但我希望能得到您的许可。”

我用认真的目光看着警部。

这时，有心印刷的专务给刑事科打来电话说，有一位男性来公司了。

第二天清晨，我端坐在道场“自然和心馆”的榻榻米上。案件真相已经明了起来，这是为了让自己的心情平静下来，为下午搜查小田家做好准备。

参加清晨练习本身，因为怀孕的原因被师傅拒绝了，我非常不情愿地答应参观弟子们的练习。

合气道没有柔道中的自由练习。也就是说，不进行自由分组，一切都是遵循规则的演武。演武优秀者，手上、臂上、脖子、肩膀都没有无用的力气。师傅曾经说过：“用力的话，就像是静止的水流变臭一般，反倒变得没有力气。”现在，我好像能够理解这句话的意思了。

如果用尽全力握住对方胳膊的话，对方也会相应地用力。但是，如果自己一下子放松下来的话，就仿佛金箍突然松开了一样，对方的力道也会消失，你就可以随心所欲地施展招数了。

如果任何一方能够放松的话，对方情绪中的僵硬也会消失。那样的话，这次的案件就不会发生了吧。正是因为两人都知道互相爱着对方，才让人觉得遗憾。不过，作为刑警，我必须将事实清楚地告诉惠美。

下定决心后，我对着挂在道场上写着“万、和合”的匾额行了一个礼，然后站起来，回到了署里。

接着，我带着警部们和五名鉴定官朝着小田家出发了。

“惠美女士，这次我带了搜查令。我们要搜查一下院内庭园和水井。”

我一边给惠美看搜查令一边说道。

春天微弱的阳光下，漂亮的庭园被不解风情的帘子遮住，让人心里不愉快。

惠美什么也没说，紧闭的嘴唇形成一条线。

开始作业后仅用了半个小时，就从井底捞起了用塑料薄膜包裹着的彻也的遗体。

被带走后，惠美诚实地回答了讯问。

“那是我给留在公司的丈夫送夜宵的时候。他那会儿在打盹儿，我偶然地看到了原稿，这让我震惊不已。杀死我好朋友的凶手，竟然是我深爱着的丈夫。我感觉自己都快要疯了。我的心里有两种心情交错在一起，一种觉得因为时效已过，这件事已经了结了，另一种是觉得杀过人的人可信吗，我有一阵处于精神恍惚的状态。决定不生孩子的是丈夫，这是否与他杀害的美纱怀有身孕有关呢，我的妄想不断扩大。更重要的是，一想到美纱依然活生生地存在于丈夫的心里，我就觉得无比悲痛，难以释怀。”

“美纱是您无可替代的好朋友。您是不是没有办法接受她的死？”

“我一直认为她是我的好朋友，所以的确，自己曾经接受不了美纱的死。但是，当我知道她依然活在我最希望留在身边的人心中时，那种震惊就更大了。或许，比起不能原谅夺取好朋友生命的凶手的心情，让我更不能容忍的，是我无比信赖的人心中居然有别的女人这件事。就在那个时候，我从书房找到了写有山头火俳句的稿纸。我查了一下，发现是他的绝笔之作。我想，如果将其与一双鞋子放在案发现场的话，大家都会解释成自杀吧。最开始，我只是稍微想象了一下。给疲惫的丈夫打维生素剂点滴的时候，我开始想，啊，现在我可以埋葬这个持续欺骗了我九年的男人。我勒死了疲惫不堪睡着了的丈夫，将打点滴用的软管连到从井里打水的栽植用手动回转泵上，然后吸出了血液，装到点滴袋中。接着我去了渡猿桥下面的岩石堆，把血洒在上面。我想，如果遗体被发现的话，就会暴露绞死的事实。”

“你打算就那样将遗体放在井里吗？”

等惠美说完后，我问道。

“我想着，等春天过去，到了夏天的时候，就必须处理腐烂的气味。为什么要这样做，因为我不想和丈夫分开。他死了，心里就没有美纱了。这样一想，我就觉得还是很爱他的……”

“对了，今天早上，有一位男性到访有心印刷。那个人因为事故手受了伤，他带来了录音带，说是想追加一些。”

“追加……”

“据他说，事故发生后回顾人生，他下决心要出书，将所有的一切都公之于众。然后，他跟专务说，想看看之前根据录音带整理的稿子。”

“啊……那、那样的话……”

“调查墓地位置，一切都是那个男人的要求。那个稿子不是您先生的，惠美女士。”

从讯问室传出的哀号声，响彻整个西阵署。

“说您先生喜欢山头火，是骗人的吧。据那个男人所说，您先生是第一次读到他的俳句，觉得很有意思。虽说是绝笔之作，但从那句诗中却有一种扔掉烦恼，向前奋进的感觉。您先生并没有悲观的看法。据说，他敦促那个男人完成原稿、出版成书后，要公布自己的名字。一个罪犯写的书，他已经有了不惜借此制造话题也要守护公司的思想准备。惠美女士，这是为了与您一起活下去。”

我以为惠美会哭喊得更厉害，然而，她只是用一双没有焦点的眼睛凝望着我。

我想起了两人的照片。的确，小田夫妇是相爱的。或许，互相都已经深深地嵌入对方心里。但是，他们却隐瞒了最重要的事情。如果惠美将无法接受好友死亡的烦恼倾吐给彻也，这起案件就不会发生。而如果彻也不独自一人背负着经营恶化的重担，能够向惠美吐露自己的软弱，那么惠美也一定会了解到稿件的事情。

“谢谢，你帮了大忙。”

从署里出来后，我没有拒绝后辈刑警要送我回家的提议。因为我发现自己为了不输给男人们而变得盛气凌人，用了很多没用的力气。

不必逞强，将自己软弱的部分露出来，让别人来弥补就好。这件事情，不分男女。为此，人类才被赋予了语言。

肚子里的孩子不是我一个人的，是我和丈夫两个人要共同养育的。

在小心翼翼驾驶的车中被晃了一下，一下子困意来袭。半睡半醒间，我想着要和丈夫说一说休产假的事。

不是作为刑警，而是作为女人，作为妻子，还有，作为母亲。

（王倩 译）

鱼的时间

这部作品是基于养父在病床上讲的京都府与谢郡伊根町的舟屋[①]的模样和海边的气氛而扩充意象写起来的。从海边的村庄缓缓流过的时间逐渐让主人公——一位年轻的驻扎警官成长到可以独当一面，我记得自己是想截取这一瞬间，所以才提笔写下了这个故事。标题是从欧内斯特·海明威的名作《老人与海》中老人的台词“钓不到鱼的时候，把它想成是鱼给了你思考的时间就行了”想到的。写这个作品，是为了致敬社会派推理小说巨匠松本清张的作品，谜团的关键也是清张的小说。但其真正的主人公，或许是“时间”。

①舟屋位于京都丹后半岛东北部的伊根町。当地人把房屋建在水上，而船只就停泊在房子下方的水面上，这种房屋被称之为伊根舟屋。

1

九月三日，距离静冈县伊东S海岸八百米的近海上，漂着一艘没有人的租赁船。其他钓鱼船的客人觉得有些蹊跷，于是给印在船身上的钓具店打了电话。

接到联络的钓具店老板与警察协力搜查了附近，没过多久就捞上来一个没有意识的女人。虽然立刻进行了抢救，但她还是没能醒过来。

根据店主的证言，昨晚伊东海景酒店打来电话，说有一对男女想钓鱼，为他们预约了租赁船。

伊东署巡查认为该女性属于非正常死亡，调查其身份的同时，开始搜查同行的男人的去向。

伊东海景酒店的住宿登记表上只登记了桑名一郎的名字，但那个女人的身份很快就查明了，因为她在和同行的男人钓鱼前曾将贵重物品存放在衣帽间，其中找到了她的驾照。

上面写着，高桑美佐子，三十三岁，住址是神奈川县横滨市中区。

警方在周边海域、小船坞设施等处查找桑名的下落，但一直到傍晚都没有找到。

为了通知相关人员事故发生的事实，警方拨打了桑名写在住宿登记表上的电话号码，但接电话的却是另一个完全不相干的人。查了住址以后，发现也是不存在的。

住宿登记表上是胡乱编造的住址和电话号码，恐怕桑名这个姓也是模仿高桑伪造的吧。

明确女人的死因是在第二天的下午。从她身上没有外伤，从符合一般溺死条件的情况来看，警方打算按水难事故，而非犯罪案件来处理。

但是，从美佐子的拇指、中指以及无名指的指甲间发现了人的皮肤组织，再加上调查工作和交友关系过程中浮出水面的一些事实，搜查阵营认为这也可能是一起杀人案件，气氛开始变得紧张起来。

成为搜查对象的，是一个名叫本间朋张的男人，在横滨市一家计算机软件开发销售公司“COD”担任代表。

“COD（Composition of D）”的主页上声称，这是一家可以实现从 1D 到 3D 的复合图解表现方式的创新型集团。

公司主要负责视频游戏的制作，最初创立的时候，一切都很顺利，但大约从五年前开始，游戏市场不断冷却。就在七名员工的工资也降得惨不忍睹时，大型娱乐产业“大 U”向他们伸出了援手。

从软件游戏转向弹子机产业，“COD”又活了过来。

“大 U”的营业负责人正是高桑美佐子。

如果只是这样的话还不足以说这是起案件。然而，今年八月的会计监察中，查出美佐子有一笔用途不明的款项。再加上她是在“大 U”中拥有绝对权力的高桑专务的女儿，因此美佐子能够自行裁夺的预算额也应该是相当大的。

然而，“大 U”的相关人士证言，这一金额已经超出了商业范围。

因此，有传言说美佐子所动用的钱款都流向了“COD”，自然，也有人怀疑这两人之间的关系。

“大 U”的社长于八月决算期决定，追究专务的责任，填补损失并解雇美佐子。

其后，仅仅过了三天，就在伊东的海面上发现了意识不清的美佐子。

本间从九月二日开始说自己要去仙台出差，离开了横滨市内的家。

然而，到了原本预计返回的五号，他依然没有出现在公司。

警方给伊东海景酒店的前台工作人员和钓具店老板看了“COD”主页上本间的照片，得到的回复是此人和美佐子的同伴非常相像。

得到这个证词后，搜查员拜访了本间的家。

出来接待的是本间的妻子，当她听到高桑美佐子溺死在伊东的海上，而与她一同乘船的男人酷似本间时，她当场就瘫倒在地，身体不住地颤抖。

2

汐见亮太自高中毕业以来，用了十九年的时间，终于实现了到故乡京都府与谢郡伊根町派出所赴任的愿望。

从事渔业的父亲希望自己的独生子能够和自己一样，选择船上的人生。然而，在亮太初中三年级的时候，父亲因为交通事故离开了人世。

当时负责的警官是嵯峨根仁巡查部长，亮太被他淋着雨拼命调查事故现场的身影感动了，并希望自己将来也能在派出所工作。

作为渔民村的派出所警官，嵯峨根巡查部长备受爱戴。他对亮太非常照顾，当亮太向他说明自己想要成为一名像他一样的警官时，他有些不好意思，同时又无比欣喜地笑了。亮太至今依然会想起他的笑容。嵯峨根今年即将退休，亮太来此赴任替换他。有传言嵯峨根极力推荐说，汐见亮太是接替自己位置的最佳人选。

亮太来此赴任，安置好一切后，立刻去伊根一座古老的房屋拜访了嵯峨根夫妇。看着感慨万千像孩子般号啕大哭的嵯峨根，亮太觉得自己一直坚持不懈，持续不断地提交派出所工作申请真是太对了。

“和我不一样，亮太是本地人，一定会成为一个好警官的。”

嵯峨根哽咽地说着，抓住了亮太的肩膀。

“我觉得，不会有比您更好的警官了。”

亮太说的是心里话。

“前些日子，你母亲来找我，跟我说，亮太来了麻烦多照顾他，还给我带了个好东西。她说，这是你父亲没能完成的梦想，希望我和你一起完成。”嵯峨根笑道。

这时，他的妻子从厨房抱着一瓶①酒出来，把酒瓶放在了矮脚桌上，接着又用清脆悦耳的“叮当”声摆上了两个酒杯。

①此处为日本用来装酒的一升瓶，大约有一点八公升的容积。

“你母亲说，从亮太出生时起，阿亮就想试试这个了。”

亮太的父亲名叫汐见亮。父亲很喜欢喝酒，他听母亲说过很多次，父亲经常说“快点长大咱爷俩一起喝酒”逗他玩儿。

“我中学的时候他就走了，说要一起喝酒已经不可能实现了。”

“是啊，真是可怜。”

两人说了一会儿下雨的清晨父亲因事故去世的事情。那天，父亲很罕见地没有喝酒，走在路上，一辆轻卡车突然打滑撞了过来。卡车旋转之后停了下来，接着迅速地逃离了现场。

然而第二天，嵯峨根巡查部长就发现了停在久美浜一家民宿里的轻卡车。

他将一些碎片化的目击证词结合起来，查到了写在卡车车厢上的民宿名字。

根据现场的涂料片和破碎的转向灯等证据，肇事者被逮捕了。

渔业工会判定这起事故属于出海捕鱼前的工伤，幸亏父亲购买了较大金额的生命保险，亮太才得以升入高中追求成为一名警官的梦想。

“必须感谢一下‘杂货店’的朋子。”

“朋子阿姨目击到了事故现场呢。”

“杂货店”是这个小渔村唯一一家像超市一样的地方。那里的老板娘朋子每天早上从四点半开始准备放在店里的便当，因此才目击到了店铺斜前方道路上五点前发生的事故。

“朋子的眼睛很好，记忆力也是啊。”

“阿姨现在多大年纪了？”

“好像有七十七了。”

“不愧是村里唯一的杂货店。能记住那么多商品和价格，计算也很快。”

“而且，还意外地很时髦。据说，她儿子在创立计算机相关公司时，公司名字还是受了朋子的启发呢。她说了个小说的名字，结果儿子说这个好。”

“哎，计算机相关公司的？”

“嗯，果然脑子不用就会退化啊。像我就不行，我连喝了几杯都已经忘了。所以才会跟老婆吵架。”

他瞥了一眼厨房，低声说道。

“对了，你老婆咋样了？”

嵯峨根用两手比画出肚子大起来的样子。

“就这个失算了。”

“值得庆祝的是，失算是要受惩罚的。”

“是啊。”

亮太苦笑了一下。

妻子木棉子已经怀有七个月的身孕了。

在派出所工作的话，就住在派出所二楼，所以职场和生活是没有区别的，需要做好接受几乎二十四小时办公的心理准备。多数情况下，由有过岗亭值班经历，熟悉业务的巡查部长级别的警官一个人赴任。若带着妻子赴任，则丈夫外出巡逻的话，妻子就会代丈夫在派出所值班，因此也会给妻子准备部分兼职报酬，但精神放松的时间是很少的。

办公本身被称作平常办公，节假日姑且也是可以休息的，但实际上相当于夫妇二人二十四小时都在办公。也就是说，在派出所办公的警官夫人所承受的负担是无法估算的。

亮太于前年结婚。虽然并没有生育计划，但他希望避开在派出所工作时妻子怀孕的情况。然而，嵯峨根退休后，很快就确定了他前往伊根派出所工作，一切都进展得很顺利。

事情停滞的时候无论做什么都没有进展，然而一旦有一处转起来的话，就会以无法想象的速度得到解决。

母亲离开伊根，搬去姐姐夫妇居住的京都市内也是一个急剧的变化。

亮太想要去伊根赴任，有一部分也是为了安土重迁、坚决不愿意从伊根搬离的母亲奈保子。

然而，就在亮太要回伊根的事定下来的两个月前，腰腿急速衰弱的奈保子接受了姐姐要接她同住的提议。

“你妈妈没法帮忙了，可以找朋子，她还有助产士资格证呢。”

嵯峨根一边微笑着，一边美滋滋地喝着酒。

“这里的人，现在工作干得起劲儿的基本都是朋子阿姨接生的吧。”

“年轻人会去宫津[①]的医院，但我们还是觉得朋子比较让人放心，逆产也处理得很熟练，我老婆也是见过、知道的。”

“也是，即使要临产了妻子也得在派出所陪着丈夫呢。”

“派出所的工作，才真是杂货店呢。”

“这边杂货店得叫那边‘杂货店’的阿姨来一趟吧，再过三个月的话。”

“还真是，已经七个月了。‘幸乃丸’家的儿媳妇也大概七个月了，有朋子忙活的了。”

“幸乃丸”是一家民宿的名字，主人原来是渔民，他推出的鱼料理受到好评，还曾经上过当地的有线电视。不过，对于嵯

①宫津市位于日本京都府北部。

峨根连他们家儿媳妇的分娩月都掌握得这么清楚，亮太还是很吃惊的。他再一次感受到，嵯峨根已经深深地在这里扎下了根。

之后，两个人聊了些琐事，相谈甚欢。等回过神来，已经过去了好几个小时，嵯峨根和亮太都有点舌头打转说不好话了。

“今天突然打扰您，实在不好意思。”

亮太踉踉跄跄地走到玄关，穿上了鞋子。

“酒很好喝，跟你母亲问好啊。”

嵯峨根伸出右手，想跟亮太握手。

这是他的一个习惯，从亮太中学时起就没有变过。亮太高兴地用两手握住嵯峨根的手，他那坚硬的手指和回握的力度都和当时别无两样。

“别辜负了你母亲的决心啊。”

“母亲的决心，是指？”

“哦，没事，我喝醉了，不好意思。”

“没事的，我也好久没有醉得这么开心了。”

“那真是太好了，向你媳妇问好啊。”

“等安定下来了，我会带她过来的。”

“好，那就先这样。”

亮太放开手，敬了个礼。嵯峨根回了个礼，尽管喝醉了，但他的手丝毫都没有抖动。

“木棉子，昨晚抱歉啊，肚子没事吧？”

亮太对正在桌上摆着味噌汤和从“杂货店”买来的生鱼片的木棉子说道。

“该问‘没事吧’的是我吧。明明是宿醉，还跟我说想吃生鱼片，你开玩笑呢吧？”

木棉子的肚子突出得不算厉害，但坐下的时候还是会发出“哎哟”的声音。

“我妈也跟我爸说过同样的话呢。”

“爸爸也是宿醉后要吃生鱼片？”

“不是，跟宿醉没关系。”

从上小学前，亮太就经常坐船。平时，他完全不会晕船，但是到小学五六年级的时候，不知道为什么有一次晕得特别厉害。也不知道是因为潮水流动太激烈，还是因为自己身体状况出现变化，总之感觉天旋地转，都没法站起来。

就在这天的午饭时，父亲若无其事地端出了生鱼片。

“然后呢，你吃了吗？”

“怎么可能吃啊。”

现在回想起来，亮太觉得那是一种逆疗法。对渔民来说，船就是家，食物也要从大海里取得。父亲是在试图教会他，大海是无法逃离的，或许他是想展示一种在海上活下去的决心。

宿醉让亮太想起了那时晕船的情形，而潮水的气息让他想起了父亲。他不由得想尝试一下新鲜的生鱼片能不能消除宿醉。

在大海边的村庄活下去的决心。

“要是变得更难受了，可不关我的事啊。”

“我做好心理准备，就没问题，我觉得。”

“还心理准备，真是夸张。你听你说话的声音都没底气了。”

“只能试试了。”

亮太拿起了筷子。

“话说……”

亮太看出来，木棉子有些难以开口。

“怎么了？是朋子阿姨说了什么吗？”

“嗯……”

“说了什么严厉的话吗？”

“那倒没有，阿姨很喜欢看书呢。”

木棉子突然转换了话题。这就证明，她有些话相当难以对自己说出口。

“是啊，她要么就是在准备便当，要么就是在读文库本。”

亮太先回应了木棉子的话题。

“她说想把过去读过的书再读一遍，所以从家拿了好多书到店里，不过大都是推理小说呢。”

“这样啊。然后，她跟你说什么了？”

亮太很干脆地问道。他往石鲷生鱼片上抹上芥末，然后夹到酱油盘里。

“她说我的肚子大概有七个月了。”

“因为阿姨也做助产士的。”

“她说，到了十一月的时候会告诉我家里需要准备的东西。”

“嗯。”

“我不想在这儿生。”

亮太放下了送到嘴边的筷子。

他什么也没说。

亮太为了让木棉子理解希望她跟随自己来伊根的心情，已经使出了浑身解数。派出所的工作确定下来后，有一个为大家鼓劲儿的会议，是由经历过派出所工作的“警嫂”们参加的研修会一样的集会。亮太费了好大劲，才说服木棉子参加了那场集会。跨越这层困难的瞬间，亮太以为自己的心意已经传递给了木棉子——或许他想错了。

“是因为不安吗？”

“不是，我无法想象在别人面前生孩子。”

“医院的医生不也是别人吗？”

“那不一样，你还是让我在医院生吧。就算不这样，第一胎也很不安全吧。”

“我知道了。”

距离分娩月还有时间。如果再了解朋子一些，可能她的想法就变了。

“你可得记得说啊，跟杂货店的阿姨。”

亮太含糊地应了一声。

九月五日早晨，木棉子突然说总感觉身体有些重，原本已经完全好了的孕吐也突然变得严重起来。

在这之前，她也说受不了鱼腥味，出门都会戴口罩。

即使这样，当亮太去当地巡逻，通过早中晚的巡回联络提供信息以及倾听居民的意见和愿望时，木棉子都会尽力帮人指路，或是用她擅长的电脑制作派出所简报以及案件信息传单。但现在，她居然说，连这些都不想干了。

“让医生看一下比较好吧。”

亮太一边看着温度计一边说。虽然没有发烧，但还不能让人放心。

“我就是想稍微休息一下。”

说完，木棉子用毛巾被盖住了脸。

没办法，亮太尝试着去做饭，然而看着冰箱里的食材想不出任何菜名来。

亮太走出派出所，朝着“杂货店”走去。

“阿亮，有没有什么案件？你那张脸缺少警官的威严呢。”

朋子说道。她的气色很好，看上去完全不像七十七岁的样子。

“这么悠闲的村庄和案件可不搭吧？”

他一边说着，一边想到现在最让他头疼的是妻子的身体状况，这让他觉得有些没出息。

“你媳妇身体怎么样了？”

朋子一脸认真地问道。

“谢谢您关心。她好像是因为搬家，再加上做一些不习惯的工作，有点累着了。”

“那可不行，我中午去看看吧。”

“怎么好意思打扰您午休啊。”

朋子从早上四点半开始准备便当，一直工作到晚上十一点关门，下午一点开始会午休一个小时来消除疲乏。这个时候，她会回到距离店铺大约一百米的家里，所以从一点到两点店里是没有人的。

嵯峨根告诉亮太，在这段时间内，要重点巡视“杂货店”周围。

此外，朋子家伸出海面的部分用来做船库，这种建筑叫作“船屋”，被指定为重要传统建筑，也是属于重要巡视范围内的。

“到去年为止，我都不需要午休什么的。真是没用啊。”

“我听嵯峨根先生说，您去年心脏病发作了。那样的话也是没办法，可得注意了。”

“我要是倒下了，店也就没了，大家可得发愁了。”

“还真是。这儿要是没了，马上就会不断出现午饭难民呢。”

“一等难民阿亮就得发愁了。话说，你媳妇要是早产的话可就麻烦了。”

她一脸担心地看着亮太。

“是啊。”

“不过，阿亮能来看我，我已经很高兴了。”

“您儿子不回来继承这家店吗？”

亮太也知道，朋子希望能来看她的人，其实是自己的儿子本间朋张。

“他好像很忙，正月和盂兰盆节都没回来。”

亮太听出来，朋子的声音变得有些生硬。

“虽然没见过您儿子，不过好像是在城里当社长呢。”

“不过是个小公司。”

“听说您还帮儿子给公司起名字了。”

“那是个偶然啦。因为读了松本清张的《D之复合》，我就跟他说这个名字不错吧，然后他就拍手说好而已，好像是把它翻译成英文了。”

“很了不起了。”

“孙女的名字也是我给起的。”

“您儿子生的是个女儿啊。”

亮太以前对这些事完全没有兴趣，但自从木棉子怀孕后，他不知不觉地就开始用父母的眼光来看待事物了。

“这是清香，很漂亮吧？写作清新的香气。”

朋子从收银台一旁拿出纪念成人礼寄来的清香的照片。

照片中，一个大眼睛女孩正摆着姿势。

“后面是横滨的海吧。”

亮太看着貌似港口的背景嘀咕道。

“我儿子毕竟也是在伊根长大的，对潮水也是有依恋之情的。”

“是啊，这个气儿，还真是忘不了啊。”

气儿是当地的方言，意思是气味。

从亮太懂事起，大海就是他的游乐场。一整年中，除了冬天以外，他的身体几乎都泡在潮水中。

伊根的孩子一上小学，就开始把拴在渔港的渔船当作跳水台来玩儿。

从最高最细的船头跳下去，这是被认可为玩伴之一的考试。本间应该也度过了同样的少年时代。

“其实，比起横滨，还是伊根的海好啊。”

“即便这样，他也是忙啊……”

朋子的目光落到了手中的相片上。

“虽然我也不太懂，但城市就是个各为己利奔波忙碌的地方。”

为了安慰落寞的朋子，亮太说道。

“我也就跟你才愿意说，你也知道我们家那位一直住着院吧。”

“我听说了，已经快十年了。”

朋子的丈夫是渔夫，患上了严重的椎间盘突出症。虽然做了手术，但愈后并不理想，重复不断地进出医院。所以，“杂货店”都得靠朋子一个人来打理。

“结果你看，我又倒下了，真是让人觉得心里没底。”

“您跟儿子说了这些吗？”

父亲年过八十，母亲也已经七十七岁了，不可能不担心。但作为公司代表，身兼重任，所以盂兰盆节的时候才没法随心所欲地回家吧。

亮太的脑海中浮现出几个同学的脸，他们都咬紧牙关努力奋斗，想着来到大都市，积累一定的财富，为父母买了房子，然后早点儿去过隐居的日子。

他们中很多人都没有回过故乡。亮太总感觉，大家都憋着一口气，想着不到衣锦还乡日，绝不回伊根。

“我自己的事都无所谓，我只是很担心朋张啊。”

朋子说完，凝望着大海。她的脸看上去不是那个亮太所熟悉的充满生气的“杂货店”阿姨，而是一位上了年纪的母亲。

3

九月七日，亮太乘坐嵯峨根喜爱的本田小狼[①]正在管辖区域内的山间巡逻时，手机响了。

他把车停在路边，接了电话。

“从宫津署打来了电话，快点儿回来。”

里面传来木棉子的声音。

“明白了。”

亮太答完，一个掉头就朝着派出所去了。手机在海岸线和山路的有些地方没有信号，因为不稳定，所以巡逻的时候，他都使用无线电话。

到了派出所，亮太立刻给宫津署打了电话。

“我是在伊根派出所工作的汐见。”

“有一个紧急搜查需要你的协助。”

亮太挺直了腰。

“好的。”

回复完，他拿着话筒低了低头。

“这个月三日，伊豆伊东署管辖区域内，距离海岸八百米附

①本田小狼，也称本田幼兽（Honda Cub），是由本田公司在一九五八年所推出的五十毫升四冲程两轮摩托车发展而来的一个摩托车系列。

近的海上发现了一艘无人船。”

九月三日，也就是说案件是四天前发生的。

“我们搜查了船的周围，发现了一名女子。虽然实施了抢救，但还是没有救过来。死因是溺死。死者名叫高桑美佐子，三十三岁。根据向负责船只预约、运营的钓具店介绍了死者的住宿设施——伊东海景酒店前台工作人员的证词，已明确还有一名男子同行。”

亮太拼命地记笔记。文字就像速记符号般，线条都在飞舞。

“最开始，我们假设男子也遭遇水难，在海上进行了搜索，但没有找到。由于在死者指甲中找到了或许是属于这名男子的皮肤组织，因此很有可能死者在溺死前与这个男子接触过。我们认为，也有可能是这名男子遗弃了溺水的受害人，现在正在追查他的下落。”

“也就是说或是他杀害了女子，或是遗弃了女子，目前正在逃逸中。”

亮太一边确认，一边记着笔记。

“现在还不清楚动机，静冈县警方认为或许是私人恩怨，所以并不担心他会对不特定的多数人群加以危害。”

“只是有可能会自杀？”

“如果进行公开搜查的话，可能会导致这种结果，所以我们也向新闻机构寻求了协助。”

“也就是说，那名男子的行踪在伊根派出所管辖区域内吧。”

他非常注意，尽可能不带口音地问道。

“我们找了这名男子的室友所知道的一切线索，工作上的伙伴、朋友、熟人等，但都落空了。现在就剩下一个可能，那就是与他故乡的父母的接触。”

“这里是他的家乡吗？”

伊根出身的男子可能杀害了一名女子。亮太看了一眼窗外。

大海在九月阳光的照射下闪闪发光，海的上空飘浮着秋天的云朵。映入眼帘的景色只会让人联想到“悠闲”这个词。在这样的地方出生、长大的人，会去杀人吗？

虽然在城市不大可能，但管辖区内几乎所有人家，从家庭成员构成到工作单位都记录在巡查联络簿上。嵯峨根曾经说过，这是派出所基础业务中最重要的一项。

“嫌疑人是住在神奈川县横滨市的开展计算机业务的公司经营者，名叫本间朋张，五十六岁。父母的住址是，伊根町xx字[①]一号。”

“本间……朋张。”

亮太想起了朋子眼角深深的皱纹。

“那么，如果目击到了本间，不要刺激他，立刻联络宫津署，如果情况紧急的话我们会要求扣押嫌疑人。以遗弃罪为名的逮捕状等文件，我们会在今天安排静冈县警本部经由府警本部通过传真发送给你。那就拜托了。”

“明白了。”

放下听筒，亮太的手在轻微颤抖，仿佛是心脏的跳动正在传递到手上一样。

“亮太，亮太，你怎么了？”

木棉子探过头来，也许她是感知到了亮太不寻常的样子。

这天中午，经过“杂货店”前时，亮太的脚步非常沉重。他想尽可能地避开朋子。如果见到朋子，和她说上话的话，自

---

①字是日本町或村中的一般行政区划名称，有“大字”和“小字”之分，一般将“小字”单称为“字”。

己内心的动摇一定会被看穿。

中学二年级的夏天傍晚，亮太被喜欢的女同学拒绝了。他垂头丧气地走过“杂货店”前面，朋子突然从店里出来叫住了他，默不作声地拿出了一个冰棒。亮太说自己没钱，不能要，她摇了摇头把冰棒放到了亮太的手中。

傍晚，风景逐渐被染红。

“大海真好啊，只是看着它就能忘记时间。”朋子说。

冰棒和大海的颜色清楚地留在了亮太的心里，而那个拒绝自己的女孩却不怎么记得了。

朋子一定是察觉出亮太因为什么事而心情沮丧，所以才陪着他。走过那个狭窄的玄关的人，从店里望去一瞬间就消失了。即使是这样，朋子还是看出了亮太悲伤的表情。

“咋了啊？”

就要回到派出所的亮太身后，传来了朋子的声音。

“今天是青椒塞肉，所以不吃便当啦？不吃青椒可不好呀。”

“果然还是受不了青椒的气儿，就是没法喜欢上青椒。”

亮太抽动着鼻子，糊弄过去。

“那可不行，你得吃一回试试呀。”

亮太照朋子说的走进店内，重整了一下警帽。

“喝一下这个。”

朋子往杯子里倒了冰凉的鱼腥草茶，端给了亮太。鱼腥草是自己家栽种的，她把它做成茶也拿给客人喝。店的最里面有一张餐桌和两把椅子，在那里可以吃便当。

高中棒球赛的时候，还有一群并非客人的男人聚集在电视机前，为代表京都府的高中队伍应援助威。

朋子一边发着牢骚，一边高兴地讲着那热闹的情形。

“这天还得继续热下去呢，稍微休息一下吧。”

“谢谢。”

亮太抓着警棍在椅子上坐下。

“这个，比青椒气儿要好吧？”

“是要做味噌酱鱼吗？”

“好久没做过自家独门美味了，要是做得好吃的话给你分点儿。”

大家聚起来的时候，这一带的母亲们就会用自家做的味噌酱方头鱼来招待客人。

“有什么聚会吗？”

他注视着朋子。

“今天早上，从横滨打来电话。”

朋子像是要逃离亮太的视线般，一边坐在休息用的圆凳上自己倒着茶，一边说道。

“哎？从横滨？”

如果是本间来的电话，就不可能是从横滨打来的。

“儿媳妇很少见地打了个电话。”

“是您儿子的妻子啊。”

好像是在确认不是本间本人，他的语气变得连自己都讨厌。

“儿媳妇说，本间去出差了，有可能会顺便来伊根，说如果他来了，让我给她，电话。”

他的妻子是在警察的指示下向老家打探消息的吧。母亲有可能会帮助儿子逃亡，或者，如果本间想不开了，听到妻子和孩子的声音，也有可能避免最坏的事情发生。

“这样啊，出差了。那，他本人没联系您吗？”

亮太若无其事地放了一块朋子端来做茶点的腌青花鱼到嘴

里。腌青花鱼是伊根的特产，味道比较咸，但非常美味。

“啊？嗯，他完全没有联系。”

朋子很少见地扭过头去。

“阿姨，我买一个便当。虽然我不喜欢青椒，但是阿姨做的菜，或许可以克服呢。”

不能让她有所警戒，亮太把目光投向便当那里。

“谢谢惠顾。”

朋子笑了笑，从店门口处拿了便当过来。

“话说，阿姨……”

“怎么了，这么严肃？跟往常一样，记你账上了啊。”

“嗯，记我账上吧。那……我就去巡逻了。”

“加油干。”

朋子的声音没有了往日的活力，亮太也清楚她是在强颜欢笑。

“谢谢您。”

亮太道过谢后，走出了“杂货店”。

自己的言行有没有不自然？朋子有没有发觉？

他打算把青椒塞肉拿给木棉子吃。

九月八日，亮太来到“杂货店”，发现朋子正坐在里面的餐桌处，认真地读着文库本。

亮太没有打招呼，踮着脚在店里悄悄地转了一圈。所有的商品上都贴着手写的价格标签，这一点不同于便利店。

桌上放着收款机和电话，旁边不是计算器而是算盘。

“阿姨。”

亮太打了声招呼。

朋子慌忙将文库本扣在桌子上，

“吓我一跳。”

她用手捂着胸口说道。

“不好意思，吓着您了。”

亮太笑了一下。

“怎么了？”

朋子朝上看着，语气像是在打探什么一般。

“没事，我就想着，您之前腌的方头鱼正好。说不定，您儿子会回来呢。”

“哎？确实是，要是回来的话，嗯。”

朋子从里面走了出来。

“那孩子的公司是不是不顺利啊。”

朋子一改之前的态度，向亮太问道。

“为什么会这么想呢？”

“说是去出差，也没回过这里。”

母亲就是这样，不见面她也会担心，说自己要回家，她也会担心。

“您要是担心的话，就去见见他当面问一下不就好了。”

“要是我去找他的话，他会把店接下来吗？”

“这间‘杂货店’？”

“这里没有便利店，再没了我这家店可不行。我的身体也有毛病了，那孩子要是能回来，可就帮大忙了。”

朋子用倾诉般的眼神看着亮太。

之后两天，亮太每天去“杂货店”四次，不露声色地确认有没有本间的电话。

这种心境仿佛是在很难感受到拉力的渔场等着鱼上钩一样。

这样想着，亮太突然想起曾经在某本书中读到的句子。

“钓不到鱼的时候，把它想成是鱼给了你思考的时间就行了。”

这几天，亮太一直思考着如何逮捕嫌疑人，以及怎样应对其逃亡和自杀等问题，来见曾经疏远的母亲，搞不好可能也是为了做最后的告别。

刚来派出所工作，就遇到这么大的问题。亮太一方面想着一定要做好这件事；而另一方面，一想到朋子的心境他就觉得心痛。

九月十日早上，他和木棉子起了争执。

木棉子提出，想回京都市内的娘家。

“不是因为忙，是精神一直紧绷着。”

她一边整理装束一边说。

“我想，是因为肚子大了，所以会比较累。”

“这么做我觉得会对不住亮太你，我知道你会没面子。但是，我压力这么大，对胎教也不会好。”

“胎教的话，海边会比较好吧。”

“总之你先让我回去一下，行吗？”

“哎，随你便吧。”

亮太的脑中只有逮捕嫌疑人的事，不太能听进去妻子的话。

“那，就请随我便了。”

木棉子稍微停顿了一下，然后扔了这样一句。

结婚前，亮太就知道她性格比较要强。她的父亲是位警官，虽然是不及格公务员[①]，但却坐上了署长的位子。他的奋斗史甚

①日本中央官厅对未通过国家公务员Ⅰ级考试的公务员的俗称。

至成了警界的传说。

这样一位父亲膝下有三个女儿。木棉子自己说，作为二女儿，她既不像姐姐那样深得爱护，又不像妹妹一样备受宠溺，因此是在经常性的反抗中长大的。

婚礼时，父亲欣喜万分。他接连说“嫁得不容易啊”，是因为他很清楚木棉子顽固的性格。

亮太以为，要强的性格正适合派出所的工作，结果好像起了反作用。

他拿起本田小狼的钥匙，打算去巡逻。这时，木棉子把派出所的钥匙放在了矮脚桌上。

“这里没人了，要是被小偷闯进来就更丢人了。”

“别说了。”

“不过，妈妈的决心，要是能再晚点儿就好了啊。”

“决心是指？”

嵯峨根也用过同样的词。

“哎呀，你都没发现吗？”

“发现什么？

“派出所的工作，如果当地有同居家人以外的亲人，是很难申请下来的。”

“喂，我妈她是……”

“估计妈妈也是为你考虑的……”

说完，她就拿起行李离开了。

警官的女儿木棉子所说的话，可信度还是很高的吧。亮太发现自己根本就不懂母亲的内心和妻子的心情。

或许，成为伊根派出所的警官并不像亮太想象的那样简单。

“阿亮，你媳妇要干什么？”

朋子跑过来。

从“杂货店”的门口可以清楚地看到汽车站。

“这么热的天，她在等汽车。虽然不知道她要去哪儿，不过你去送一下比较好吧？”

“啊，那啥，别管她。”

“你俩吵架了？”

“唉……”

“嗯，两口子吵架，连狗都不理呢。”

朋子的脸上有着往日的明朗。

“阿姨？”

“看出来了？”

“难道是……”

“对呢，有联系了。”

“您儿子？什么时候？”

仿佛一直垂着的钓鱼线上突然有了拉力，亮太感觉自己的心怦怦直跳。

“估计，今天就会坐汽车来。”

“坐汽车啊。”

汽车的趟数是有限的。

“他用公共电话，只说了这个就断了。”

“他情况可无恙？”

“咋突然用这么客气的说法啊。”

“抱歉，我就是想着，好久没有给母亲打电话了，电话里他会是什么样。”

“不清楚他那边是哪个样子，我也只能说你小心点儿了。”

“那倒是。”

“那，你工作加油。”

说完，朋子准备回店里。这时，她转向亮太。

“阿亮。”

“嗯？”

“差不多是时候了。”

“啊？”

“跟那孩子，说一下店里的事。”

“哦，确实是。”

亮太瞬时愣住了。

“那就先这样。”

等朋子走远后，亮太向宫津署报告了本间会在今日来伊根的母亲家这件事。

4

黄昏逼近若狭湾。

亮太站在“杂货店”和朋子舟屋住宅正中间的位置。从这里的话，可以同时监视汽车站和舟屋。中午过后，每隔一小时只来一趟汽车，从车上不断走下零零散散的乘客，但却找不到类似本间的人。

这样的话，他也可能使用船只去家里，这样就不会碰到任何人。因为，他的家是舟屋结构。

说坐汽车是真的吗？

正想着，亮太的眼前出现了一艘小船，摇曳在被夕阳染红的伊根渔港中。

手表上显示下午六点。

夕阳迅速落下，周围突然暗下来，亮太看到朋子点亮了舟屋船坞的电灯。

他静悄悄地移动到舟屋一侧。

“欢迎回家，朋张，我一直在等你呢。”

从船坞传来了朋子的声音。

“嗯。”

本间点了点头，把缆绳扔给朋子。

“是本间朋张先生吧。”

亮太从朋子背后走进船只。

“阿亮。”

朋子回过头来，一脸惊愕。

“妈，这是怎么一回事？”

“这是汐见家的阿亮，最近刚回到伊根，在派出所当警官。”

“妈的！”

本间用锐利的目光看着亮太。

“我妈……”

他想要问些什么。

“不是的，本间先生，阿姨什么都不知道。”

“是这样吗？”

本间用确认的眼光看了看母亲。

“什么啊，不知道你们在说什么。总之先进屋吧。”

朋子用沙哑的声音大喊道。

亮太被带到了起居室。

和传闻一样，朋子真是一位爱书人，书架上摆满了文库本。

亮太和朋子、本间围着矮脚桌坐下了。

从近处看，本间双颊消瘦，这让他的一双大眼睛显得更加突出。他的鼻梁很高，脸上轮廓非常清晰，看上去不像日本人。

“其实，我从三天前就在监视阿姨家了。”

亮太把警帽放在一旁，说道。

“暗中监视……吗？”

“没错。”

“为啥，要监视我家？”

“您儿子是一起重大案件的嫌疑人。”

“是真的吗？”

朋子反问亮太。

“嗯……”

“阿亮，我拜托你一件事。”

朋子突然伏下身子，头挨在榻榻米上。

“阿姨。”

“就给我一个小时，让我跟他说说话。”

“啊？”

“一小时后，我就去派出所。就是给他脖子上拴上绳子，我也会把他带去的，拜托你了。”

“这我办不到。”

“那，你在这个家前面等着，这样也行。我开着灯不关窗帘的话，家里的情形你都能看得很清楚，也知道我们在干什么。真的拜托你了，我们已经很久没见了。”

亮太一直注视着映在拉窗上的母子的影子。两人没有什么不自然的行动，只是在说着话。

然后，一小时之后，朋子带着本间从家里走了出来。

“我问过我儿子话了。阿亮，给你添麻烦了，真是抱歉。”

朋子深深地低下了头。

“那我们就去派出所吧。”

亮太给本间出示了传真过来的逮捕令。

虽然并不担心他会逃跑，但由于是嫌疑人，所以在朋子看不到的地方，亮太给他戴上了手铐。

“伊东海上高桑美佐子溺死案件中，以过失致死的嫌疑，于下午七点十三分，逮捕嫌疑人。”

一回到派出所，亮太就用无线电联络了宫津署，报告了逮捕嫌疑人一事。很快，宫津署就打来电话，指示于今天之内将嫌疑人移送至有拘押设施的宫津署。

他让本间坐在桌子边，先依照程序确定了他的身份。

“之前都去哪儿了？”

听取完基本事项后，亮太问道。

“辗转去了几个有海的地方。”

虽然他一脸疲惫，但眼神很温和。

“大海啊……难不成？”

“我在找自杀的地儿。然后，就想再见我妈妈一面……”

本间有气无力地低着头。

“果然啊。”

“我想着看一眼我妈妈，然后就去死。”

“你能自首也是不容易啊。”

“虽说是事故，但再怎么说都是我的错。”

“事故？”

“我的公司在创业差不多两年半的时候，就已经维持不下去了，而帮助我的正是美佐子。”

“那你为什么要杀了她？”

“我才没有杀她，我爱她，现在也爱着。”

“是说，那终究是个事故吗？”

“没错，我们只是去钓鱼了而已。”

两人正乘船在伊东的海上钓鱼，结果，美佐子突然说自己想死。

“她说想让我跟她一起死。”

“理由是爱情的纠葛，还是因为她挪用资金？”

“挪用？你都调查到这一步了啊。”

“嗯。”

“我不知道美佐子的本意，但她说，因为挪用资金的事情败露了，所以活不下去了。她讨厌只为了还欠款而活的人生。”

如果相信本间的话，美佐子一定是处于充满绝望，感觉前路一片漆黑的状态。

“美佐子趁我不注意的时候跳到海里了。”

“可是，你不是很会游泳吗？”

他也是在海里长大的男人。

“我当然也立刻跳到海里了，因为我对游泳还是很有自信的。”

亮太大大地点了点头。

“但是我大意了。我的腿突然开始抽筋，我拼了命地想做点什么，但却没用。”

在这种状态下，美佐子紧紧地抓住了朋张。两个人一边挣扎着，一边向海底沉下去。

“我真的是拼了命地在努力，请相信我。但是当我想到，如果继续下去的话我也会死，那一瞬间，我放开了美佐子的手。”

“美佐子女士会游泳吗？”

“不会。”

也就是说，美佐子紧抓着朋张的胳膊，所以她的指甲里会有朋张的皮肤吗？

“之后你为什么把她扔下不管？”

“我就是害怕，我那会儿已经什么都不能思考了。”

“是说处于恍惚状态吗？”

“那啥，警官，我那个是……紧急避险。”

本间抬起头，注视着亮太。

“紧急避险啊。”

为了避开针对自己或他人的生命、身体、自由或财产的危害，不得已而采取了行为，只要因此而产生的危害没有超过自己所要避开的危害的程度，就不受惩罚。而超过那个程度的行为，根据情况，可以减轻或免除刑罚。

亮太的脑中浮现出过去拼命背诵的《刑法》三十七条中的一个条文。

“那个，等讯问的时候说吧。但是本间……”

被叫了名字，本间盯着亮太。

“就算是紧急避险，如果你很快联系其他人的话，美佐子可能就得救了。那个罪行，是消失不了的。”

“我妈妈也说了同样的话，她告诉我要活下去，通过帮助别人来赎罪。”

听了本间的话，亮太的眼前浮现出“杂货店”的灯光。

写完文件后，他用派出所的车将本间朋张移送至宫津署。

5

九月十一日早上五点，失眠的亮太干脆早早起床，访问了“杂货店”。他很担心得知了儿子罪行的母亲。

昏暗的海边街道上，“杂货店”的标牌正亮着灯。

看上去，今天也已经有渔民光顾店里了，和往常一样的风景。

亮太等到没客人的时候走进店里，他看到朋子正在往塑料容器里装便当配菜。这是今天的第二拨便当吧。

店里面的椅子上放着一本旧文库本。

朋子在读什么书呢？亮太眯着眼睛看了看书名。

他看到作者是松本清张。

话说起来，朋张这个名字跟清张还有几分相似。朋子给孙子起名也用了“清”字，本间的公司名也是把《D之复合》翻译成了英文。她喜欢的是松本清张。

他又仔细看了标题。

《卡涅阿德斯船板》。

亮太的脑海中闪过多个场景。

卡涅阿德斯是一位希腊哲学家，他提出了紧急避险的问题。两个遇难者被抓到海上的一张船板上，其中一个为了生存而将另一个推下船板，那个人没被问罪。

教给朋张紧急避险的，是朋子。到达舟屋的朋张和逮捕后是有些不同的，是因为听了母亲温和的计谋吧。

那段母子独处的时间。

如果三天是亮太为了钓鱼而思考的时间，那么，那一个小时就是为了放鱼逃走而使用的时间。

朋子是从什么时候开始知道案件的？果然，那个味噌酱鱼——

不对，去买生鱼片的木棉子不是说过，朋子在重新阅读过去读过的书吗？

亮太深刻地体会到，母亲的“鱼的时间”是长久而深沉的。

他又看了一眼朋子往塑料容器里装炖鱼的身影。

她就像那样，今天也是，明天也是，一直等待儿子归来的日子吧。

（王倩 译）

求不得苦——所求之物不能获得的苦恼

拙作《白砂》描写了清贫的苦学生、因为过去的心灵创伤而患上精神病的人以及认真追查案件的刑警，拥有超过二十五万的读者。这位刑警有一位掌上明珠爱子。爱子就是本作品的主人公。在京都上大学时，她一个人生活，故事从她在猫咖啡打工的地方开始。我们家也有两只猫，我从它们身上获得了莫大的刺激和治愈。在我被交稿日期搞得焦头烂额之时，它们也是一副“理理我嘛”的样子，坐在我的膝上或踮起脚来。虽然现在也整日瞎胡闹……但我就是不想呵斥它们。

1

“爸爸，我前段时间发现了一家很有意思的店哦。”

我久违地给父亲打了电话。

“有意思的店？爱子，你可别去什么奇怪的地方啊。”

父亲一开口很快就开始说教，但这一点让我很开心，想想就能热泪盈眶。我的思乡病也挺严重的。

“奇怪是指什么啊？”

一到我这儿，父亲就像是换了个人似的，担心得不得了。我故意用捉弄他的方式问道。

“啊，没什么。”

“我跟你讲，跟犯罪联系在一起可不好哦，就是家咖啡厅而已。”

“虽然不是这样，但咖啡厅也有不好的，你比如昨天在下谷管区内……算了，打住好了。话说，你去的店的氛围怎样？在京都哪一片？”

“这是在讯问我吗？”

“抱歉，抱歉，我不是这个意思。我这种叫职业病吧……

那，有意思指的是？”

“首先，店名叫作‘弥勒’，有京都的感觉吧？”

“咖啡厅叫米乐的话不是很普通吗？好像上野也有一家……”

“不是米乐，是弥勒。”

我一边忍俊不禁，一边强调着店名说。

“迷了？”

“喂，是弥勒菩萨的弥勒。”

虽然我经常会觉得父亲是不是在故意装傻，但他本人是很认真的。用在下谷署经常和我父亲搭档的阿山——山名勘一刑警的话来说，他这叫天然呆。

“嗨，是佛祖啊。不过，这名字听着香火味儿十足啊。不会跟什么奇怪的宗教扯上关系吧？”

“不是宗教，但会有野兽来挑逗。”

“什么野兽来挑逗？”

他突然扯着粗嗓子喊道。

糟了，玩笑开过火了。他接下来一定会说出“下下周是黄金周，你当然会回家，那样的话爸爸去接你好不好”之类的话。

不管怎么说，最近像“爱子，吃了吗”“爱子，三寒四暖，注意保暖”之类的短信多了起来。我的眼前浮现出父亲好像一个在日历上做上标记，坐立不安地盼着远足日子到来的小孩一样，然后被母亲笑话的样子。

不过，我父亲目黑一马在警视厅下谷警署中绝不是一个闲人，甚至还有人说，目黑警部是一头猛兽。阿山也说，他工作的时候表情特别可怕，还会解释说拥有一颗不为外界所动的心是多么的重要。

阿山发牢骚说，能让警部低头的只有母亲和我。

“野兽也不过是猫哦。‘弥勒’是一家猫咖啡。”

“猫？猫，啊。”

“爸爸，猫不可以吗？”

我听阿山说，父亲私自给下谷附近的野猫起了个“美子”的名字，搜查疲惫的时候会去看望这只猫。他对母亲说不出“想养猫”这句话吧，因为自己经常不在家，照顾猫的工作必然要全让我母亲做了。现在先暂时以在街头和美子见面来克制自己。就是说，虽然我父亲隐瞒了，但其实他是很喜欢猫的。

“没有，不是说不可以。”

我听到电话那头阿山的偷笑声。父亲为了盖过他的笑声，故意清嗓子咳嗽起来。

“您要是在工作的话就挂了吧？”

“没事，我们在路上。”

“那太好了。那家店在祇园，是由京都的街屋改造而成的。关键在于，这家店的主人西园特别棒，年龄三十多不到四十岁，身材直挺，就像是宝塚的男角一样帅气。”

“帅气，是女人啊。”

他的声音听上去放心多了。

“然后呢，我有个事想跟您商量一下。”

“什么事？”

“我想开始在那儿打工，所以这次的黄金周回不了家了。”

离开东京老家来京都上大学的条件是，一到休长假的时候，就必须回家。虽然很爱自己的父亲母亲，但为了自立我果断下决心在京都生活，我必须想办法坚持下去。

我自己也知道，在父母的庇护下长大的我还没能完全独立。我也没法向深信女儿很坚强的母亲诉苦，而原本就反对我离开东京的爱担心的父亲，我更不想被他知道自己正思家心切。

“这样啊，平日也要打工啊。”

“嗯，但是我会好好上课的。”

“这样啊，你妈妈已经知道了吧？”

他的语气像是闹别扭的小孩子。

“没有，要是先跟妈妈说的话，她就会说‘你随便吧’。虽然通过妈妈事情会决定得比较快，但我觉得那样不太好。”

我想说的是，我必须亲自告诉父亲。

“知道了。爱子，学习和打工都要努力啊。”

“谢谢爸爸。”

2

我在京洛大学学习心理学是受了父亲的影响。

父亲在案件搜查中会首先直面受害者的内心，思考他们是怎么想的，怎样活着的，然后再寻找其与犯罪者的交点，抓住搜查的线索。

父亲经常说，比起案件的谜团，他对人心理的谜团更感兴趣。

听了这些，我开始被人内心深处的东西所吸引。

所以，我想学习心理学，期望有一天能帮到父亲。或许我想通过这样，让父亲承认我已经成为一个可以独当一面的大人了吧。

“早上好，我是目黑。”

我推开了红色背景上画着白猫图案和店名的门。我被告知周六早上八点来店里。

我在门口脱了鞋子换上拖鞋，拉开高一个台阶的入口处的折叠帘进到店里。地上是防臭地毯，大约二十张榻榻米大小的屋子的墙边，交互放着方便猫上蹿下跳的猫塔和人坐的沙发，沙发前放着木桌。

最里面有一道短廊通到厨房，听到我的声音后，有四只猫从那里跳了出来。其中有三只雄猫：鼻子下方有褐色斑纹的“斑驳”；头上有黑斑，仿佛顶着个盘子的“卡丹”；浑身雪白，有一张大脸的“武夫”。还有一只人气最旺的三色猫“弥勒”，它的名字也被用作店名。

“它们果然很喜欢你呀。”

西园玲奈从走廊出来，黑色的西装裤和她特别搭。

“从今天开始要蒙您关照了。”

我慌忙鞠了个躬。

“我也是，请多关照。其他孩子还在用膳呢，弥勒它们好像对你很感兴趣，明明是最爱的鸡脯肉，中途都不吃了。”

玲奈有时会给猫用非常尊敬的说法，这让我听着很别扭。住在京都到现在还没习惯，像“糖先生”那样，他们会在东西后面加敬称，连说自己的孩子也会用“就寝安稳”这种像敬语一样的说法。

“我来晚了吗？”

我看了看表，现在正好是八点。

“为什么？”

“因为您说，工作是从给猫喂早饭开始的。”

这是确定录取我的时候，玲奈说明的事情。

“这个确实是。不过，是因为弥勒小姐跟我撒娇了，抢跑的人是它，你不用在意。”

说完，她抱起了弥勒。

“弥勒小姐是这里的主人，什么事都是以它为中心的。”

玲奈抚摸着弥勒的嘴边。

弥勒舒服地闭上眼睛。通常，猫咖啡里最有人气的猫都不认生，会被许多人抱。但弥勒只会亲近自己喜欢的人，即使是给它喂店里卖的干粮，或是用狗尾草惹它，它都不会回一下头，只会迅速地退回到自己心仪的小屋，那是一个用稻草编成的椭圆形猫笼。

话说，第一次来这里的时候，我正在喝咖啡，弥勒跳到了我的裙子上。

看见这个情形的玲奈对我说，他们正在招募打工的人，于是我就被选中了。玲奈笑着说，虽然需要人手，但能让弥勒亲自接近的人才，之前都没有碰到。

决定打工人员的也是弥勒，果然弥勒才是这家店的主人。

就这样，虽只是偶然光顾的店，我却成了猫咖啡的员工。

“好，那接下来就换成目黑小姐的班啦。”

玲奈在叠得非常整齐的带袖子的浅樱花色围裙上放上一张A4纸，然后交给了我，这是店里的制服。

“谢谢。西园小姐，您可以叫我爱子。”

“是哦，卡丹没准会把目黑错当成金枪鱼[①]，然后舔舌头呢。”

玲奈一脸认真地说道。

“它能听懂金枪鱼这种词吗？”

“嗯？你不知道吗？猫先生因为和人一起生活的时间比较久，所以大部分词都能听懂，也有人说它们的智力和四岁孩子

---

①日语中目黑（meguro）的发音与金枪鱼（maguro）很像。

差不多。嗯，虽然不清楚科学上的事情，但只看这里的孩子们的话，我觉得它们什么都听得懂。不过，因为是我一直说话养大的，所以可能它们只听得懂京都话。”

虽然我并不觉得猫能够理解人说的话，但我感觉它们可以察觉到。或许，就像我们感觉婴儿会说话前，也能听懂母亲的话一样。

“那为了不被卡丹听成金枪鱼而咬，还是叫我爱子的好。”

“是呢，那你也叫我玲奈就好。”

玲奈笑着，露出一口整齐而洁白的牙齿。

我在T恤和牛仔裤外面套上围裙。围裙的颜色很漂亮，我尤其喜欢樱花。

我母亲的娘家原本在镰仓经营一家和果子店，外公曾经在京都研修，春天去玩的时候，他总会给我吃樱花饼。和东京的樱花饼不一样，它是京都风味的，是用道明寺粉① 包裹染成樱花色的豆沙馅，然后再用盐腌过的樱花叶子卷起来做成的。

虽然第一次看到的时候，我觉得叶子很讨厌，但当我下定决心把它放到嘴里的时候，有一种淡淡的咸味，非常好吃。那一瞬间，我知道了什么是樱花的气息。对于我来说，春天的气息就是樱花饼的香味。外公仍然在镰仓悉心经营着和果子店。

“真合身啊，爱子。那就开始工作吧。”

“好的。”

“首先，我们从重要的猫员工的护理开始。”

玲奈走到弥勒旁边，坐在它的后面。

一共要给十六只“员工”喂食喂水，接着要戴上手套检查

①道明寺粉是糯米泡水蒸出来后晒干再粗磨出来的颗粒状米粉。过去保存食品用的，最初源自大阪府藤井寺市的道明寺，所以叫道明寺粉。

它们的眼睛、鼻子、耳朵的状态，接着是刷牙、剪指甲、全身刷毛。我没养过猫，所以干得不是很顺手。

玲奈转到猫的背后，一下子把它们放到膝盖上，猫儿们就任由她摆布了。它们的姿势像是很了不起的社长或政治家，无论是被扒开嘴，还是被拉胡须，它们都一动不动。然而，就算我照着做同样的事情，它们也会扭动身体，或是坚决不张开口，急了就会咬我的手然后逃跑。

到目前为止，我也就只是作为小学生物课代表照顾过小鸡而已，我能照顾好这些猫吗？

"这些孩子看到年轻漂亮的女孩也在兴奋呢，慢慢就习惯了。"

虽然玲奈是这么说的，但被咬过的手还是很疼的。手臂内侧不知什么时候被挠伤，隐隐地还有点血渗出来。

为什么玲奈不会被咬呢，我一边想着一边看了看她的胳膊。之前没有注意到，她的手背上清楚地留下了无数的伤痕。

"这……"

"啊，这个嘛？这是我家孩子们成长的足迹。"

据说，在野性残存的幼猫时期，它们对用劲大小没有概念，会真的咬人或挠人。

"虽说是这样，但长大之后，它们就知道该用多大劲儿了。"

玲奈一边说着，一边把刷完毛的斑驳放下来，让它翻了个身，用手掌抚摸着它肚子。斑驳眯着眼睛，一脸很舒服的样子。突然，它抓住了玲奈的手，用后脚挠了起来。

"斑驳，疼，疼。"

玲奈幸福地叫着疼，斑驳接着又在她的手上咬了一口。

"啊！"

我喊了一声。

看着一旁吃惊的我，玲奈说：

“这是为了示爱的轻咬，不疼的。有时，我会故意让它这样抓挠或者咬我。斑驳知道用劲儿大小的，多可爱。”

她疼爱地摸了摸斑驳的头。

虽然玲奈说是轻咬，但她的手上清楚地留下了斑驳的牙印，看上去还是很疼。

工作越来越让人提心吊胆。

当我费了好大劲总算给卡丹刷完牙时，她已经给其余十五只猫刷完毛了。

玲奈早上五点起床，现在已经准备好手工饼干和蛋糕了。

我用吸尘器扫完地后，摆好桌子，又检查了一下店里卖的猫粮和逗猫用的玩具。

这里把一种叫作科学减肥的猫干粮分成二十克装到小袋子里，每袋卖一百日元。入店费是三十分钟八百日元，需要点一杯饮料。玩具可以免费借。

玲奈给咖啡机里装上豆子和水。

“那我们就开店吧。”

她说道。

“咦，你的屁股上像是长了一个熊猫尾巴。”

玲奈的黑裤子上沾了好多猫毛，形成一个大疙瘩。

“哎呀，果然黑色不行，太显眼了。”

玲奈一边微笑着，一边用粘毛器在屁股上滚了几下。

玲奈虽然看起来很成熟，但其实意外地很淘气。这么一想，我的紧张感就消失了。

上午十点五分前，“弥勒”开店了，我的第一天打工生活开始了。

3

一眨眼，两周过去了。除了弥勒、卡丹和斑驳外，还有荷尔斯泰因牛花纹的桃之助也认可我来照顾它了。

其他的孩子好像对我还不信赖。猫虽然很可爱，但用一般的方法是行不通的。这些小家伙都有着坚定的意志，如果你觉得用猫粮和玩具之类的就可以让它们听话的话，一定会遭到反击的。每只猫早上一定会巡视，它们分别有固定顺序的检查要点，而其必要条件，就是在和昨天同样的地方要放着同样的东西。

虽然我听玲奈讲了一遍猫的习性，但说实话，我之前没有想到会这么严密，自己也有些低估了猫的记忆力。它们会清楚地记得物品摆放的位置，出现移动就是一个事故。它们一旦发现了被无意中动过的沙发上的靠垫，好几只猫会立刻进入警戒模式。它们会从远处一点点接近，然后伸出手来确认它会不会动，咚咚地敲打，或是嗅它的气味，接着，比往常花更多的时间来巡视。

早晨很匆忙，损失的时间会影响到开店时间，被批评的是作为新人的我。不过，我只是动了一下靠垫的位置而已，猫却可以察觉到，我实在佩服它们的记忆力。

我就这样，在打工的时候与这些猫斗智斗勇。虽然有些不习惯，但常客们都是很亲切的。

其中一名叫比内南美的客人，是个护士。也许是因为与人接触的原因，从第一天开始她就主动跟我说了许多话。

南美上完夜班后顺便来这里，被卡丹治愈后再回家。她总是在开店时间过来，因为还没有其他客人，所以我们聊得很开心，很快就敞开心扉了。

虽然她说自己明年就三十岁了，但因为是圆脸，脸颊的皮肤也很光滑，所以看上去比我大学的女生还要年轻。我尤其喜欢她的笑容，让人感觉仿佛一朵花儿突然绽放般，整个店里都会变得明亮起来。她的开朗一定也让许多患者坚定了与病魔斗争的决心。

然而，最近她的笑容上却有了阴影。

虽然我有些在意，但一直没有时间好好说话。黄金周期间，位于祇园花见小路和八坂神社所在的东山路正中间位置的“弥勒”也来了大量的客人。虽然门上画着一个大大的猫，但不少游客都把它当作普通的咖啡厅走进来，结果反倒觉得有意思。许多客人第一次来到京都的猫咖啡，要照应他们也是很费工夫的。

到了五月中旬，店里终于恢复了往日的平静。一天，南美很罕见地在快要关门的时候过来了。

南美性格直爽，不像地道的京都人那样，让人感觉到一种特有的大派头。然而今天，她的样子有些不同。她一言不发地把自己心仪的卡丹叫到跟前，跟她打招呼，她也毫无反应，只是坐在里面的沙发上。

以往的话，她都会指名要卡丹，然后点一杯加蜂蜜的热牛奶和一袋“科学减肥”。

“像往常一样要热牛奶吗？还是说，今天比较热，要一杯冰牛奶呢？”

我站在南美一旁问道。

她抱着卡丹，什么也不说。卡丹从南美怀中仰头看了我一下，接着又安静地放低身子，窥视着南美。

南美在哭。

我慌忙站起来，告诉了在厨房的玲奈。

“好的，我知道了，谢谢。”

玲奈走到南美坐的沙发一旁坐了下来。与其说她在靠近南美，感觉倒更像是一起逗卡丹玩。

“卡丹才三岁，我想它还不懂女人的眼泪是什么意思呢。”

玲奈抚摸着从南美膝上露出的卡丹的头。

“不好意思，我都没点一下。”

南美还是低着头。

“无所谓的。比起那个，我更担心平时都很开朗的南美，今天怎么哭了。哎呀，讨厌，我真是多管闲事了，希望你不要不高兴啊。”

“怎么会不高兴。对了，像之前一样，要一杯热牛奶还有卡丹的食物。”

“谢谢。”

玲奈热了杯牛奶，悄悄对我说，可以打烊了。

南美喝着牛奶，总算抬起头来开始给卡丹喂食。

她看上去有点精神了。

“爱子，抱歉了，刚才有点失态。”

“嗯？失……”

“啊，我想想，对，不好意思，态度不好。”

“没关系的。不过，南美小姐，你没事吧？”

“嗯……有点。我可以问一下吗？爱子小姐你有尊敬的人吗？”

“尊敬吗？可能是爸爸，哦不，是我父亲……”

我不好意思说出为什么，可能不想被当作孩子吧。

“你父亲？”

“我就是觉得，这么说的话，我父亲应该会喜极而泣吧。”

“也不用这么当真。我觉得能尊敬父亲是一件很美好的事情。不过……如果那个你所尊敬的人做错了事，比如犯了罪的话，爱子小姐你会怎么做？”

南美用认真的眼神注视着我。

“犯罪吗？爸爸……”

如果父亲犯罪的话，我会怎么办？殴打过于任性的犯人，或是因为过分的讯问而被起诉，这些也不是没有可能。这一点，我母亲也经常担心。如果不是因为这些事，比如因为猥亵女性之类的而被逮捕了，我会怎么办？

不要，绝对不要。

“不可能发生这种事情的。”

我大声说道，仿佛是为了清除掉讨厌的想象。我对自己的声音之大感到震惊。

卡丹也吓了一跳，从南美的膝上跳下，逃到有玲奈的厨房去了。

“抱歉，我声音有点大。”

我缩着脖子道歉。

“爱子，怎么啦？卡丹是被吓到了吗？”

玲奈从厨房抱着卡丹走到南美旁边，慢慢地端坐下。卡丹迅速地在她的膝上缩成一团。

“玲奈小姐，是我不对，我问了爱子小姐一些奇怪的问题。”

南美一边说着，一边摸了摸玲奈膝上卡丹的头。

“南美小姐，您究竟是怎么了？从前一阵子起就有点奇怪。”

“我，很奇怪吗？”

她苦笑着。

“方便的话，全部说出来吧。”

玲奈刚说完，弥勒就突然跳到我的膝盖上。看着重重的弥勒，我突然想到，这个透露着某种神秘，时而又如哲学家一般的脸孔或许就是它有人气的秘密。

“那，我就讲一下吧。”

南美啜了一口凉了的牛奶，安静地讲了起来。

4

南美所尊敬的人，是她工作的洛中医院的内科医生真边隼。他的年龄是四十一岁，在洛中医院的医生里算是年轻的了。虽然他长得并不帅，但因为性格开朗又待人亲切，所以很受患者欢迎。不仅是对患者，对院里的工作人员，真边也投去了温柔的眼神。南美就是因为这一点对他产生了好感。

洛中医院虽然备有一百五十多个一般病床，但经常会住满。之前，新型流感显露出流行征兆的那一年，为了应对发烧的门诊患者，工作人员忙得不可开交。护理部原本就人员紧缺，不论多么疲乏，大家都不好诉苦。

即使是这种时候，真边也会经常打招呼关心员工，还会把偷放在口袋里的营养品悄悄地交到没吃上饭的员工手上。

他还曾经代男看护工作，好让对方小憩片刻。

不是说洛中医院的其他医生不亲切，而是真边太善良了。而且，作为一名医生，他也很优秀，值得信赖。

外科医生的话有手术这个大舞台为他们而备，而内科医生并没有那么戏剧性的治疗场面。真边本可以受到更多关注的，南美遗憾地说。

“他就像名字里那个隼字一样，应对问题非常迅速，而且还是单身。”

说到“还是单身”这里，南美流露出些许不好意思的表情。看起来，南美对他的感情不仅是尊敬，还有爱慕之心。

“听起来是个好医生呢，我也希望是这样的医生给我看病。不过，那个真边先生做了什么吗？”

玲奈一边捏着卡丹的耳朵一边问道。一般情况下，它都会逃脱的，但卡丹却任由玲奈摆布。

“我，看到了……”

说完，南美的嘴巴紧闭成一条线。她一改难为情的样子，仍然低着头，沉默不语。

玲奈轻轻地拍了拍卡丹的屁股，把它从膝盖上放下，然后去了厨房。过了一会儿，她用盘子端着三个茶碗回来了。

“喝点淡茶吧。”

“谢谢。”

南美把茶碗放到了嘴边。

玲奈有时在休息时泡的茶苦中带着一丝甘甜，这种上好的抹茶清香闻着让人心情平静。

“平静下来了吗？”

玲奈看南美差不多快喝完了，问道。

“那是我值班时的事。”

南美抬起头。

“之前，有一个因为脑梗塞而被紧急送来的患者，这名没有亲属的六十五岁女患者死了。”

“啊，那真是遗憾。”

“从被救护车送来的那天晚上开始她就没有意识了，一直处于危险状态。只用了五天时间观察ICU的情况，因为病情没有变化，而且还有其他重病患者，所以就把她移到普通病房了。那是我负责的三层，三一五号房间。两天后的凌晨两点半……”

南美来到病房，发现床头监测器正在闪烁。患者的呼吸、脉搏都已经停止了。于是，她立刻联系了值班医生，尝试进行了心肺复苏，但患者没有再醒过来。

“零点时我去看过那位患者，那时完全没有反常的情况。”

“但是病情突变也是有可能的吧？”

“这个，确实是。但是……巡视完回到护工站的时候，我看到真边医生走向三一五号房间。”

“医生去病房非常不可思议吗？”

对于玲奈的疑问，我也点了点头。医生去的话不是理所当然的吗？

“的确，所以那个时候我也没有特别在意。但是，那天晚上不是真边医生值班，而且三楼的病房没有真边医生负责的病人。”

“会不会是找护士有事呢？”

我问道。

“护士站有三个护士值班，他跟谁都没有打过招呼。”

“南美小姐觉得真边医生是到死去患者的房间去了。”

玲奈像是整理问题要点似的说道。

“我在护士站的时候，三一五号房间的监测器发出了警报声。我急忙跑到走廊，看到一个穿着白衣服的男人从屋子里出来，像逃跑般下了楼梯。那肯定是真边医生。我立刻进了病房……”

南美咬着嘴唇。

“患者已经去世了。”

玲奈接着南美的话说道。

“那确实是真边医生吗？”

我问道。

“嗯，我不会看错的。”

南美肯定地说。

“那南美小姐你是怎么想的？”

玲奈问道。

“真边医生在病房里，如果这时候监控生命迹象的仪器开始闪的话，他肯定应该进行心肺复苏。正常情况下，他一定会大声呼喊患者的名字。即便是已经完全变成心肺停止的状态，他也会满头大汗地持续做心脏按摩……”

南美说，这是真边医生原本的样子。

看起来，即使只是没有实施心肺复苏术，这对南美就已经是个打击了。更何况如果他是弃患者于不顾逃了出来，她对真边感到失望也是完全可以理解的。

“电击、注射肾上腺素或利多卡因① 等，我想还有可以做的事情……为什么就那样扔下她。”

南美嘟囔着。

“那，引起大骚乱了吧？”

玲奈问道。

“没有，我跟谁都没法说出看到真边医生的事。”

---

①利多卡因又称为苦息乐卡因或里格卡因，为一种局部麻醉药且可用于治疗心室性心搏过速。

南美的表情非常阴郁。

“我想着要不要告诉院长，但又觉得在这之前必须先跟真边医生本人好好确认一下……然而，我还是说不出口。”

现在依然重复着这种心理，真没用。南美嘟囔着。

“既然是你尊敬的医生，你就应该毫无顾忌地去跟他确认。”

“话是这么说，但我就是比较在意……监测器开始闪烁后我们护士就飞奔到了病房，然而那时候患者已经完全处于心肺停止的状态，也无法进行心肺复苏了。”

“什么意思？是说真边医生做了什么吗？”

玲奈歪着头。

“我没这么想。但是，我很痛苦……”

“虽然我不太明白，是不是医生放置病人不管，仅仅这样就构成了犯罪？”

“因为那个患者原本也可能活不过半个月了，所以是很难说的。在这个状态下要不要继续接维持生命装置，也是有许多讨论的。”

要不要给按照现在的状态会死去的病人延长寿命，应该由患者本人或其家属来决定。像这次这样没办法做决定的情况，即使是让患者自然死去，也很难问医生的罪，因为没有办法证明医生有明确的杀意。

但是，这也不是由非主治的医生来决定的。

“患者希望自然死吗？”

我不知不觉地说出了口。

“因为从送来的那天晚上开始就没有意识，所以要口头询问本人的意思是几乎不可能的。”

“哦，是没法说话吗？”

“嗯，但是她做了准备，万一自己倒下的话，一定要紧急送往我们医院。”

“事先做了准备？”问这话的是玲奈。

“她手里拿着个卡片，写着‘如果我倒下了一定把我送往洛中医院’。”

患者将这张卡片当作护身符般紧紧握着。

“那位患者原本是福井县芦原市人，为了来我们医院看病，租了附近的月租公寓。”

患者在芦原市的旅馆里工作，也住在那里，从半年前开始在京都跑医院治疗。

“她在京都有亲戚或是熟人吗？”

“好像是没有的。福井县也有好医院，而且我们医院也不是专业的脑外科医院……”

“然而她却非要选择洛中医院，那是为什么呢？”

玲奈把地上的狗尾草收拾到用来放玩具的竹筐里。

“真的，到底是为什么呢？”

南美深切说道。

“一个那么坚持来洛中医院看病的人，为什么真边医生会……”

说着，我交替着看了看南美和玲奈。

“南美小姐，真边医生是一位主张自然死或者有尊严死的医生吗？”

玲奈像是想到了什么似的，向南美问道。

“不是，而且在这之前，有关维持生命等事项的处理，真边医生都是和患者或家属彻底商量的。”

南美向玲奈投去了严峻的目光，她的语气很不像她，听上去很生硬。

“但是，南美小姐你是觉得，真边医生是在做了什么手脚后，故意没有采取任何维持生命的处理吧？”

“那是……因为我亲眼看到医生从房间出去后离开的身影。”

“你是在和想要相信医生的心情做斗争呢。”

“这是反对有尊严的死之类的问题。我想，如果是对自己的患者实施的话，也不会追究他的责任。但是，死去的白崎女士不是真边医生的患者。从这里开始事件都很诡异。”

“那位患者是叫白崎女士吗？”

我向南美确认道。

“嗯，白崎瑞惠，六十五岁。”

南美说，她是一位肤色白皙、鼻梁通直、长着一张樱桃小嘴的非常可爱的女性。

“但是，我有一件事情比较在意。”

“什么，爱子小姐?

南美看着我。

“你目击到真边医生朝着白崎女士房间走去是在零点吧？”

“嗯，还要更早一点儿。”

“然后看到他下楼梯是在两点半稍微往前那会儿吧。”

“因为我还看了白崎女士的情况并确认了死亡时间，应该是稍微往前，两点二十五六分。

“也就是说，大约两个半小时，真边先生都在病房里吧？”

“是的。”

“即便是在这期间做了什么手脚，你不觉得时间太长了吗？”

我一说完，三个人都沉默了。也许是感受到了压抑的空气，弥勒从我的膝上跳下去，钻到猫笼里。卡丹打了一个大大的哈欠，闭上眼睛开始睡觉了。

“你觉得他在干什么？”

回到家后，我就给正好打来电话的父亲说了南美的事。这是被抱怨回家太晚前的先发制人式的出击。

“如果在那里有什么见不得人的行为，不，进行了什么犯罪行为的话……嗯，那就是在做隐瞒工作，或是在搜罗那位妇人的携带物之类的吧。虽然说是搜罗，但我觉得不是简单的拿东西，而是有什么原因才会那么做。”

“我也是这么觉得，所以问了一下，但听说没有东西丢失。”

“杀人是目的，然后隐瞒，是这条线吗？嗯，因为是医生，所以也可以拿掉呼吸器，然后再恢复原样。”

父亲侃侃而谈。

“这样啊……原来警察是这样思考的。”

“爱子，人是会犯罪的，所以才会有爸爸所做的工作。但如果是杀人的话，这和其他犯罪是不一样的。可以说，已经越过了一条线，变得不普通了。这一点，南美小姐也是一样的，因为有可能会说她包庇医生。总之，虽然我明白你想要知道真相，或是想关心南美小姐的心情，但不能随便地做一些推理游戏般的事情。”

“嗯。”

父亲的话分量很重。

“所以，如果清楚其中有犯罪行为，就交给警察来处理。绝对不要想着你们自己来解决，或是直接见相关人员说这件事。我希望你跟我保证。”

“我知道了，爸爸。我跟你保证。你放心吧，我绝对不会玩儿推理游戏的。我可是妈妈的女儿哟，我能很好理解人的心情的。”

挂了电话，我随即用手按下了“弥勒”的电话号码。

“喂，我是爱子。我还是很在意南美小姐的事，明天‘弥勒’休息，但我想上完课后去店里，可以吗？”

“我也比较在意，那我也跟南美小姐说一声吧。就算解决不了问题，也当是南美小姐的鼓励会吧。”

“是呢。”

玲奈立刻联系了南美，于是我们决定第二天下午六点在“弥勒”集合。

5

南美先来了，她还是坐在沙发上。休息日来店里，这还是头一回。猫们都在各自喜欢的地方一趴一躺着。或许是心理作用，它们看上去比平日都要放松。猫也有营业用的面孔吗？

“抱歉啊，爱子小姐。为了我，休息日还……”

南美端正了坐姿说道。

“不用介意，我可喜欢这里了。”

我一边说着，一边摸了摸在附近仰面躺着睡觉的桃之助的肚子。它一动不动地打着呼噜。

玲奈端来了咖啡，三个人都齐了。

“如果假设真边先生拿掉了人工呼吸器，距离白崎女士死亡有多少时间？”

玲奈首先开口道。

取掉人工呼吸器后，真边一直看着患者因为缺氧而痛苦地挣扎吗？

“其实我也想过这个。因为白崎女士陷入了深度昏睡状态，所以我想，如果拿掉人工呼吸器的话，十分钟左右就会死亡的。”

“那剩下的时间他在那里做了什么？”

如果有尊严的死是目的的话，他就应该加快速度。磨磨蹭蹭的话，被发现的可能性就会升高。即使真边推崇有尊严的死，留在病房的风险也是很大的。

“他明明是个雷厉风行的医生，果然是在犹豫之间，时间过去了吗？”

玲奈说道。

“不知道。另外，让我比较挂心的是，在那之后，真边医生一直没有精神。”

“也就是说这不是快乐杀人吧。你因为白崎女士的事跟医生说过什么吗？”

我发觉自己变成了刑警的语气，

“抱歉，我说话有点重。”

我补充道。

“没关系的。虽然我特别烦恼，但是昨天跟你们讲了之后有了一点勇气，于是委婉地问了他。”

据说，南美试着跟他套话，说是值班那天晚上如果真边在的话，白崎女士有可能就得救了。对此，真边回答说：“重度脑梗塞的影响是很难预测的，即使我在，事情也不会有什么变化。而且，我也不是脑外科医生。”

“我进一步试着问他，你在的话可以进行心肺复苏呀。”

“他反应怎样？”

“他没说话。”

我听父亲说过，有时候，沉默就是雄辩。果然，认为真边给白崎实施了有尊严的死的想法比较自然。

“妈——妈——”

卡丹突然被弥勒撞醒，它跑到玲奈那里，结果爪子挂到了裙子。玲奈温柔地取下嵌到布里的爪子，卡丹立刻坐到裙子上面，弥勒也跳到我的膝盖上来。

“卡丹说妈妈了吧？”

我吃惊地对玲奈说。猫的叫声听上去像人的语言，这还是第一次。

“卡丹是在眼睛都还没睁开的婴儿时期来到我家的，有客人的时候还好，但它可能是我家里最会撒娇的，它一直把我当作母亲呢。”

玲奈露出母亲般的面容，温柔地将手放在卡丹背上。接着，她朝着南美说道：

“南美小姐，我想了解一下白崎女士的事情。”

“白崎女士吗？嗯，有可以写字的东西吗？”

南美一边说着，一边从手提包中拿出一支圆珠笔，玲奈将猫咪杂志的附录笔记本递给她。

“我也是，除了芦原第一医院转过来的病历上所记载的情况以外，再不知道什么了。”

南美先说明道。

“嗯，好像是这样的。”

她一边嘟囔着，一边用圆珠笔在笔记本上写着。然后，她把笔记本还给了玲奈。

“这是——”

“她拿着的卡盒中，除了希望住进洛中医院那张纸之外，还有一张纸片。”

“这是什么，也不像是短歌。”

玲奈说道。

我看了一眼笔记。上面写着“仰望白山的大银杏，早日拥有一双翅膀，飞上天际”。

“她也没有亲戚，我想着能了解白崎女士，就看了。结果这个不知道是诗歌还是歌词的句子给我留下了很深的印象。”

“那也是和希望入住洛中医院的心情同样重要的东西吧。”

“我想是的。”

“这个白山，是石川县的山吧？”

我跟玲奈确认说。

“是呢，白山和银杏，总觉得有些什么。”

玲奈歪着头。

“我想，这是不是过去写下的。”

“多久以前？”

虽然跟我比起来，玲奈的问题语气更舒缓，但感觉她能戳中某些核心。

“多久以前呢……十年、二十年，或许更久。纸已经发黄，墨也变色了，但是感觉字写得很工整。要是有实物的话就好了，可以和遗体一起送回故乡。”

据说，昨天，作为成年监护人的律师来领取了遗物。

“啊，对了，好像说墓地是在福井县。”

南美想起来后补充了这句。

“那个律师什么也没说吗？”

“他确认了一下选择我们医院的理由以及盒子里的这张纸。但是，律师也什么都不知道。”

白崎长年在芦原温泉从事艺妓工作，引退后在旅馆居住并工作，一直到六十五岁。除了这些以外，律师什么也没说。是真不知道，还是因为守密原则而不说，这个无从得知。

“也就是说，只有这个诗句是了解白崎女士的线索了。”

三个人都沉思起来。像昨天一样，推理陷入了僵局，空气开始凝滞，就在这时，我的肚子“咕”地叫了一声。

“啊，不好意思。”

我的脸发烫起来。

“我也是，打扰了这么久，实在抱歉。”

南美打算回家。

“没关系的，稍等一下。”

说完，玲奈去了厨房，用托盘端着玻璃茶碗回来了。

“来，养虫[①]。”

“养虫？”

“甜、点、啦。不过，也要养一养爱子小姐肚子里叫唤的虫子。这个是有人给的豆腐，加上红糖汁吃吧。”

“豆腐上加红糖汁吗？”

我发出了惊异的声音，南美的表情并不震惊。

“爱子小姐，这是‘京豆腐藤野’的豆花儿，当作甜点也很好吃的哦。”

南美说，他们家也有咖啡店，里面也把这个当作甜点供应。

“那，我们就开吃吧。”

我照着玲奈说的，把豆腐放到口中。味道很甜，不仅是红糖汁的甜味，还有大豆本身的甜味。住在京都，让我非常佩服

①京都话中将小吃、点心叫作“虫養い”，此处按照字面翻译为“养虫”。

的一点就是在超市买的豆腐非常美味。但现在我嘴里吃着的豆腐，它的浓郁感是别的豆腐所无法比拟的。

“好好吃。”

“对吧？据说他们一年要想出几百种使用豆腐的配方，但我觉得最终还是要靠豆腐本身的味道来取胜。”

玲奈说完，自己也吃了一口豆腐。接着，她缓缓地拿起笔记盯着它看。

“这个白山的大银杏是什么样的东西呢？不是仰望山本身，而是仰望生长在山上的树，还真是特别啊。”

“特别大的银杏树应该就是类似阿西里的那种吧。”

南美说道。

“阿西？”

“是西本愿寺，那里的阿弥陀堂前有一棵大银杏树。特别大，从堀川[①]路也能看得很清楚。”

南美告诉我说。

“很有名吗，白山的大银杏树？”

“或许吧。”

“比起这个诗句，我还是更在意为什么她一定要去洛中医院。比如，之前也曾经在这里就诊过，或是有认识的医生之类的，我想把这个原因搞清楚。”

“哎呀，爱子小姐，你怎么像名侦探一样呀。”

正在烦恼的南美身旁，玲奈发出了欢声。我没有跟玲奈说过父亲是刑警这件事。

“玲奈小姐，你别取笑我嘛。”

---

①经过京都市中心向南流的河，从贺茂川分流，在南区上鸟羽的东南处汇入鸭川。

“抱歉，抱歉。我觉得，你说得很对。”

玲奈笑道，接着又朝着南美。

“南美小姐你怎么看？”

她问道。

“法律上规定病历的保存义务是五年，但我们医院保存了十年的病历。关于她之前的就诊，至少十年间没有来过我们这里。然后就是，如果她有医生的门路的话，应该是能隐约知道的。但是，并没有听过这方面的传言。”

南美注视着玲奈说道。

“结果，能思考的材料就只有这个诗句了。”

玲奈耸了耸肩。

6

“让我再从最开始确认一下。”

反复读着笔记上的诗句，玲奈或许突然想到了什么，开口说道。

“什么呢？”

“南美小姐最初看到的真边先生，是什么样子？”

玲奈一边摸着卡丹手上的肉球一边问道。肉球的形状像梅花，颜色却是漂亮的樱花色。玲奈每按一次，爪子都会露出来。

我觉得很有趣，想摸一摸在我膝上卧成一团的弥勒的肉球，但我还没有那么大的勇气。

“我就看了一眼，所以看得不是很清楚。所以样子嘛……”

“比如为了不被发现，所以偷偷摸摸之类的，这种印象就行。”

“可能他就是这样的。”

“出来的时候呢？”

“那时果然还是说看上去像逃跑比较贴切，为了遮住脸而弯着腰的感觉。”

“进去的时候偷偷地，出来时急匆匆地。”

玲奈自言自语道。接着，她又接着说：

“白崎女士的状态是在护工站那边监测着的……”

“嗯。体温、血压、脉搏、呼吸次数这些生命迹象都是二十四小时监测的。”

“那样的话，如果白崎女士的呼吸器被拿下来的话，也是可以知道的吧？”

“没错，那时白崎女士的心跳数和血压都在上升，状态都可以说是良好的。当然，警报也没响。但是如果关掉床头监测器的铃声的话，警报就不会响。”

据说，事实上忘开警报铃是医疗事故中常见的案例。

护士帮患者擦身体、翻身的时候，为了避免测量生命迹象的电极，也就是袖带脱落而导致警报响起来，她们会关掉铃声开关，处理完就有可能忘记打开。

“那样的话，即使生命迹象被监测，有什么特殊情况的时候警报也不会响了。”

“那么，我们假设他是关掉开关之后取下人工呼吸器的。从取下人工呼吸器到死亡大概十分钟。在这期间，即使他让警报不要响，在南美小姐正要前往病房的时候，检测器并没有异常吧？”

“这个没有注意到……我们的失误也很大。”

南美浮现出悲伤的表情。

“我并不是在责怪你，或许并不是你没有注意到异常，而是没有出现异常。”

“没有出现？”

“还有一点，你还记得，在你进入病房的时候，椅子在什么位置吗？”

“椅子……我跑到的时候，首先测了一下脉搏，好像嫌椅子碍事推到一边了。”

“你测的是左手还是右手？”

我不明白玲奈问题的意图。

“因为右手在打点滴，所以我测的应该是左手。”

她又补充说，因为测量生命迹象的袖带是卷在左上臂的，所以应该就是左手。

“你注意到了什么吗？”

“除了没有脉搏之外吗？”

“嗯，比如手的颜色、皮肤之类的。”

“你等一下……我想想，嗯，啊。”

南美睁大了眼睛。

“想到什么了？”

“变红了，她的手腕。虽然还不到变色的地步。”

“果然。”

“你是怎么知道这个的呢？”

南美的表情非常震惊。

“我试着想象了一下真边医生两个半小时都在病房里干了什么，我们并不知道医生和白崎女士的关系。但是那天晚上，真边医生去看了白崎女士的病状，我想他是有预感的。”

“预感……就是说并不是……”

“并不是医生做了什么。”

玲奈代南美断言道。

“那样的话，即使是自然死，监测器上也应该有变化的。然而，并没有变化啊。”

“也许，他给监测器上连接的不是白崎女士，而是自己的脉搏。”

“把袖带卷在自己胳膊上……所以脉搏和血压都上升了……确实换袖带只是一瞬间的事，监测画面就算是闪了也不会注意到。”

“如果说真边医生做了违反规定的事情，估计也就是把监测器连到自己身上这个了。”

“但是，他为什么要这么做呢？”

我插嘴道。

“一定是为了不被任何人打扰，两个人一起度过最后的时间，医生一个人看护了白崎女士。”

“看护？”

“没错。我想，两个半小时，他都陪在白崎女士身边。到最后一瞬间，一直，不，在她去世后，也测了一会儿脉搏。”

“一直测脉搏……所以她的手腕才会变红吗？”

“他一直坐在白崎女士的旁边，不是通过机器，而是用自己的手去感受逐渐消失的脉搏。或者他也可能是在跟她告别，我想，出去的时候，他弯着腰像是藏着脸一样，是因为他在哭。”

“这……”

南美失语了。我也屏住呼吸，注视着玲奈的脸。

“为什么，为什么要这样？”

我代玲奈问道。

“我想，解答这个问题的关键，还是在这个诗句上。对吧，弥勒先生？”

玲奈看着我怀里的弥勒，弥勒似懂非懂地眯上了眼睛。

7

“你在听吗，爸爸？”

我一说完玲奈的推理，父亲突然沉默了。

“好厉害的想象力啊。”

“我们之后很快弄明白，白山的大银杏树是指福井县白山神社里药师的大银杏树，而药师如来是医药之佛。那里面包含着希望他成为一名医生的愿望。”

“但是，仅靠着那句话就推测出这些，真了不起啊。”

父亲发出了钦佩的声音。

“她说这是一种感觉。因为隼和飞快的翅膀语感很像[①]，所以她就想到了真边医生的名字，然后就觉得那个诗句是名字的由来。”

“已经查实了啊。啊，抱歉，这个说法真讨厌啊。”

“没关系，爸爸不必在意。玲奈小姐说，如果她的推理是正确的，那么就像南美小姐所烦恼的那样，真边医生正在因为对谁都无法说出真相而痛苦着。所以，玲奈小姐提议，让南美小姐勇敢地把我们到目前为止的推理说给他本人。”

“是想让他释放压力吧？”

“没错。于是南美小姐就鼓起勇气跟真边医生说了，结果，他坦白说，白崎女士是他的亲生母亲。”

---

①日语中隼（hayabusa）和飞快的翅膀（hayakitsubasa）发音有些像。

五年前真边的父亲去世。他在四十岁的时候，曾一个人前往当时位于福井县芦原町的医院赴任。他对已婚的白崎一见钟情，两人陷入了婚外恋。然后，白崎就怀上了隼。由于真边家没有孩子，所以在隼六岁的时候，就被作为继承人接到了京都。

“白崎女士开始去医院看病的时候向真边医生表明了身份。但是因为会给真边家带来麻烦，所以嘱咐他不要告诉其他人。”

“……这样啊，所以他没有告诉任何人，一个人看护着，作为儿子心情应该很复杂吧。”

“但是很厉害吧，玲奈小姐的想象力。”

“的确是，没扯上犯罪就好，我可是坐卧难安啊，爱子。”

“爸爸，抱歉了。”

“你明白就行。”

“据说，白崎女士说：‘不想延长寿命。到目前为止我作为母亲没能为你做什么，你是个医生，最后我想告诉你最重要的事情。’”

“最重要的事情？”

“嗯，就是死的意义。她说，在没有希望恢复的时候，她不希望勉强延长生命。她想向儿子展现，不论面临怎样的结局，一个人从正面去接受死亡的样子。”

“正面，真严厉啊。”

父亲叹着气说道。

“虽然我不太懂，但是她说，不能理解死亡的医生是没有办法让患者活的。”

“那就是母亲最后想教给他的啊。会成为一个好医生的，那个真边。”

容易感动的父亲用鼻音说道。

“是呢，虽然南美小姐向玲奈小姐道歉了，但好像真边先生跟她说了‘谢谢你担心我’，她看上去有点高兴呢。要是她能和医生发展顺利就好了。”

“爱子看上去很开心啊。但是啊，恋爱可不是那么简单的。”

“是吗？那我也得好好学习一下。”

“学那个还为时过早，在那之前先学好大学的心理学……”

“我知道的啦。多亏了玲奈，我这次很好地学习了人的心理。所以你得原谅我黄金周没回家呀，爸爸。”

（王倩 译）

小糖果

为了给以宫泽贤治[①]为侦探的拙作《伊哈套布[②]侦探》搜集材料，我去了岩手县旅行。在住宿的地方，我看到了一位演歌女歌手和在一旁实际演示制作流程并销售南部脆饼干的男人。那位歌手用满面笑容巧妙地对付来自喝醉酒的泡温泉的客人的倒彩，而手艺人一边注视着这个情形，一边沉默地烤着脆饼干，在他面前的道具箱上贴着CD的宣传海报。这两人的对比给我留下了深刻印象，于是我在归途的新干线上构思了故事。“小糖果”是指捉迷藏等游戏中，被特赦不用做鬼的小孩子[③]。我的目标是写出这种善良的不成文律所造就的人类模样，一部平成远野物语[④]，大人的童话。

①宫泽贤治，日本昭和时代早期的诗人、童话作家、农业指导家、教育家、作词家。
②伊哈套布是宫泽贤治根据自己心中的乌托邦所造的词，以其故乡岩手县为意象。
③日本捉迷藏游戏中，抓人的人叫作鬼，被抓住的人变成鬼接着抓人。
④《远野物语》是柳田国男在一九一〇年发表的传说集，是日本民俗学的名著。

《远野女物语》

作词 早池峰奈美 作曲 佐藤昭一

吹过北上川的风
沿溪谷吹向街道
就是在那里出生的女人
为了追求爱情而流浪的时候
被梦附体因梦而狂
让我把这个奇怪的故事
讲给你听吧
就这样吧 就这样吧

1

岩手县远野警察署的刑警奥友士郎对八重樫透提出传唤，他的内心无比悲伤。八重樫四十九岁，是比奥友大四岁的发小。

这位八重樫身上有着杀人与遗弃尸体的嫌疑。

八月十七日早上七点多，放暑假的孩子们在做完广播体操回家的途中，发现了釜石街道松崎町附近猿石川河槽用地的草丛中有一具头部流血的男尸。

虽然男子身上没有能够证明其身份的东西，但通过与派出所的照片进行比对，很快就查明死者是远野市青笹町青笹的无业人士佐藤知二，三十七岁。知二与生母、嫂子、侄女四个人一起生活。

佐藤家在知二的哥哥昭一死于交通事故后，就只剩下了知二一个劳动力。然而他并没有固定职业，染指赌博，因为金钱纠纷导致争执，多次给警察找麻烦。最初，警察推测就是这种争执的升级导致他被杀。

然而，鉴定结果显示从被害者的衬衫和裤子边中检测出了粉末状物质，经证实其中有面粉、花生的薄皮、食盐以及炭灰，这让搜查方向发生了急剧的变化。

据说，佐藤家的家计由嫂子、三十五岁的佐藤奈美来支撑。奈美的职业是演歌歌手，艺名为早池峰奈美。不过，她是一位从盛冈的活动策划公司承接工作的文艺活动歌手。从二十二岁起花了十三年，终于能够在北东北、岩手、青森、秋田的温泉乡举办三十分钟到一小时的小型独唱会了。奈美出生于二户，十八岁的时候从民谣歌手转型，参加了全国歌唱比赛。那之后，她签约了东京的音乐制作公司并出了唱片，但完全卖不出去，于是她在二十二岁的时候又回到了二户。

就在这时，她在盛冈的俱乐部与一边务农一边业余弹奏爵士钢琴的佐藤昭一相识，然后就嫁到了佐藤家。

昭一死后，奈美晚上在温泉乡进行巡回演出，白天在公路休息区的食堂做兼职，以这些收入来维持家计。如果只是养婆婆和上小学二年级的爱女明奈还勉强能凑合，然而小叔子花钱大手大脚，于是从两年前开始，她又开始晚上在宫古的水产加工公司打工。

传言与奈美关系亲密的就是八重樫。八重樫在奈美演出的H温泉现场制作并销售南部[①]脆饼。面粉、花生、食盐是南部脆饼的原料。

八重樫没结过婚一直单身，奈美遗孀的身份使他处于不利。刑警们猜测，认真的八重樫迷恋上了奈美这样的落魄女艺人，因为一心想帮她才走向了犯罪。

“八重樫先生，您烤南部脆饼的原料与从被害者身上提取的强力粉、低筋粉、食盐等的混合比率一致。死者后头部的伤与烤脆饼干的饼铛形状也相同，从饼铛中检测出微量的鲁米诺反应。请您到署里一叙。”

平时奥友都会叫他八重，但在后辈刑警面前，他表现得很见外。

“阿奥，不，刑警先生，给您添麻烦了。”

八重樫缩着高高的身体，小声对奥友说道。

“总之有什么话请在署里讲。”

警车驶下八重樫的工作场所H温泉乡的缓坡，穿过市区朝着远野署开去。

午后的阳光下，稻田的绿色变得更浓，到达釜石街道的上坡处时，荞麦开着又小又白的花，像点描画般铺展开来。从山间的町宫守附近开始，视野变得开阔，但很快又变成了郁郁葱葱的山道。当坡道开始变得缓慢时，离远野的中心街道就不远了。

沿着街道可以看到，葬礼的队列正在缓慢行走。虽说是白

---

①南部地区，泛指日本青森县南部、岩手县中北部等区域。

昼，但走在最前面的人却提着灯笼，后面是一朵很大的莲花和五色龙的仿制品。女人们用白布遮着脸，手里拿着假花。大家都低着头，看不清楚脸。

年轻的时候，奥友对一切陈腐的习俗都感到厌恶。一说到远野，随之而来的就是民间传说和自古以来的因袭，他对此无比厌烦。然而，随着年龄的增长，他开始对独特的传统不断被淡化而感到担忧。

“父亲，请原谅我吧……”

旁边的八重樫抬头望着窗户外面小声地说道。

八重樫所看的方向有一座爱宕神社，沿着它前面的山路爬上去有一处被称作“五百罗汉”的观光胜地，因斜坡的山石上刻着罗汉而出名。

到了远野署后，两人沉默着进入了讯问室，隔着铁桌相对而坐。

奥友对着笔记席上的后辈刑警轻声说了一句话，后辈微微点头后走了出去。

“八重，虽然我是刑警，但就让我回到发小的身份一会儿吧。我一直不相信你会杀人……”

“抱歉，人是我杀的。”

“无法相信，对于一个从小就认识你的人来说。”

奥友在小学二年级时是一个身材矮小、性格怯懦的孩子。和那时已经上六年级的八重樫比起来体力相差甚远。玩捉迷藏的时候，八重樫也会把奥友称作“小糖果”，赦免他不用当鬼。这个为了让当地孩子们聚在一起跨越年龄玩耍的不成文规定一直延续了下来。

虽然奥友下面也有一年级学生，但这是认真推量体力后公平得出的结果。八重樫绝不是孩子王，但因为他为人正直憎恶不公正，因此没有人跟他唱反调。后来得知，其他地方也有和这个“小糖果”相似的规则，他们管这叫小小鸟、小豆渣、小土瓶、小豆子等。

奥友身高一米七，虽然不似孩提时那般，但现在依然和八重樫有大约十厘米的身高差。

八重樫是远野一家生产南部脆饼的小公司“八重樫烤饼干本铺”的独生子。高中时父亲卧病在床，为了帮助病弱的母亲，他放弃升学继承了家业。经过三年与病魔的抗争，父亲去世了。在这期间，经营公司的实务转让到了八重樫手上。他很幸运地与北东北有名的 H 温泉乡的 H 酒店土产事业部合作，通过现场制作并销售的方式使经营稳定下来。从那之后的三十年间，他就一直在 H 酒店多功能厅的角落里烤脆饼。

每一天毫不厌烦地，就像一位修行僧一样沉默地烤着脆饼的八重樫的样子，奥友是了解的。一个应该和杀人，不，和坏事完全处于对立面的男人正坐在自己面前，对此他感到困惑。

“警察打算对你下逮捕状，你知道这意味着什么吗？这意味着你再也不能烤脆饼了。”

奥友提到了公司员工和八重樫已经年过八十的母亲。

“我自己都不知道什么时候，就打了知二……”

“是说无论如何你都杀了知二，遗弃了尸体吗？我的不安真是太准了，从见到佐藤奈美的一瞬间，我就觉得你会为了保护这个女人连命都不要了。跟真莉像得可怕。”

真莉是小八重樫九岁的妹妹，十九岁时她自己结束了生命，小时候也经常和奥友一起玩。

“不要说出这个名字。”

八重樫的嘴唇在颤抖。

真莉在十八岁的时候，崇拜来盛冈公演的剧团成员，于是为了成为女演员，她追到了东京。在母亲和众亲戚极力反对的情况下，只有八重樫尊重妹妹的意志为她筹到了路费。然而，一年后突然返回远野的真莉跳到釜石线的列车下自杀了。验尸结果显示，真莉已经怀孕三个月了。

“我不会让你生下鬼子的。”自己很认真地对真莉说的这句话将她逼到了自杀的绝地。在急忙赶到现场的奥友面前，八重樫一边讲着，一边哭泣。奥友至今依然记得那个场景。八重樫的父母没有后嗣，于是他们领来了埼玉的远房亲戚的孩子做养子，那个孩子就是透。有些地方让他总觉得自己是“鬼子”。人们把脸和父母长得不像的孩子称作“鬼子”，但八重樫长得总感觉有些像父母，所以在听到真莉自杀的事情之前，奥友也不知道八重樫是养子这件事。

“你还觉得自己有责任吗？”

“你别说了。确实，确实奈美身上是有一些真莉的影子，但我并没有因为这个就爱上她。”

“小时候的时间到此为止。从现在起，我是刑警。请你毫不隐瞒地讲一下案件前后的经过。”

奥友打了声招呼，站在门口的年轻刑警走进来坐下了。

2

那是大约两年前，像今天这样蝉鸣更加聒噪的炎夏的一天。

我的工作主要是在H酒店现场制作并销售自己公司的产品。

我烤着脆饼，面前放着装在盒子里用来做特产的商品。在高十四厘米、长六十厘米的长方形炉子中生火，上面排开五个饼铛，将面糊倒进去盖上盖子，大概每三十秒翻一次，差不多六回就好了。加了花生和芝麻的脆饼也很受欢迎。

客人们退房的早上八点到十点，办理入住的下午三点到六点，还有晚上八点到演出结束的九点，这些时间段是我进行现场制作销售的时间。

由于几乎一整天都在酒店，所以每天早上七点，我都要将原料和工厂中已经做好的商品搬过来。而那天，我就像往常一样在为烤饼做准备。

我听说那天晚上要举行小型独唱会的早池峰奈美大概早上八点的时候要来看舞台，我就想着像对之前那些歌手一样，在摆着饼干的陈列台上贴海报。

因为她做了很久的歌手，这又是她第一次在H酒店演出，所以我就想尽量帮她把气氛搞活跃点儿。

我第一次见到早池峰奈美时，虽然是早上，但她看上去像是已经演了好几场一样疲惫，表情毫无生气。

“要是有海报的话，我给你贴这儿。”

我指着商品台子跟她说。

她把长长的头发高高扎起，穿着短袖和牛仔裤。她礼貌地低了低头，然后将一张放大成A4纸大小的彩色照片递给了我。

“没有海报，麻烦您把这个贴起来。”

然后，奈美一边盯着眼前还没生火的炉子一边说道。

“刚烤出来的脆饼很好吃吧？”

“你这会儿有时间的话，我给你烤一个？”

“啊？可以现在给我烤吗？”

我点燃了炭火，大概用了十分钟烤了五块脆饼给她吃，这就是我们俩熟起来的契机。

她一口一个地吃着，好像结束了在宫古市的夜间工作后，又开车赶到H酒店，所以还没吃早饭。

“那你一宿都没睡吗？”

“没事儿，就这点程度。”

我一边摆着土特产，一边跟她聊了有大概一个小时吧。奈美看了看表，说她还要去食堂做准备，便冲我深深地鞠了个躬，匆忙起身离去了。

我并不是特别喜欢演歌。昭和四十一年，从我大约十岁的时候，甲壳虫乐队来日本演出之后，我有段时间疯狂地痴迷于西洋音乐，反倒是品味演歌歌词的时间要更少。我并不是喜欢演歌这个音乐领域，而是被演歌歌手这个职业所吸引，这么说比较贴切。我一定是被歌手所表达出的某种东西所吸引。

我一边烤着脆饼，一边看着众多怀揣梦想，从东北到东京的舞台拼死挣扎的歌手的样子。

除非是有鲜明的特征，否则温泉客就只是享受温泉，完全不会在记忆中留下歌曲或是歌手的名字吧。尽管这样，歌手们还是坚信这是个机会，拼尽全力地在舞台上表演。我被他们的身影深深地打动着。

四月，早池峰奈美的舞台比其他的表演和歌手都要让人期待。因为表演的当天早上，她总会用我的脆饼当早饭，一边大口吃着，一边跟我聊大约一个小时的闲话。

“工作这么辛苦，不累吗？难不成家计都是你在支撑着？”

认识了大概有三个月，我特别想知道奈美家里的情况，于是下决心问了她。

“五年前我丈夫走了，我和婆婆、女儿生活在一起。婆婆身体不好，庄稼完全不种了……能工作的就只有我了。”

我之前从来没有和站在这个酒店舞台上的某个人如此深入地交流过。

因为我明白，大家当然都是一边面对着各种情况，一边继续追逐着梦想。知道每个家庭的情况我也不能做什么。只听他们讲故事，会变得很难受。

结果听完后我后悔了，觉得还是不问的好。

“但是唱着自己喜欢的歌，生活也开始有了起色，我还是很幸福的。”

“除了这里以外，唱歌的工作也在增加吗？”

“一个月有一半时间在唱歌，这样的话小费之类的就比其他兼职或打工赚得要多，真是解决了大问题。”

她没有说到小叔子知二。或许对于奈美来说，这是她不愿意提及的人。

“《远野女物语》在小 Menkoi FM[①] 上是这个月的推荐曲目呢。”

“我刚刚在车里也听到了。CD 要是能卖出去的话，我就会更轻松了。”

“然后东京的电视台会不会也找你啊？”

“红白歌会，一生中只有一次就好，想在 NHK 的大厅中唱歌。梦想，这真是我的一个大梦想。”

“为啥啊，这个梦想一点也不大啊。虽然我不懂歌曲，但是演歌是唱给普通人听的，像我这样的外行如果觉得还不错的话，

①日本岩手县的地方广播电台。

那就说明是好歌。最后的‘就这样吧’，让我想到以前奶奶跟我讲故事的情形了。即使是悲伤的故事也以这个结尾，让人有种明天会是美好的一天的感觉。”

“那个歌词是我写的，曲子是我死去的丈夫作的，我想唱出在远野相爱，死后依然希望能够相伴左右的女人的内心。”

我一边烤脆饼一边听她的独唱会，说实话除了《远野女物语》，其他的歌曲并不是那么打动人心。

泡完温泉吃完晚饭，满脸通红的客人们为了看演出都下到一楼的多功能大厅，同时这也是看看特产的好时间。有的表演者很有实力，会清楚地把客人分散成在特产角溜达的年轻人和欣赏舞台表演的中老年人群。

固定在舞台那里，烤脆饼的香味就会弥漫开来，表演一结束，客人们就会一齐涌向特产角，销售额也会增长。过来试吃的客人一排起队，不知道为什么脆饼干以外的商品也会卖出去。所以，我总是一边关注着舞台的表演情况，一边匆忙地翻着饼铛。

但是，早池峰奈美表演时，如果在前半段唱《远野女物语》的话，那么后半段客人就会流失。而如果把它放到后半段唱的话，从一开始观众席上就会有空位。

又过了几个月的时候，在表演开始的一个小时前，她都会把衣服搬到特设的后台里，我像往常那样朝放着推车的后门走去，准备帮她拿行李箱和衣服箱。

“给我三万就放过你。”

“我已经给过婆婆生活费了。”

“你是要丢我的脸吗？我可没事，不过是我嫂子去釜石的风俗店罢了。真可怕。”

男人一边摸着奈美的头发，一边随口说些理由。虽然我听她说了母亲和女儿的事情，但之前没听奈美说过自己还有个小叔子。不过看他都三十多岁了，却还染着褐色的头发，戴着耳环，一副混混的打扮，便也能理解她不想提到这个不成器的小叔子的心情。

奈美从车里拿出手提包，从水产加工公司的信封里抽出几张一万日元纸钞交给了小叔子。他知道今天是奈美发工资的日子，所以追到 H 温泉这里跟她要钱的吧。

之后我又见了几次她小叔子，有时碰到奈美被扇一巴掌，还有的时候她一出现眼角就已经有了瘀青。

我不忍再看下去，向奈美问道：

“你小叔子究竟是什么样的人？我之前看到你被他欺负了。”

“他是我丈夫的弟弟，我们都拿他没办法，我婆婆也是。但他心眼并不坏。”

她一边微笑着，一边说家里的事她自己会想办法解决。她不断地使用家里人、丈夫的弟弟等词，我觉得这其中有着一种她自己也无可奈何的焦虑。

然而，不可思议的是，她拼命地用各种化妆来遮掩瘀青，一站到舞台上时，她的歌声听上去仍有了一种娇媚感。事实上，客人的反响变得更好了，演出结束后 CD 也卖得更多了。这是不是所谓化悲痛为力量呢？对这个讽刺的结局，我感到心情很复杂。

那天晚上，正式演出结束后，我又看到奈美在舞台角落哭泣。每次我一走近，她都会很快拿出手帕擦脸来掩饰过去，所以我没有见过她的眼泪。但是，一看到她那双充血的眼睛，我就都明白了。

与以往不同的是，她手里拿着一张什么纸，一边看着它一边叹气。她感觉到了我的靠近，便把纸塞到和服里，用手帕遮住了脸。那是我们认识大概快两年，今年初夏的时候。

我催促她应该找个律师，来制止知二的暴力。

然后，奈美把刚刚藏起来的一张文件拿给我看了。

“姻亲关系终止申请书？”

这个名词我从未听过，不由得发出了很大的声音。由于婚姻所产生的丈夫一方的亲人，如果双方离婚的话姻亲关系就会解除，但如果是配偶死亡的情况下，姻亲关系会继续下去，也就会对婆婆、小叔子等人产生抚养义务。而还活着的一方出于自己的意志想要解除姻亲关系时所提交的材料，就是姻亲关系终止申请书。

“听说，把这个交到政府的话，我就没有照顾婆婆的义务了。”

我以为她会说小叔子，所以听到婆婆这个词时有些吃惊。

“虽然详细情况我不太清楚，不过本来抚养婆婆的义务就应由小叔子来承担不是吗？”

“在这个村子里，这样的道理是行不通的。媳妇照顾婆婆天经地义，而且知二净交些不好的朋友，一味地贪玩，完全没有要工作的意思，就打算靠着我的工资过活。还有我女儿明奈……”

“明奈的什么事？”

“我本来不想说的，但是因为你总是担心我问候我……”

“你什么都可以跟我说。”

"一年前，我想是从明奈上小学的时候开始，婆婆右手的风湿症突然恶化。"

据她说，以前，婆婆只是在寒冷的日子时不时地会喊痛，而现在不论气温多少，右手腕都会剧烈疼痛。特别是晚上疼得更厉害，睡不着觉。医生给她开了很强的安眠药。随着婆婆对药物依存度的上升，白天她的样子也开始变得奇怪。慢慢地即使是叫她，她也不会立刻应答，一有点什么事情，她就会变得很暴躁。

"如果只是那样的话，我还可以容忍。但是她开始向明奈出手了。掐她的耳朵，不给她吃我备好的点心，最近更是用线香的火烫她的膝盖和背……"

"把自己生病的焦躁都发泄到孩子身上，太过分了吧。"

"我从早到晚都在工作，照顾明奈的事情完全是交给我婆婆的。"

"你得养家，没办法。"

"从刚结婚的时候开始，我们婆媳关系就不好，现在因为明奈的事情变得巨差无比。尽管这样，我婆婆还是说，我工作养活她和小叔子是天经地义的。我已经累了。"

我愤怒得身体发抖，跟她说让她尽快提交姻亲关系终止申请书，考虑一下自己和女儿的安身之计比较好。

不过，奈美害怕突然给政府递交了材料，不晓得知二得知后会采取怎样的暴力行为。我对她说道：

"我来跟知二说这个情况吧。"

虽然我看上去对臂力没有自信，但好歹个头大，知二也不会轻易就诉诸暴力吧。而且，我觉得由第三者介入好好商谈，这样的程序是很重要的，因为最终也有可能会采用法律手段。

于是，案件发生的当晚，我见了知二。

为了配合知二的时间，那天晚上我没有去现场销售商品。大概八点半的时候我去了佐藤家，那个时间和当天奈美进行小型独唱会的时间是重合的。

花了十分钟左右，我到了事先在地图上确认好的佐藤家。他们家在那一带是一个比较小的，还残留着土墙的旧平房。

听说门铃是坏的，所以我就去拉推拉门。据说，家里有人的时候很少会上锁。我稍微拉开一点门缝，朝里喊了知二的名字，但没人应答。

知二正在起居室里打着呼噜睡觉。我摇醒了他，告诉他来访的理由。知二不高兴了，大发雷霆地站了起来，抓着我的领口到了外面。

不知道他是不是醉了，我明明什么都没做，知二就摔倒了，然后坐在地上。

那时，我就觉得要是他死了就好了，于是拿出了放在推车后面的饼铛。到那儿为止我都记着，但之后我就有些恍惚，把知二扔到了哪里，又经过了哪里回了家，这些我什么都不记得了。

啊，对了，奈美家的电话响了。我看了看表，正好是八点半。就是奈美说，因为知二也有可能不遵守约定，所以她打电话看看时间。

我进入起居室，拿起了听筒。

“没有看到知二呢。”

接了电话，我这样说道。

“他果然不遵守约定。真是抱歉，那你回来吧。”

我拿着听筒，不经意看了眼脚下，那里放着一个满是伤痕的矮脚圆桌。一想到奈美一个人在梦想着一家人围着这个桌子团圆，我就觉得我做的事情有些虚幻。

打乱这个圆，切断这份缘的不是别人，正是我。我真的做了对不起奈美的事。

3

结果，八重樫承认了自己杀害知二的事情。虽然被指示要拿着这份自白申请逮捕令，但奥友无论如何都不相信这是他的罪行。因此他没有退让，想要再进行一些讯问。

性格一丝不苟的八重樫就如一流的匠人般，非常注意道具的维护。只要看到饼铛的光泽，即使是外行瞥一眼，也会知道他用得很仔细。

他会用这么重要的道具多次击打人的头部吗？不，也有可能正是因为用惯了，所以才会无意识地拿起。但是之后，他还能像没事人一样烤脆饼吗？

奥友怀疑的是早池峰奈美，即佐藤奈美。但是，奈美的不在场证明是成立的。从知二胃里的东西以及死后僵硬、直肠温度、尸斑的状态等推导出的死亡时刻是八月二十二日下午六点到九点之间，而且已查实六点半的时候盛冈的老虎机伙伴曾和知二用手机通过话。

据说，知二说接下来好事成双，估计能喝到美味的啤酒。

知二的年轻朋友做证说电话里是他所熟悉的知二的声音，这就证明到六点半为止知二确实还活着，这与手机的通话记录也吻合。

佐藤奈美在快七点的时候，为了准备小型独唱会来到了H酒店，八点到九点是站在舞台上的。结束后的收拾大概需要一个小时，出 H 酒店时是十点前。有许多人目击到了奈美，而且独唱会刚结束，她与婆婆佐藤三和子起了争执，这件事给客人和工作人员留下了很深的印象。因此，奈美被排除在嫌疑人名单之外。

“我们在收拾的时候，有一个胖女人一边大声吵嚷一边走近舞台。她带着个女孩，喊着‘快出来谈话’。”

土特产卖场的女员工也记得三和子是看独唱会的观众之一。

是奈美把三和子和女儿明奈叫到 H 酒店的。她说，这是为了让八重樫和知二两个人单独谈话，同时不给三和子任何虐待明奈的机会。

相反，并没有人能够明确说出从七点到九点半，八重樫的所在。

八重樫说知二当时喝醉了，而事实上从知二遗体的血液中，和酒精一起检测出的还有很强的安眠药成分。有可能是凶手事先将其混入啤酒中给知二喝，之后再用饼铛殴打他。这起犯罪是有计划的。

不过有一点，理应用来搬运知二遗体的八重樫的推车上并没有发现被害人的毛发、血痕等遗留物，这对八重樫来说是一个有利的证据。

奥友为了让自己信服，再次直面这起案件。

虽说与八重樫是发小，但有关他过去的人生，奥友还有许多不了解的事情。为了填补这个空白，奥友拿到了搜查令，带着年轻刑警朝八重樫的家走去。

穿过脆饼加工厂，最里面就是八重樫的家，烤面粉的香味传到了他的家里。

照顾着他年迈母亲的侄女带着奥友来到八重樫的屋子。令人震惊的是，他的母亲这两三天一直卧病在床。

八重樫的房间大概有二十张榻榻米大小，收拾得非常整齐。书桌上只放着一本词典，有着木纹的漆泛着光泽，显得非常显眼。

壁橱里摞着纸箱，一直摞到顶柜。打开箱子，里面塞满了这些年的账簿、杂事记和书信等。

比起账簿，奥友对杂事记更有兴趣。虽然不像日记那样记述些私人的事情，但里面可以读到八重樫对烤脆饼以及持续烤下去这份工作的内心纠葛。

比较早的还有三十一年前他十八岁放弃考大学继承脆饼店时的杂记。

“南部地区经常会收成不好，被饿死的总是女人和孩子。两百多年前大慈寺的义山和尚用来吊唁饿死的人的，就是那个五百罗汉。看一看那个总是在脸上浮现出微笑的罗汉吧，我在烤脆饼的时候总是想起那张脸。为了应对严重的饥荒而诞生的易保存食品就是脆饼。我父亲说，脆饼是圆的，这是为了让吃了它的人肚子和内心都能‘圆满’。的确，吃了脆饼的人不知道为什么都会微笑。所以，我不能卖碎了的脆饼。学习，无论身处何处，都是可以做到的。”

八重樫放弃升学的背后，父亲一定起了很大的作用。当然，他并不是稀里糊涂地一路烤着脆饼干过来。

“都快要放弃的时候生了个孩子，真好啊。不过如果是男孩的话，透就是个鬼子。理发店的人对父亲说的这句话的意思，九岁的我并不理解。我从来没有见过父亲当时那么难为情的样子，但是后来我知道自己是抱来的孩子。人们称被厌恶的祸种为‘鬼子’，我明白那指的就是我。”

继续读下去，又看到了那样的文章。

理发店的人想说的是，如果真莉是个男孩的话，这个家自然会交给亲生子女来继承吧。也就是说，透会成为绊脚石，幸亏真莉是个女孩。

然而，“鬼子”是一个不负责任的词。虽然还是个听不懂它的意思的孩子，但从理发店的人的话以及听完这话后父亲的表情，透一定能够本能地察觉出来。自己是为了继承家业而被抱养来的外人，一直怀着这种意识活着。或许，正因为如此，成绩优秀的他才会放弃考大学，为了不破坏和养父母的关系而继承了家业。

就是因为理发店的这件事，八重樫才会在反对真莉生孩子的时候用了“我不会让你生出鬼子的”这句话吧。也许他想的是，东京一个不明来历的男人就是麻烦的种子，生下来的孩子就是被厌恶的“鬼子”，真莉所生的孩子也会和自己一样一边为这种被疏远的感觉而烦恼一边活下去。他为此感到可怜，从而说出了“鬼子”这个词。他为真莉和真莉的孩子着想而说出的话，却将真莉逼到了自杀的地步。

作为绊脚石的自己活了下来，而对父母而言至关重要的亲生孩子却失去了生命，八重樫对此应该感到了巨大的冲击吧。

“父亲，请原谅我吧。我已经没有办法成为罗汉了吗？”

在杂事记中找到了警车中八重樫所说的话，那是真莉去世后不久的记述。

罗汉，那时八重樫所看的果然是五百罗汉。

奥友用八重樫所使用的桌子上的词典查了“罗汉”一词。

“值得受尊敬、供养的圣者。”

父亲教会了八重樫一颗罗汉的心，为了回应这份期待，他一直努力，从未懈怠。然而，这个绊脚石非但没有回报向自己倾注了爱的父亲的恩情，反而将父亲的亲生女儿逼上了绝路。

文字变得难以看清了，抬起头来，夕阳已经染红了外廊。奥友决定把剩下的杂事记装到箱子里带回署里。他想去给八重樫躺着的母亲打声招呼，便来到了通向里间的走廊。

八重樫书房旁边的房间里胡乱堆积着一些书，那是他去世的父亲的书房吧。

看着壁龛的挂轴，奥友察觉出八重樫所写的“罗汉”的意思。

因为轴的中央画着一个罗汉的脸，旁边写着“吾心如罗汉般圆”。

第二天，奈美拜访了奥友。从案发日起，为了避免和婆婆有进一步的冲突，她和女儿一起住在 H 酒店。

没有人有着像奈美一样强烈的动机了。奥友认为，即使两人之间关系不深，也没有未来的约定，八重樫还是袒护了她。

“八重樫先生怎么样了？我给他添了大麻烦。坏女人，我是。”

“很遗憾，我们监禁了八重樫先生。”

“都、都怪我。”

“我有几点想跟您确认一下。”

奥友提出了八重樫所说的“姻亲关系终止申请书”的事情。因为这份申请书象征着奈美所面临的婆媳关系、小叔子的暴行以及对明奈的虐待等这些佐藤家所包藏的问题。

“我打算等知二的四十九日祭过了之后，把姻亲关系终止申请书交到政府。”

“您婆婆虐待您女儿是真的吗？”

“我婆婆是个鬼。她也反对我和昭一结婚，我丈夫活着的时候她就说我不是一个好媳妇。”

“那么，在风湿症变严重前，她就很过分吗？”

“她说话很难听，但开始对女儿动手应该是在大约一年前。明奈是个很有忍耐力的孩子，到了二年级才终于跟我说了。说不定，从更早之前她就被虐待了。”

“您想终止和佐藤家的关系，就这么恨他们吗？”

“刑警先生您觉得是我杀了知二吧？因为知二一直对我很过分。”

奈美说完看了看舞台，这时两个男人向她走近，点头示意了一下。奈美指着舞台两侧给出了指示。

“您看起来很忙，《远野女物语》的评价很好呢。”

“我接到了从今晚开始连续十天进行公演的活。”

男人们把服装箱搬到了后门。

“现在的服装箱用不了了，所以我买了新的。连续公演的话，也必须增加衣服的数量。”

“也不容易啊，当歌手。”

奥友问了有关婆婆来到 H 酒店大发雷霆的事情。

“我就希望起码在员工面前她能收敛一下。”

婆婆的气势并没有消减，她一边大骂一边坐上了停在后门附近停车场的车。奈美皱着眉讲道。

奥友接下来访问了婆婆佐藤三和子。她咬着嘴唇，说了好几次两个儿子都是被媳妇奈美杀的之类的话。

“那个媳妇来了以后，我家就变得很奇怪。她就是个鬼，打算丢下右手残废的我，自己一个人去过好日子。”

三和子也和奈美一样，用了“鬼”这个词。或许是因为疼痛，她一直按着右手腕。

“你们不是从知二的遗体中，检测出了大量医生给我开的安眠药的成分吗？

“他说，和酒一起喝会很舒服，让我给他药。不论怎么劝他不要干这么危险的事，我都没法反抗那孩子。”

奥友看了一眼屋内，土墙上有几处凹陷。附近的人知道知二很暴躁，都很嫌弃他。

不论回答什么问题，三和子一张口就是奈美的坏话。奥友对三和子的话感到厌烦，便早早离开了佐藤家。

奥友又来到了放学后的小学，这是为了见明奈的女班主任村野。

校内通风很好，十分凉爽。走过蝉鸣满耳的游廊，就来到了职员室。

“虐待……吗？”

村野一边使劲地左右摇着剪短的头发，一边说着唯独明奈绝不可能。

“但我是从她母亲本人那里听说的，说她身上有线香烫过的疤痕。不好意思，会不会只是老师您没注意到？”

“是她母亲那样说的吗？”

奥友点了点头。

“那样的话，可能是我没能注意到吧。”

年轻的老师低着头，看上去很消沉。然后她像是突然想起来似的，拿出了暑假结束后上学第一天让学生交的绘画作业。

“请看这个。这是让学生把暑假中最开心的回忆画成画的作业。”

画纸正中间的女性穿着一身和服——盛夏还穿着和服，一定是站在舞台上的母亲奈美。她的手里紧握着像话筒一样的东西和一束花，旁边是一位和玩沙包的女孩相像的身材发胖的女性。

画的下面写着歪歪扭扭的字，字很大，用劲也很足。

“唱歌很好听的妈妈名叫早池峰奈美，包包玩得好的是奶奶佐藤三和子。奶奶一边唱着：‘让我把这个奇怪的故事，讲给你听吧。就这样吧，就这样吧。’然后一下子扔三个。她唱歌也好听。我能扔两个。”

包包指的是沙包。

“您能从画里感受到虐待的阴影吗，刑警先生？”

“虽然是很普通的日常生活，但这画和作文仿佛能让人听到歌声呢。”

奥友也没有办法从这样的画和作文中嗅出祖孙之间有在虐待一事。

“哎，我真是的。”

“您怎么了？”

“老师，我想借一下这幅画，可以吗？”

野村还没回答，奥友就卷起画拿着离开了。

奈美和三和子在说谎。因为风湿病疼痛而完全无法使用的手不可能扔三个沙包。三和子手的情况并没有那么糟糕，而她一边扔沙包一边哼着的是《远野女物语》里的歌词，和媳妇关系不好的婆婆会唱媳妇的歌吗？

受虐待的孩子有时候会包庇施虐的监护人。奥友知道，还有的孩子身上明明有暴力留下的伤，却说自己是摔倒了之类的。但明奈的情况，一个七岁的女孩不可能通过想象画出来自己没有见过的奶奶扔沙包的场景。

祖母是否根本没有虐待过孙女，关系不好的婆媳事实上关系很好？如果，两个人的关系很好的话，那么两人的共犯关系就会成立。那样的话，奈美给八重樫看姻亲关系终止申请书是为了什么？

是不是为了唤起八重樫的同情心，让他去找知二谈话？于是，很顺利地促成了八重樫去佐藤家，让他的不在场证明消失了。

服装箱。

奥友指示手下将奈美打算处理的服装箱等放在后台的东西拿去鉴定。

4

八重樫对出现在讯问室的奥友要求尽快逮捕自己。奥友制止了一直希望接受裁决的八重樫，安静地讲了搜查情况。

"凶手是奈美，犯罪现场是H酒店的后台。"

观众们目击了站在舞台上的奈美，她消失了大概只有五分钟，杀了知二然后花三十分钟去猿石川扔尸体是不可能的。那么，如果婆婆三和子是共犯的话会怎么样？假设她也同样在H酒店，那么她用车也完全可以做到。也就是说，按照奥友的推理，杀人时间是五分钟的休息时间，杀人现场除了后台别无可能。

"奈美把医生开给三和子的安眠药混入酒中让知二喝掉，然后将昏睡的知二装入服装箱中带到后台。接着，她给家里打电话确认你已经到了家里，便杀了知二，往遗体上撒脆饼粉。把尸体运到猿石川的是三和子。她们故意夸张地争吵，让周围人都看见两个人关系不好，所以谁都不会想到这两个人会是共犯。

对三和子来说，知二虽是亲生儿子，却让她束手无策。”

“那你已经把她们两人……”

“逮捕了。再晚一点服装箱就被处理了。虽然是用垃圾袋套着他殴打的，但是为了给八重樫你放在酒店的饼铛上沾上头发和血痕，她又取下了垃圾袋。所以，箱子内侧留下了知二微量的血。不仅是奈美，三和子也是，为了保护可爱的孙女，只能狠下心来。”

“不是的，她，奈美没法杀人的。是我干的！”

八重樫叫道。

5

“这断然是我的罪行。说谎的是奈美她们，希望你不要搞错。”

无论说什么，八重樫都坚持自己是凶手。奥友急得冒火，从讯问室冲了出去。

八重樫一直说是自己的罪行，包括他在内的共谋共犯说开始在署里扩散。即使在证据主义至上的现代搜查中，自白的重要性还是不能忽视的。

为了平复心情，奥友回到了自己的办法桌前，拿起了收押的八重樫的杂事记。

虽然能明白他想要保护和真莉相似的奈美的心情，但即使知道被设局变成杀人凶手，他仍然要把罪责揽到自己一个人身上，对此奥友感到无法理解。八重樫在知道奈美所做的事情后，还要背负罪名。

为什么他要放弃自己的一生来包庇奈美呢？

“父亲，原谅我吧……”这句话总浮现在奥友的脑海中。假设这句话表达了对敬爱罗汉的父亲的感情，他在前往警察署时所说的话还是很让人在意。

这是有愧于自己不但没有修行，反而参与了杀人而说的话吗？还是说，对于自己尽管背负着继承八重樫家业的宿命，却要成为罪人无法完成这一使命的谢罪？

从小他就反复听着罗汉的故事，可以说在他看来，父亲已经是罗汉本人了。或许，在经过五百罗汉一旁时，他只是自言自语了一下而已。

很奇怪地，奥友想起了孩提时期老成的八重樫的样子。

小糖果。与同八重樫一起玩耍的记忆一起，奥友想到了这个词。

得知八重樫自供杀害了知二时，奈美有那么一瞬间眼角下垂了。虽然不是不能说那是安心的表情，但也可以解读成悲哀的表情。而在奥友拿出证据前，她一直在否认罪行。

奈美也在拼命地完全狠下心来。为了保护婆婆和女儿，她杀害了知二，然后将罪责嫁祸到他人身上。即使知二这个元凶死了，如果自己被捕了，就不算是保护了女儿。

奥友再次气势猛烈地打开了讯问室的门。他歇了口气，看着八重樫。

“八重，你是想让奈美当‘小糖果’吧？”

“小糖果？你在说什么呢，她……”

“为了保护孩子，自己狠下心杀了人的奈美，你觉得她有着无法完全狠下心的天真，所以为了不让她狠心，你包庇了她。然后，只有通过这样，你才能够赎掉将想要生出鬼子的真莉逼向死亡的罪恶。你是这样深信的吧？”

“唔……”

八重樫紧咬着嘴唇朝奥友的视线望去。

“八重，你错了。”

“错了？”

“嗯，八重，这不是在玩捉迷藏，和小孩玩的游戏不一样。”

“不，是我杀的知二。”

“不论你怎样抹黑自己，将奈美变成小糖果，她的罪恶都不会消失。不，如果做一个小糖果，不论到什么时候都没法成为一个顶天立地的人。你必须给奈美赎罪的机会。”

“……赎罪。”

“从我调查绝对不会有的饼铛上的血痕和遗体上附着的脆饼粉的时候起，你就已经发现了奈美她们的计划吧？即使这样，你还是做好了背负罪名的心理准备……奈美是为了活下去才犯了罪，但这并不是终结。赎罪之后，也必须继续活下去。即使被人背后指着叫凶手，她也必须和明奈一起活下去。在大人的世界里，没有人能够成为小糖果。而且，也没有鬼子，八重……结束捉迷藏游戏吧。”

奥友用祈祷的眼神看着八重樫说道。

八重樫像是虚脱般低着头，用颤抖的声音小声哼唱着早池峰奈美的歌曲，那首悲伤而优美的歌曲。

> 让我把这个奇怪的故事
> 讲给你听吧
> 就这样吧　就这样吧

（王倩 译）

五蕴盛苦——人的肉体和精神不能随心所欲的痛苦

誓　言

这部作品是我接受写一部怪谈的邀请而完成的。我想，幽灵和心灵现象还是交给恐怖小说作家来写，我仍旧要作为一名现代推理小说作家来挑战怪谈。就在这时，一本名为《妈妈！不要杀我》（横塚晃一著，生活书院）的书映入眼帘，给了我巨大的冲击。母亲为何会对自己的孩子怀有杀意？这难道不是因为以错误的形式在推进“为了社会的幸福和文明的进步”这一逻辑吗？我对患有脑瘫的作者所抛出的这一问题感到语塞。如果出生前诊察中也投射出健全人优先这个错误的价值观的话……小说不是要给出答案，而是要抛出问题。答案请大家自己去寻找。

1

齐藤早和子在楼梯下观察着儿童屋里女儿早纪的动静。她好像睡着了。

“今天她没去钢琴教室。”回到起居室，她对刚刚到家的博也说道。

丈夫博也把罐装啤酒倒入玻璃杯。“身体不舒服吗？”他说着，用筷子夹起了凉拌豆腐。

“无故旷课。”

“早纪吗？”

“对呢，很吃惊吧？都十岁了，突然就……之前可一次都没有过呢。”早和子给自己的杯子里也倒了些啤酒，看到泡沫快要溢出来，她慌忙把嘴放在杯口喝了一下。“好喝。”

“兴趣班，有点太多了吧？要是早纪不愿意的话，就把钢琴班退了吧。”

“能美老师说她有才华，那孩子，绘画、书法、芭蕾舞虽然也都学得不错，钢琴弹得在教室里可是遥遥领先的。”

早纪明年就要上五年级了，早和子打算从明年起让她上有名的补习班。据她的班主任说，自己试着出了一道都内有名的私立学校的入学考试算术题，早纪毫不费力地解了出来。当她告诉丈夫这件事时，博也看上去并没有很高兴。

“你根本没有发现那孩子的能力。我之前也说过，她在学校成绩也是第一，用她老师的话来说，她就是个天才。”早和子看着博也的大额头说道。

“嗯，作为我们的孩子来说太能干了。”

“她把我们的优点全继承了呢。”自己脸上喜欢的部分，白皮肤、大眼睛，曾经梦想做一名画家的美术天赋，这些都遗传给了早纪，这让她很欣喜。升入高学年后，感觉她的身上又显现出毕业于大学电子工学科的博也的理科才能。

“不过也别什么都干，早纪偶尔也需要休息的。而且过多的期待会变成压力的。”

“我知道，可不知不觉就……但是，无故旷课就有些不好了。”

早和子在附近的公民馆里开了剪贴画培训课，早纪一放学就会去那里。钢琴教室也在附近，她和往常一样用笑容把早纪和学生们一起送走了。然而，大概过了十五分钟，能美打电话给早和子，告诉她早纪没有来教室。

虽然没有收到学区的少年辅导和PTA[①]发来的可疑人员目击信息，但早和子还是立刻出了公民馆去找早纪。

虽然她也找了早纪的朋友，但大家都在上着什么兴趣班，联系不上。没有办法，她在学校和附近的儿童公园里边走边找。

早和子想着试一试关系不是很近的朋友，为了查联络簿她

---

① Parent-Teacher Association（简称PTA，中文翻译为家长教师协会），致力于家长和教师共同携手帮助学生学习和成长。

回了家。结果，早纪正在起居室里吃零食。

她克制住自己想要大声发飙的情绪。“早纪，钢琴教室为什么没去？”说着，她从冰箱里拿出麦茶，倒入早纪喜欢的Kitty马克杯里，然后放到桌子上。

“我不适合弹琴，不去了。”早纪张开嘴大口吃着零食，发出咔嚓咔嚓的声音。

“逆反期啊，那是。”博也一边伸着腰，一边断定道，“因为早纪幼儿的时候没有逆反期。”

“能美老师也说过同样的话。”打电话就女儿无故旷课的事情道歉时，能美说是有中间逆反期的。“她说这是指幼儿时期做什么都不情愿的一次逆反期和青春期的二次逆反期之间的逆反，经常会出现在一直都很乖的孩子身上。”

“那就不用担心了吧，早纪也是个普通的孩子。我去泡澡了。”博也站了起来，“好像我们公司也不行了，终于要开始生产调整了。”他说道。

“不会要……”早和子咽回了“裁员”这个词。

“还不知道呢，西本都被劝退了。”丈夫说了同事的名字，“虽然跟这个没关系，不过早纪的兴趣班数量也还是减少一些吧。”他一边说，一边去了浴室。

2

早和子正在准备早饭，背后突然传来很大的声响。是早纪把马克杯掉到地上了。

“早纪！”她在早纪脚边蹲下了，地上满是牛奶和杯子碎片，“没受伤吧？”

早纪深深地点了点头，不出声地看着飞散的碎片，她光着的脚被牛奶浸湿了。

“你那么喜欢 Kitty 呢，再给你买个一样的，你先去浴室洗一下脚。”

“不用，那样……”早纪嘟囔着，因为她是用呻吟般的低声说的，所以没听到句尾。

“怎么了？不用是指？”

“不用买 Kitty。”

“小 Kitty，早纪不是一直很喜欢吗？”

“我讨厌粉色。”说完，早纪的目光落到了自己的裙子上，“裙子也是，我讨厌。”她不满地说。

“别这样说话。你要是喜欢裤子的话，说出来就好了嘛。我给你拿裤子，你等一下。别因为打了个杯子，就什么都跟我抱怨。”早和子朝着早纪屋内的橱柜走去，就在她开始爬楼梯的时候，她听到了早纪的声音。

“明明没有蓝色的裤子。”

她忍无可忍，回到早纪那里不客气地说：“你够了啊！想穿什么自己去拿。”

她故意无视呆站着的早纪，捡起杯子碎片，用抹布擦着被牛奶弄湿的地面。

“妈妈，对不起。我……”

“你坐下。”

“爸爸那边呢？”

“我不会说的。”博也像往常那样早上六点就出了家门。从最近的板桥车站坐 JR 再换乘新班车[①]，大约花不到两小时抵达位于埼玉县北足立郡伊奈町的液晶显示屏工厂。清晨和夜晚，早纪都没见过父亲。或许这种寂寞的心情也催生了她的反抗情绪。

“妈妈……”早纪抱了过来。

早和子感受到早纪的呼吸，围到背后的手传来她的体温。“我拿着抹布呢，不行。”她把拿着抹布的手放到身后。

“因为我是个女孩，所以才出生了吧。”早纪在耳边小声说着。

早和子屏住了呼吸。

“妈妈，谢谢您生下了我。”

“早纪……”

原本，听到孩子说这句话应该感到高兴。然而，早和子的身体却僵硬得好似冻住了一般。

“姐姐，你跟早纪说什么了？”送完早纪上学后，她打电话给住在仙台的姐姐希和子。

“怎么了？早纪有什么事情吗？”希和子用一本正经的声音说道。

“有客人吗？”

希和子和丈夫的哥哥在开一家手工木工店。因为是凭兴趣开始的，所以仅靠这个还没法生活，他们又将店里的一角做成咖啡厅，这才勉强维持生计。

“手忙脚乱的。”

“抱歉，早纪看起来有点奇怪。”

“忙完早晨这段时间我再联系你。”说完，电话挂断了。

---

①埼玉新都市交通株式会社新班车是埼玉县一家运营公交车的公司。

早和子把手机放在桌上，冷静地思考了一下。姐姐应该没有对早纪说什么。但是，知道那件事的只有姐姐，而两人在一周前早纪的生日时曾见过面。

早和子开了洗衣机，正在整理自治会的传阅板所需的PTA文件时，手机的来电铃声“肖邦的夜曲”响了。

“你说，早纪怎么了？”是姐姐的声音。

“从生日起就比较叛逆。”早和子讲了她无故缺席钢琴课的事、今天早上的事情，以及她在耳边嘟囔的话。

“什么意思，这是……你觉得是我泄露给早纪的吗？我怎么可能做这种事。被怀疑的我还觉得震惊呢。”希和子的声音变得粗暴起来。

“抱歉，挂了电话后我就立刻反省了，姐姐不可能做那种事情的。”

“当然了，我绝对不会做的，因为那也是我的问题。”

“也是……”

“就是这样的。像我都快五十的人了，还被齐藤家的人说着怨恨的话。”

“他们还在说你吗？”

“这儿跟东京不一样。因为我家是长子，所以只认可男孩。”

“他们会对纪子很过分吗？”纪子是姐姐的女儿。

“那倒没有，他们好像觉得孙女是很可爱的。不但不嫌弃，还很宠溺她。不过，为什么早纪会说出那种话？你周围应该没有人知道吧。”姐姐问她，会不会在朋友中不经意说漏嘴。

“不会，绝对不会。就是撕烂我的嘴也……啊！”

“怎么了？想起什么了吗？”

“能想到的就是医院的相关人士了。”她想起PTA的理事中有一位是附近医院医生的妻子。

“这个应该不会吧，你生早纪是在横滨的医院吧。”

为了不被任何人知道，从怀孕初期开始，她就去了横滨的诊所。

“应该还有保密义务的。而且，假如说横滨的医生向别的医院的医生说了你的事，那些话又传到那位太太那里，之后又传到早纪的耳朵里，你觉得有可能吗？更何况还是在你不知道的时候，悄悄地？”

“这倒是。”

“是在电视上看到的吧，电视剧之类的？而且，即便是我们有些时候也会羡慕生男孩子。”

“觉得比起女孩用的赠品，男孩用的赠品更好？”早和子笑了出来。

“没错没错，所以那只是一时的。不用想得太严重。”

早和子的心情变得轻松起来。她感谢姐姐在早纪生日时送了她木头做的笔盒，然后挂了电话。

3

早和子在小学的保健室里。她因为早纪的事情被负责老师小关幸太叫来，不明就里地被带到一位叫坂本祐子的老师所在的保健室里。

三个人在椅子上坐下。“请问，我家孩子怎么了？”早和子提心吊胆地问道。

“您知道同一个班的柴田麻友吗？”

“嗯，我和麻友的妈妈一起在 PTA 做理事。”

“柴田和早纪两个人吵架了。”

“早纪和麻友？”麻友应该是她在班里关系最好的朋友。

“如果只是口角的话，关系好的孩子之间有时候也会发生，我也就不会麻烦您来一趟了……”小关一副不好说出来的样子，看着穿白衣的祐子。

“柴田受伤了。”祐子代他说道。

“麻友受伤了……是早纪……”

麻友看上去比早纪个子高，手腕也更有力。如果有一个人要受伤，那也应该是早纪。

“听说是用这个打的脸。”小关说，他的手里拿着姐姐送给早纪的木笔盒，“柴田戴着眼镜，她打的就是那里。”据说，是眼镜碎了之后划破了脸。

“这、这种事情……”早和子的眼前浮现出麻友的红框眼镜，她的心跳变快，咳了起来。她咽下一口气克制住自己，然后问道：“那，麻友现在？”

“在医院里。眼睛没事，视力看起来也没有问题，不过受到了惊吓，医生说暂时住院比较好。”

“非常抱歉。”早和子站起来深深地低下了头，“请问医院在哪里？我必须尽快去道歉。”

“早纪妈妈，您请平静下来。给柴田道歉的事情，到时候我会一起跟您去的，而且我觉得带上早纪会比较好。在这之前，我想就早纪的事情跟您聊一聊。”小关让她重新坐下了。“早纪的状态也很激动，我们正在校医介绍的和柴田不同的另一家医院给她诊断，一会儿我带您过去。早纪最近有没有什么特别奇怪的地方？”

“有人跟我说过会不会是中间逆反期。”早和子只讲了钢琴教室的事情。

“原来如此。”使劲点头的是祐子。“尤其是最近，她的语言有没有变得很粗暴？”

“我觉得没有太大变化。”

“那，您夫妻之间有没有说过要是生的是个男孩就好了之类的话？”祐子看了一眼笔记问道。

“我怎么可能说这种话。”早和子被自己激动的声音惊得回过神来，她大大地吸了口气继续说道，“我结婚比较晚，属于高龄产妇，早纪是我好不容易才得来的孩子。不论是男孩还是女孩，只要她健康就好。”即使是伪装的语言，如果当事人深信那是事实的话，它应该就会听着像是心声一样。

早和子三十四岁结婚，希望能够尽快生孩子。两个月后她发现自己怀孕了，然而不幸的是没能生下来。怀上早纪是在两年后，她觉得这可能是最后的机会了，便精心调养，才把孩子生下来了。

“这样啊。我想，诊所的医生也会问您相关的情况的。”

“生个男孩更好，究竟是怎么一回事？”早和子很在意这个问题。

小关回答说：“早纪一边这么说，一边打柴田。‘所以我（男）[①] 才讨厌女人。我（男）绝对不会变成那样。’”小关就像在读课文一样，听起来反倒觉得瘆人。

早纪一边打麻友，一边重复喊了好多次。察觉到吵闹声后冲到教室的小关也听到了。

“哎，真是过分了……变成那样是指？”

①此处日文的第一人称为可以表现出性别为男孩的“僕”，中文没有相对应的词，因此在括号中标注。

“下一节是游泳课，但柴田应该只是在一旁待着，不下水。”说到这里，小关停了下来。祐子接着说道：

“来初潮了，柴田。据说，早纪问她为什么不下水，她说了理由，然后早纪就嘟囔了句‘我讨厌女人’。柴田跟我说，她听了有些气愤，就说‘女孩子都会来的’。结果早纪就喊起了刚刚小关老师说的话，用快要收拾好的笔盒打了起来，她的声音听起来简直像个男孩。”

“这……”早和子的脑中想起了打碎马克杯时早纪低沉的声音。

“您可能也知道，初潮开始的时候，女孩可能会抑郁，比如觉得很麻烦，觉得女孩子真吃亏，好讨厌之类的。偶尔也会有女孩绝不穿裙子，像男孩子一样去行动。但是动手打女孩子的例子，我还没听说过。”

“所以老师们猜测是不是我们说过男孩比较好之类的话吗？”

“嗯。”祐子点了点头，“校医提议去诊所看看，还有另一个理由。”

早和子把手中的手帕按在额头上，虽然保健室里冷气给得很足，但她却觉得脸上发烫。从耳朵深处可以听到心脏剧烈的跳动，她的额头渗出汗来。

“您应该也听过‘性别焦虑症’这个词，之前一直叫作‘性别认同障碍’。因为不是障碍，所以就改了名字。重点就是，虽然身体是女性，但内心却是男性，出现了不一致的情况。”

“请等一下，您是说我家早纪得了性别焦虑症吗？”早和子从来没有想象过这个词的意思。

“不，我并不是说就是这样的。它近来被视为问题，在教学现场我们也在尽快地应对这些征兆。因为在病症早期阶段，需要合适的指导。例如，比起女孩子喜欢的红色或粉色，变得更喜欢黑色和蓝色之类的，有没有这种倾向？”

“不久前她才说过不需要Kitty的杯子……刚刚老师您说的穿裙子，她也讨厌。那孩子的内心是个男孩吗？”

明明知道自己是个女孩，但内心却是个男孩。会有这样讽刺的事情吗？早和子的心情非常复杂，她感觉脑子里一片混乱。

“我明白了，我想校医介绍了浦上医生的诊所是对的。”祐子说明道。浦上诊所是精神内科的专业医院，而浦上则是精神科医生。“那么接下来，请您坐小关老师的车去诊所。”

4

进入浦上诊所的诊察室时是下午五点前。出学校时，早和子联系了博也，告诉了他诊所地址。虽然她也明白博也在工厂非常辛苦，但早和子的精神已经达到了忍耐极限。

“好的，我想办法一会儿过去。”听了博也的话，她感到很欣慰。

早和子坐在了身材臃肿的中年精神科医生面前，她的心情仍然难以平复。

“您的脸色看起来很不好啊。”一头白发的浦上和善地说。

“我没事，那个，早纪情况怎么样啊？”

“我让她服用了少量安定，这是一种精神安定剂，现在她的情绪已经稳定下来了。我有几点比较在意，想问一下您，可以吗？”浦上把IC录音机放在厚厚的手掌上拿给早和子，“您先听一下这个，这是我和早纪说话时录的音。”他事后报告说通常都是要事先获得允许的，接着用粗壮的手指按下了播放按钮。

“骗子。”

——谁骗人了？

“女人。”

——女孩子。是谁？你的朋友吗？

“女人就是女人。你是医生？医生好可怕。”

——我是医生，但不是看身体的医生。

“医生做的事让人很痛。”

——我是精神内科，倾听小早纪现在内心所想的医生，所以不会做任何让你痛的事情。

“早纪……我（男）不是早纪。”早纪的声音非常大，简直能让录音机震起来，而且非常沙哑。

——不是小早纪呢。

“为什么我（男）是早纪？”

这时浦上关了录音机。“她在声称自己是男孩。开始我也以为会不会是性别焦虑症，但好像并不是。”

“不是性别焦虑症啊。”早和子瞬间感到安心了，但很快又警惕起来。

“嗯，比起性别焦虑症来可能更需要注意。”

“注意？是说她病得很重吗？”

“您接着听就会明白，好像她的脑中正在形成另一个人格。”

“多重人格……”早和子感觉喘不上气来。

“一直到九岁前后，会有一个比较不稳定的时期。孩子可以看到别人看不到的东西，或是可以一直和玩偶说话。所以，还不能立即断定是多重人格。”

“是因为心灵创伤之类的吧？我在电视上看过，因为有很痛苦的事情，为了忘却而创造出另一个人格。但唯独我们家，绝不会出现那种事。我和我老公都把早纪视为掌上明珠，绝没有让她产生过痛苦的回忆。”她的泪水自然而然地涌出。

“我明白了。总之，您接着听一下。”浦上垂着眉，播放了录音机。

——那你的名字叫什么？

“我（男）叫雅也，齐藤雅也。”

听到这个名字的一瞬间，早和子感到恶心，同时下腹开始疼痛。

——雅也你现在在哪里呢？

“我（男）……不知道。但是十二年前我在妈妈的肚子里。医生说了很顺利后，妈妈问他是男是女……即使这样我（男）也很幸福。然而，妈妈却违背了誓言，把我（男）强行拽了出来。”

浦上又停下了录音机。“如果只是早纪在脑中想象出来的话，还是有一些无法理解的点。也许，某种程度上是和事实交错着的。也就是说，雅也是实际存在过的。”浦上脸上的柔和消失了。

那、那、那件事……为什么那孩子会……

早和子是有一个弟弟的。弟弟因为肌力低下这一遗传病，才十岁就离开了人世。这个病是 X 染色体显性遗传病，患病者所在家族中女性的孩子遗传概率比较大，实际上出现症状的只有男孩，就是说发病概率大概是二分之一。得知自己怀孕的时候，虽然这个蜜月时怀上的孩子很让人高兴，但早和子需要做一个很大的决断。她必须向丈夫博也坦白遗传病的事情。

如果是男孩，要怎么办？博也问她。早和子说了弟弟的病症，以及作为最后照顾他的人，自己是没有自信的。博也对此表示理解，只是他担心，因为是晚婚，如果第一个孩子是男孩的情况下做了流产手术，对之后的受孕会产生影响。

一旦怀上孩子，与一天天大起来的肚子同比例地，爱意也在增加。如果是男孩……她不断地与这种不安做斗争。在明确是男孩之后，她选择在怀孕超过二十周的七月七日堕胎。

二十周的时间足够让胎儿发育出人的所有器官。她发自内心地觉得对不起孩子，多次道歉，为了好好吊唁他，她还给孩子起了名字。

“原来如此，您还有一段那样的经历。我明白了，那个孩子就是雅也吧。”

“是的。那是在知道我的遗传病之前，我丈夫起的名字。”

那之后过了两年，早和子又怀孕了，在第十五周的羊水检查中检查了染色体后确认了是女孩。她至今依然记得，因为生日很偶然地也是七月七日，所以自己私下认为这是雅也的转世而欢喜不已。

“嗯，是会有一些不可思议的事情呢。”

“您是说忌辰和生日重合吗？”

“哦，那也挺不可思议的。不过，我指的不是那个。您还是听一听吧，她所说的话。”浦上不等早和子回答，再一次开始播放 IC 录音机。

——你说妈妈违背了誓言，誓言是指？

“我在什么也没有、什么也看不见的世界中听到了。那句

‘无论疾病还是健康，贫穷还是富有，你都会永远爱他，直到死亡将你们分离，直到生命尽头。你愿意吗’。被问完后，妈妈回答了‘我愿意’。虽然她有些害羞，但她的声音非常明快优美。我（男）很高兴。”

——哦，那是妈妈的誓言吗？

“妈妈他们虽然不知道，但是我（男）已经在肚子里了。”

——那，你是早纪的哥哥了？

“嗯，没错。”

——你想和早纪说话吗？

“当然，我已经融入早纪的血肉中了。”

“这不是一个十岁孩子所说的话吧？我怀疑，可能是多重人格，即解离性同一性障碍。”浦上说道。

“这……为什么早纪会……”

“依然还有许多事情我们搞不明白。事实上，早纪好像刚刚来了初潮。所以，极有可能是对成为女人这件事的不安导致的……我们先不着急下结论，再看看她的情况。”

“是我不好。雅也并没有安息……”

“不，您的选择是妥当的，请不要责怪自己。或许是您对雅也这种抱歉的心理、罪恶的意识投射到了孩子身上，也有可能是她从您夫妇的谈话中隐约感觉出了什么，所以才会在脑中造出一个雅也来。”浦上说着，有人敲门。打开门后，护士和早纪站在那里。

“她一醒来就说想快点儿跟妈妈道歉。”护士把手放在早纪的背上。

“那，今天您就先回家吧。”浦上说道。

早和子点了点头，跟早纪说道："早纪，我们回家吧。"

"好的，妈妈。今天真是对不起，我也必须向麻友道歉。"

"是呢。"早和子从座位站起来，拉上早纪的手。

早纪手里拿着书包走在诊所的走廊上。那个身影毫无疑问是一个刚满十岁的可爱小姑娘的。是自己给她纤弱的身躯背上了过多的负担吗？

"早纪，对不起，妈妈都没能很好地理解你。"

早纪或许是没听到，她一到门口发现了博也，就喊着"爸爸"冲了过去。

"真让人担心啊，早纪。"博也抱住她。

早和子追上了朝着出口走的博也，这时，早纪越过博也把脸凑过来。"不要担心，妈妈。我会一直、一直背负着妈妈的罪恶的。"她微笑着说。

"嗯，什么？你说什么？也告诉爸爸嘛。"

两人丢下双腿僵硬无法走动的早和子，走出了诊所。

（王倩 译）

水泡：直到接受死亡

乱步奖作家实力竞作！“Dead or Alive”的这一企划要求如下：“执笔写一篇二〇一三年九月七日十二点时主人公在帝国酒店的短篇侦探小说。”参加者是药丸岳、竹吉优辅、高野史绪、横关大、远藤武文、翔田宽（敬称略）以及我这七位历代获奖者。本作品的副标题“直到接受死亡”是精神科医生库伯勒·罗斯[①]在著作《死亡瞬间》中所发表的。“否认和隔绝”“愤怒”“讨价还价”“沮丧”“接受事实”[②]，故事按照这五个阶段进行，最终迎来令人震惊的结尾。当然，其中也有侦探小说特有的诡计……

①伊丽莎白·库伯勒·罗斯是一名精神科医生，也是国际知名的生死学大师。

②这是伊丽莎白·库伯勒·罗斯创立的死亡心理发展理论的五个阶段。

1

“社长好像在房间里吧。”山户彰夫专务向社长秘书青柳麻那问道。

麻那所在的小房间就好像是进入社长室的关卡一样。坐在房内桌子边的麻那用宛如门卫一般锐利的眼神看了看这边，回答道：“您辛苦了，社长在里面，不过正在和副社长说话。”

她的声音清澈悦耳。

“副社长来社长室了？太阳打西边出来了？”他对麻那微笑着，坐在了好似医院候诊室内的长椅子上。

来见社长的人都得在这里等候。

副社长是社长日下凛子的丈夫，日下琢朗。琢朗即使上班也不会来这一层，他是入赘日下家的，万事都得对凛子低头。特别是公司飞速发展以来，他只会在董事会上露个脸。那个时候，他也没有靠近这一层。或许他是不愿意叫自己的妻子社长吧，总之是尽量回避着。

听琢朗说，离婚也只是时间问题了。

山户叹了口气，从杂志架上拿起最新一期的社内报，跷起了二郎腿。

每一期，装饰封面的都是凛子自己，她就是Activate Microbe公司的颜面。虽说也能理解三十七岁的她有着女演员也比不过的姿色，很受媒体欢迎，但总不至于在社内报上也要露脸吧。

产生细微的水泡来净化、保护水质并灭菌的纳米气泡产生装置是公司的主打产品，创意来源于在茨城县种植蔬菜的凛子娘家所采用的水培技术。

在水培种植过程中，为了促进作物的生长，加入化合物也不是稀奇的事情。为了不使用多余的化合物，种出无污染的蔬菜，需要保持水的鲜度。于是，他们家尝试了当时被人热议的微气泡技术。

被称作微气泡的细小的气泡长时间漂在水中。气泡中的氧气能够激活好氧微生物，同时杀死厌氧细菌。据说，气泡变得越小，效果越持久，气泡破裂的瞬间会产生负离子，灭菌能力会进一步提升。

为了使其效果更显著，独生女凛子在大学学习了生物学专业，继续研究微气泡。十年前，她使用多孔质陶瓷的尖端生成了更小的纳米气泡，成功地提升了净化性能。

应用于番茄种植中，不使用农药时产量增加了三成，营养价值也略有提高。她刚在业内杂志发表了这一成果，就有人问能否在不被天气所左右的室内农作物栽培过程中使用该技术，来自不同行业的反馈比想象中要多。于是，凛子向父亲提议创业。

然而，听说凛子的父亲觉得种菜符合自己的性情，愿意做一个农民，拒绝了她的请求。但他支持凛子朝着自己喜欢的道路进发。

回想起创业的时候，父亲或许是想照顾卧病在床的母亲，他当时露出的掺杂着寂寞的复杂表情，山户到现在仍然记得。

他遇到凛子是在她租了东京一家小的事务所，创立了株式会社 Activate Microbe 的时候。

山户在大学也学过植物学，对水培技术感兴趣，再加上比自己大两岁的凛子像孩子一样热情地讲着纳米气泡的可能性，吸引了他加入公司。

过了一段时间，他提议将气泡的喷射改成接近人类呼吸的一分钟十五次这种断断续续的频率，因为他觉得向血液中供氧的生物体律动应该是有意义的。

虽然只是一时的想法，但很幸运地有了效果。他们以试验数据为基础，构建了一种间断的喷射系统并申请了共同专利。因为这个功绩，山户成了董事的一员。

得益于这个会呼吸的不可思议的气泡和凛子的形象，大约用了三年，凛子就买了港区的旧楼并将其翻修，这才有了现在的公司驻地。业务内容不止于水培，还扩大到了需要保护、净化水质的企业与医疗领域。不仅在国内，他们的商圈已经不断向东南亚扩展。

山户觉得公司急速发展，真正的功臣是自己。如果凛子没有和琢朗结婚的话，副社长的交椅就是自己的。

社长室的门开了，里面传来琢朗的声音。“社长大人的意思我已经明白了。但是呢，夫妇终究不过是破铜配烂铁，所以才能够相互扶持吧。”说完，他粗暴地关上了门。

“副社长。”山户合上社内报，抬头看着琢朗。

“哦，是专务啊。那家伙意志好像很坚定。”

“是吗？”

“你可真能沉得住气。现在如果我们被东和调查之类的公司调查的话……”琢朗激烈地摇着头，很明显在着急。

“副社长，请冷静下来。”说完，山户站了起来，在琢朗的耳边悄声说道，“周六之前，请你先安静待着。我不会害你的。”

“啊，知道了。之前说的东西……”

“周五吧。”他斜视着琢朗的脸。

“那我可期待着了。”琢朗拍拍他的肩，枯瘦的脸尽显苍白，他走出了秘书室。

山户像是替换琢朗般走进社长室。他把手伸到背后关了门，“打扰了。”说完，坐在了客厅的沙发上。

社长室里没有无用的东西。麻那曾经想用花和画装饰，但被凛子说简单最好而拒绝了。墙上挂着的只有装着专利证的相框。

往里走还有研究开发室，那里更是冷冰冰的。开发纳米气泡产生装置的时候，山户曾和凛子两个人闷在那里不出来。对于凛子来说，那里或许像一座城堡，但他却觉得试制机和大水槽令人瘆得慌，待在那里很不舒服。

“副社长没事吧？”山户瞥了一眼门。

“不好……”凛子拿起了桌上的烟，但很快又放回盒子里，“都让你做了像检察官一样的事，我觉得很抱歉。”

琢朗曾经在常去的酒馆里喝得酩酊大醉，打碎啤酒瓶扎了自己的肚子。当时一起的山户进去制止了他，同时封了店里人的嘴，这才没有导致事情公开。还有一次，山户开车带他回家的途中，被他从后面座位捂住了眼睛，差点儿没掉到东京湾里去。这些麻烦事他都告诉了凛子。

“那倒没什么……只是，我比较担心。上周我们一起坐船的时候，他说话支离破碎的。”

“你们又去钓鱼了啊。总之副社长的样子很奇怪，通过今天的会议也能看出来，其他董事也惊呆了吧。”

他在今天的每月例会上，大声嚷嚷说，公司怎么能被调查公司之流执牛耳。

“他说的是东和吧。”

“但是，东和的话不只是调查，还会帮我们做业务开展咨询、会计监察，这样我们也可以放心地着手海外的大项目。现在是一个重要的时期，总之我想把各个方面都清理干净。”

“关键就在这里，社长。东和的实力我很清楚。所以才会有人觉得这是把双刃剑吧。”

“双刃剑？”

“没错，这么说比较失礼，但是万一副社长他……染手毒品之类的，那公司才会……”山户露出了严峻的表情。

“这个……”

“先在公司内部进行调查，您觉得怎么样？”

“不，公司内部的话就会很松，不只是副社长，其他事情我也不想留下一丝污点。你也觉得我是个很强硬的女人吧？”

“不，正因为这样，您才在短时间内建立起商品的信誉。”他看了一眼墙上的专利证。

“我有时候会觉得，埋头搞研究的时候是最快乐的。”凛子也追着山户的视线般，怀念地看着证书框。“……我要把这事交给东和调查。”她用凛然的声音说道。

“是吗，您还真是不打算进行公司内调查了啊。”

“嗯。”凛子重重地点了点头。

“我知道了。不过，我之前因为不得已，多少也干过一些不干净的事情。社长您也知道，国外现在仍然是赝品横行，且行贿比较有效，也就是说……”

“嗯，这个我是知道的。”

“只要您能明白，有些事情用漂亮的方法是办不成的就行。是不是事先把这些事情也告诉东和调查会比较好呢？”

“你是说这会有助于调查吗？”

“是的，好像是约的这周末吧？”不能表现出害怕东和调查的样子。

“七号是周六。”凛子补充说，正午将在帝国酒店的休息区会面。

“我在想我要不要一起去。”

“是呢，你要是去就更好了。”凛子像是松了一口气般，往杯里倒了些自己爱喝的矿泉水。

“那我就先走了。”山户对望着塑料瓶的凛子说完，就站了起来。

“辛苦了。”凛子一边注视着标签一边用内线打给麻那，“再给我拿一瓶水来。”她指示说。

出了社长室，就看到麻那正从冰箱里拿水出来。

“你也挺不容易的啊，要照顾一点小破绽都不能容忍，完美主义，不，是有洁癖的社长。”他讽刺地对正在用毛巾把瓶上的结露擦干净的麻那说。

“不会啊，社长只是做事一丝不苟罢了。”麻那端着托盘，正打算敲社长室的门时，凛子出来了。

“有洁癖，真是不好意思啊。”她说着，露出了洁白的牙齿。

这个笑容也是最后一次见吧，山户在心中小声说道。

2

九月六日，晚上九点十分。

凛子像往常周五晚上一样，待在社长室里面大约二十张榻榻米大小的研究开发室中。这是能够让凛子孵化点子、陷入沉思的地方，同时，也是她消除一周的疲惫的休息室。

室内一角摆放着历代纳米气泡产生装置，展示着凛子苦恼的痕迹。她对丑陋的机器躯体也有感情，这一切都是公司，不，是她自己的历史。

墙角有一个长一百二十厘米、宽三十厘米、深五十厘米的水槽，最新的机器正在吹出水泡。

凛子把全新的苏格兰威士忌和心爱的玻璃杯放在桌上，背对着水槽在沙发上坐下了。

多亏了纳米气泡中封存的氧气，水槽中淡水鱼和咸水鱼才可以共同生存，一起游泳。为了确认鲜度和味道，过去曾把游着的鱼做成生鱼片吃。父亲靠水培种出来的蔬菜，也不仅仅是尝味道，必须清楚地分析其成分，做成数据妥善管理。

为此，后院还配有厨房设备和冰箱。不想回家的时候，凛子就直接在沙发上睡觉。最近因为喝了过多的威士忌，在这个屋子吃早餐的次数也增加了。

锁上社长室的门，再进入只有凛子的视网膜认证才可以解锁的研究开发室，她就可以沉浸在不被任何人打扰的、只属于自己的时间和世界中。只要凛子不从里面开门，没有人可以进来，这样设计是因为里面有和专利相关的机密。

不需要背景音乐，安静的室内，只要能听到时不时喷射气泡的声音就够了。普通人觉得厌烦的空气压缩机的声音，在她听来都会变成摇篮曲。看着在浑浊的水槽中游泳的鱼，不知不觉酒劲上来，然后自然入睡，这是最舒服的。

现在，公司正在试图取得更大的飞跃，这就需要经营者有强硬的手腕。想要飞得更远，就需要助跑。跳高之前，需要先俯下身去。

她一边对自己说着，一边从冰箱冷冻柜中拿出制冰器，又从冷藏柜里拿出矿泉水瓶，然后回到了沙发上。

凛子把冰从制冰器移到冰罐中，然后用夹子夹起三块冰放到玻璃杯中，冰块发出清脆的声音。

她打开全新苏格兰威士忌的瓶盖，倒了六十毫升酒。接着打开矿泉水瓶，慢慢地将水倒到冰上，调成自己喜欢的浓度。

她按照习惯，将水瓶看了一圈，然后盖上瓶盖。从国外送来的矿泉水标签非常美丽，让人联想到斐济，凛子很是喜欢。运输过程中标签破损时，心情就会变得不好，她甚至都会向麻那抗议。就是因为见过她之前的样子，山户才会同情麻那吧。可是洁癖有什么错呢?

下酒菜是用父亲寄来的莴苣、嫩菜叶、芝麻菜、番茄做的沙拉。

凛子靠在沙发上，闭上眼睛，立刻把耳朵凑到身后的水槽上，可以听到含混不清的水声中混杂着制造气泡的发动机声。

水在呼吸，是活的。听着这个声音，她真真切切地感受到自己也是活着的。

桌子对面，站着一个穿着潜水服背着氧气瓶的模特，穿上它便可以潜入湖水、河底、沼泽中调查水质净化的程度。在演示的时候，会将它和水槽、纳米气泡产生装置一起搬到会场进行展示，告诉大家潜水的是社长，这样说的话会更真实。虽然乍一看模特在这里有些违和，但其实它对现场演示的成功也起了一定作用。

凛子坐在沙发上脱掉浅口鞋，喝了用水兑过的威士忌，这热辣的刺激从食道流入胃里。

明天约好了中午见面。就像以前那样喝个两三杯，然后睡觉吧。

她刚点了根烟，桌上的电话就响了。是琢朗打来的。

犹豫了一下，她接了电话。

她看了一眼手表，晚上九点十五分。

“喂，你不再考虑一下了？”琢朗一上来就说道。他说话听不太清楚，好像是喝醉了。

“有什么事吗？”

“我现在在家，你回来吧。我们好好谈谈？”

他的语调也很奇怪。

“我和你已经没什么好说的了。”

“和东和的合同，还有离婚，都不是聪明的你该选的路。”

“我已经决定了。”

凛子摇了摇杯子，冰块发出了声音。味道有些淡了，于是她加了些酒。琥珀色的液体缓缓地沉了下去。

“我现在去你那边可以吗？”

“不行，绝对不要。”她义正词严地说完，喝了一口酒。麦芽的清香在口中散开。

“好吧，我知道了……我都被讨厌到这个地步了……嗯？好奇怪……怎么舌头不听使唤……喝多了……对，对不起……你回来吧……”

“请停止你那拙劣的表演。”

“不……不是的。”

“你想干什么？要是需要安慰的话，你周围应该有很多人吧。我挂了。”

“哎，你等一下，不、不是表演……”

他的话越来越听不清楚。

“喂？”

“咦啊呜……这个是夫、妇的奥啊……”

“到了这会儿，还说什么夫妇之类的话。”自己还在留恋琢朗吗？不，不能为情所缚。“我挂了。”说完，她挂掉了电话。

或许他真的碰了毒品。不尽快跟他撇清关系的话，自己也会受牵连。

凛子深呼吸了一下，站了起来。为了不再被人打扰，她关了手机，接着把电话插到门口附近的充电座上。

回到沙发上，她把酒喝光，吃了沙拉。沙拉酱的芥末味很重，但蔬菜浓厚的味道并不在其下。

她又做了第二杯掺水威士忌，然后把耳朵凑到水槽上。她甚至想潜入塞班岛的蓝洞里，不为了调查，只是为了遇见海龟。

海中的浮游感与随着潜水变深而不断增加的压迫感让她不能自拔。是因为自己同时有着想要获得自由和希望被束缚的感情吗？

或许，人是连自己都搞不明白的生物。

为了畅想在海中的感觉，她把潜水袋拉到脚边，从里面取出了器材。

潜水镜、呼吸管、戴在手上的潜水电脑、调节器、水中灯、照相机、小刀等，为了方便随时使用，她一直进行保养。剩下的潜水服、手套、脚蹼、浮力调节装置、氧气瓶都穿在模特身上。只要往氧气瓶中加入空气，随时都可以潜入大海。

凛子打开了马里亚纳群岛的地图。她的心已经飞到海中。她又看了眼潜水器材，不经意间发现脚边的袋子有一面破了，这样防水加工就没有意义了。

她想着修补一下，于是从桌子抽屉里拿出了防水胶带，尝试把它粘贴到破了的部分，结果放弃了。还是买新的吧，贴了胶带的东西，自己也不想背着走。

她把胶带放到桌子上，重新在沙发坐下来，然后又喝起味道变淡的威士忌。

一想到和琢朗的关系要结束了，她就感觉到些许寂寞。长期以来，她都竭力关照他，不让他有自己是上门女婿的感觉，但或许这样反而伤害了琢朗的自尊心吧。不，或许是因为自己在家里也不是一位妻子，而是社长。

凛子打算再做一杯加水威士忌。但是，她却不能自如地夹起冰来了。夹子的确已经夹着冰了，然而却提不起来。她感觉右手指尖发麻。

她一直盯着冰看。这时，左手感受到了冰冷的刺激，她看了过去，有水在滴滴答答地落到手背上。

找了一下源头，原来是自己的嘴唇。威士忌正从嘴边漏出来。

自己已经醉成这样了吗？她用劲闭上了嘴。

她觉得自己已经把嘴抿成一条线了，然而滴落的水并没有停止。她用了更大的力气，却没有闭上嘴巴的感觉。

凛子的脑中浮现出因脑梗塞病倒的母亲。

现在是晚上九点四十五分。如果是脑梗塞的话，有一个“FAST”的判断方法。凛子想起了母亲看病的医院走廊上贴的海报。

她伸了伸腰，重新坐到沙发上。腿和手臂都可以活动。

F 是 Face。检查自己能否说着“一”做出笑脸。

她深吸了一口气，试着说了一声“一”。她的耳朵只能听到“呜”。她又一次，发出更大的声音。结果是一样的，嘴角仿佛没有动一样。

A 是 Arm。把两只手臂放在身前，抬到和肩膀一样高然后停在那里。虽然她的手臂抬高了，但两只手麻得更厉害了，没法停在那里。

凛子的脸上冒出了许多汗。偏偏在这么重要的时候，自己要因为脑梗塞倒下了吗?

但还不一定。或许是因为加了太多的威士忌。一定是因为自己太累了，所以酒劲才突然上来。

“FAST”的 S 是 Speech。尝试自己能否像平常那样说出短小的句子。

“纳米气泡会激活好氧生物，杀死厌氧生物。”这句怎么样?

“啊哇呜呜嗷啊哇……”她不知道自己在说什么。凛子再一次用力，动作尽可能大地活动嘴巴。“啊呜老啊呜呜啊……”她听到了别人的声音和不明意思的话。

毫无疑问，是脑梗塞发病了。

最后是 T。三个测试只要有任何一个做不了——Time——就要尽快地叫救护车。

凛子用手扶着沙发想要站起来，她感到脚的前端就像端坐了很久之后般疼痛。忍着痛把体重压下去，但是膝盖使不上劲。

她又往前倾了一下，但屁股抬不起来。就这样尝试着，软绵绵的脚脖子弯成了镰刀状，仿佛马上就会断掉。

没办法，她又靠在沙发背上，恢复了原来的姿势。

她感觉嘴里的麻痹感正在向牙龈、舌头、嗓子传递。指尖也逐渐失去感觉，手腕感觉异常沉重。

凛子像朽木般倒向水槽，后脑勺明明被撞了一下，却感觉并不怎么疼。

她向左把脸贴在水槽的玻璃上——不凉。

再不打一一九的话就危险了。

她用眼睛四处寻找着手机。对了，电话在充电座上。

平时的话，走四步就到了的距离，现在却觉得遥不可及。

周一之前没有人会来公司的。自己能坚持到那个时候吗?

不，不能放弃。她用整个脚底使劲踩着地面，身体的位置稍微往后动了一点。还有一点力气。

这次，她尝试抬起头。脖子左右两边的肌肉在抽搐，有种刺痛感。

下一个瞬间，她感受到头的中心有种隐隐的疼痛。凛子强忍着，向前弯腰。当她看到自己膝盖的时候，头部开始哐当哐当地响起来。

这很像宿醉的头痛感，恶心的感觉也和喝多之后第二天早上的感觉一模一样。

如果只是喝醉了那该多好啊。她恢复了原来的姿势，觉得这样恶心的感觉能减缓一些。

凛子靠在沙发上，毫无仪态可言。她一直盯着放在充电座上的手机。

即使自己可以打电话，要怎么描述病情呢？住址、名字，甚至公司名称等她都没有信心传达给对方。

凛子尝试借腹部用力来说话。“啊啊哎啊，呜啊啊呜哎。”连自己的名字也只会变成呻吟声。她感觉，舌头和嘴唇还不如刚才动起来灵活。

对了，只要打到麻那的手机上，她一听到“噢哎啊哎啊啊”的声音，就应该会察觉到自己的异常。

电话……意思不明的话……是不是有些像刚刚电话里的琢朗?

如果那不是琢朗的表演的话，会是怎么一回事?公司和家距离三十分钟车程，相距二十公里的两个人几乎在同一时间得脑梗塞，不会有这样的偶然。

是吃了不好的东西，还是感染症呢?这些也和脑梗塞一样，过着不同生活的琢朗和凛子不可能同时发病。

剩下的可能性就是……毒药?

头痛更厉害了，整张脸都逐渐麻木。一种浮游感袭来，她感觉自己快要变得神志不清了。

凛子听到微弱的电话声，是社长室的电话。是谁?她发出了不成话语的声音，但声音变得越来越小了。

第一阶段　否认和隔绝

晚上十点。凛子的耳朵听到了断断续续的声音。睁开眼睛，一个女人正站在那里。她尝试求救，但仔细一看，原来是穿着潜水服的模特。

这里是研究开发室。自己喝醉酒睡着后，做了一个讨厌的梦。

要正式参与东南亚的环保项目，需要将公司的销售额提高至两到三倍。有了四十亿、六十亿这样具体数值的重压，一定是不注意的时候，积累了精神压力。

她重振精神，刚一尝试动口，一股剧烈的头痛又袭来了。

“啊呜哎哎……”原本她是想喊救命的。

这不是梦，也不是因为喝醉酒，是身体确实出现了异常。

嘴巴已经麻痹了，连口水都咽不下去。她想起身，但身体纹丝不动。

屁股从沙发上滑下，头也低下来了。

就这样掉到地上会怎么样？也许能够像海狮那样从地上滑到桌子那里。

即使能到桌子那里，充电座的位置比沙发还要高。以凛子现在的臂力，无法爬上去吧。

如果无法求救会怎么样？麻痹的部位正在不断增多，如果呼吸器官也麻痹的话……凛子不愿去想后面的情况。

她想办法侧过身子，把脸映在水槽上。当纳米气泡产生装置吐出气泡，水变得浑浊时，可以微微反射出脸的轮廓。

玻璃上有水滴，看上去像泪珠。她的皮肤没有感觉，难道自己连流泪都不知道吗？

她用拇指的指甲戳了戳食指尖。表面没什么感觉，但里面能感觉到一点点的刺激，神经还是疏通的。毒还没有扩散到全身。

琢朗现在也是同样的状态吗？两人真的都是因为中毒了吗？

怎么想，都觉得不现实。有人企图用毒来杀害自己和琢朗，这也太荒唐无稽了。她不记得被谁恨到这个地步。

公司内外她都很用心地照顾，迅速发展的公司容易出现的独裁经营者强硬专权的情况她也没有过，细小的事情她也会提到每月例会上通过商讨来决定。如果说自己独断专行的话，也就这次引入东和调查的提议态度强硬了些。

为什么会有人给自己下毒……

第二阶段　愤怒

头痛和恶寒能不能先想办法缓解一下？为什么我必须经历这种遭遇？

错的人不是我。出轨的琢朗、商品开发完全听人指示的职员、需要的时候不在场的废物秘书……

一开始在心里骂脏话，她就一个接着一个不分对象地涌起愤怒之情。

而另一方面，她也觉得自己身边应该没有会用毒药杀人的人。

即使是诉说着心酸怨恨，状况也没有改善。就在这段时间里，毒药也在腐蚀着身体。

如果自己被下毒了，就需要知道从哪里下的。这是为了做好心理准备来迎接接下来的变化与痛苦。

凛子回想了一下自己吃过的东西。

威士忌、矿泉水、沙拉……

威士忌是今天刚打开的。矿泉水也是自己亲手打开的。

冰呢？给制冰器里装水的也是凛子自己。杯子呢？使用前是用水洗过的。

剩下的就是沙拉了。蔬菜是父亲用快递今早送到的。父亲在实践水耕无农药栽培，蔬菜上不可能残留农药。

不，也有可能是因为什么错误而混入的，比如采用无农药栽培已经不能维持下去了……想太多了。如果蔬菜上残留的农药量已经会导致出现这些症状的话，闻气味就可以知道的。而且，那种独特的辣味无论倒多少沙拉酱都不可能消失。

凛子一边回忆毒物学课上学过的知识，一边用眼角看了看手表。

时间应该可以成为鉴别的提示。

氢氰酸是速效毒，喝下去胃中产生刺激后，坚持得好就是几分钟，这会儿已经去了另一个世界了。不是氢氰酸类的毒。

好像也不是血毒素。如果是血毒素，比如一氧化碳或氯气的话，出现这样的麻痹症状的时候，应该已经完全失去了思考能力，就不可能像这样思考了。

这个毒吃下去后会立刻开始侵蚀神经，但是距离致死还需要时间——一定是神经毒素。

神经毒素能想到什么呢?

吗啡、尼古丁、肉毒杆菌毒素、蝎子毒、河豚毒、蘑菇毒，还是其他植物类——

头好痛，没法正常呼吸……

第三阶段　讨价还价

晚上十点十分。凛子感到呼吸困难，她睁开了眼睛。仿佛第一次潜入海中时，空气进不到肺里的感觉。虽然痛苦，但过度呼吸的话会变得更加令人窒息。她听潜水指导员说过，采取错误呼吸方式的话有可能会导致胸痛或心绞痛。

慢慢地、慢慢地呼吸。

考虑入手途径的话，吗啡、肉毒杆菌毒素、蝎子毒不太现实吧。

除农药以外，身边的东西……

尼古丁呢？容易入手。如果是提取出的尼古丁水溶液的话，通过颜色和气味就可以知道，但如果把它干燥的话，有可能就发现不了了。麻痹与感觉麻痹等症状也和急性尼古丁中毒很像。自己也抽了烟，如果在滤嘴中渗入毒药的话……不，尼古丁的催吐作用更强，不可能只是现在这个程度。

和尼古丁同是生物碱的，有一种叫作乌头碱的成分，是乌头的根部中所含有的。

吃下去后，会引起口部麻痹和呕吐，知觉神经的麻痹导致呼吸受到阻碍。这与目前为止的症状相吻合。但是，如果是乌头碱的话……

没有解毒方法。处境绝望。

头晕，她闭上了眼睛，感觉自己正朝着地狱底层旋转落下……

晚上十点二十分。回过神来，天旋地转的症状略有缓解。

凛子战战兢兢地睁开眼睛。房间的灯光太过耀眼，反而看不清楚了。

头还是很痛，想吐。

只是，她明白这里不是那个世界，她还活着。

必须尽快鉴别毒药。

麻痹感扩散到了全身，她不知道自己正在以怎样的姿势靠在沙发上。

她感受不到自己在呼吸空气。也许是呼吸道变窄了，或者横膈膜变得难以运动了。

祖母在死于肺炎前，虽然在吸氧，但嘴巴还是一开一合。虽然不愿意想象，但现在凛子一定就是那副样子。

不过，可以知道的是自己还没有死。至少可以认为，在思考是什么毒的时候，自己还活着。

小时候，家里没有进行水培，凛子在务农后休息的父母旁边玩耍时，父亲会告诉她周围生长的野草和昆虫的名字。因为记住名字的话就会受到表扬，所以她看着图鉴发奋地自己学习。父亲夸奖读图鉴的凛子是个乖孩子，然后给她买了“怪博士与机器娃娃”[①]的小型挎包。

凛子觉得，努力学习的话，就可以得到想要的东西。所以，她从来没有因为想要什么而拜过神。

不过，如果神能够把自己从死亡的边缘救回的话……

她求救彷徨的视线那头，看到了吃剩下的番茄。种子从切口处隆起，虽然经过了一段时间，但那个红色还是很鲜艳。番茄是活着的。

求神还为时过早。有意识的时候，不能停止思考，只有这个是凛子活着的证据。

对啊，不可能是乌头碱。

从嘴里开始麻痹到现在至少已经过去了四十分钟了，吃喝的时间应该更靠前。如果因为乌头碱的作用开始麻痹的话，和氢氰酸一样，自己已经死了。

不是那么速效性的毒药，这成为一缕希望。

曼陀罗呢？主要的有毒成分是阿托品，症状也相似。特别是感觉室内灯光耀眼的散瞳是阿托品的特征之一。它可以通过洗胃来清除，严重时也有解药。阿托品的话还有救。

不对，也不是它。

阿托品对支气管的作用很少，而凛子现在正因为支气管而

---

①《怪博士与机器娃娃》（又名《阿拉蕾》《IQ 博士》）是日本著名漫画家鸟山明创作的科幻题材搞笑少年漫画。

痛苦。她也没有出现幻觉，也不记得曾经陷入狂躁状态。

晚上十点三十二分。意识严重浑浊，思考回路被打断，毒药的鉴别也变得困难起来。

她回想了一下琢朗的电话，一切的开端就是它。

电话的目的是什么呢？他说他要来这里。被拒绝后，他立刻变得口齿不清楚了。他说了“这个是夫、妇的奥啊……”没有听到他想说夫妇的什么。

或许，就像琢朗所说的那样，终究不过是破铜配烂铁。我们是因为喜欢大海这个共同点而变得亲近，交往的时候，曾经多次在游艇中吃河豚的生鱼片。

对啊，琢朗经常在东京湾钓红鳍东方鲀。他总是炫耀自己有河豚的厨师证，屡次在船上切河豚做生鱼片。

琢朗应该很清楚，中了河豚毒时会出现什么样的症状吧。他是不是想嘲讽一下这个事，给想要离婚的妻子一点警告？一定是的。毒是河豚毒素。

河豚毒素的半数致死量[①] 是每千克零点零一毫克。四十五公斤的凛子，只需要零点四五毫克就是半数致死量，而只要达到其两倍的话就一定会致死的。

现在的季节，要从东京湾钓到河豚并不难。琢朗都可以从切下来的卵巢或肝脏中提取毒物。

吃下去大约三十分钟后出现症状，麻痹逐渐扩散到全身，最终导致呼吸困难。从九点十分开始喝酒，已经过去了一小时二十分钟。余下的生命还有三十分钟或一个小时，恐怕都没有两个小时吧。

---

①半数致死量（median lethal dose，LD50）表示在规定时间内，通过指定感染途径，使一群动物死亡 50% 所需最小细菌数或毒素量。

因为太过滑稽，一股笑意涌了上来。就算知道了是什么毒，也已经没用了。没有办法让已经开始的倒计时停下来。

琢朗憎恨我到了想杀我的地步？

但是他是怎么投毒的？他应该没法进入这里。

不对，即使没法进入这里，也有可以像接力棒一样从外面传过来的东西。

矿泉水瓶。她总是从麻那那里领取在这个屋里使用的矿泉水。为了防止喝多，她规定的是一次一瓶。

没错，一定是这样。毒被投入了矿泉水中。

由于转着看瓶子的时候，标签附近没有孔或伤，所以可能是从瓶盖周围或者瓶底用注射器注入的。矿泉水瓶的话，即使底下有个小孔，关着瓶盖的话就不会漏水。

琢朗利用了麻那……

第四阶段　沮丧

晚上十点四十分。好痛苦……

总觉得，尽量摸索一个不痛苦地迎接那一时刻的方法会比较好。可是，她不觉得会有那样的方法。

一定会像溺死般痛苦挣扎。不，全身的麻痹正在扩散，凛子连挣扎都不被允许。

无论做什么都已经没救了……无所谓了……

晚上十点四十三分。全身都没有力气了。没有力气时，感觉灵魂都要出窍了，这会儿她拼命地硬撑着身体。

三十七年的人生是什么呢？纳米气泡的研究就是一切，连围着温暖饭桌的家庭生活都没有。

悲惨的人生，最后一眼看到的是一片番茄。就像麻那说的那样，起码有束花儿也好啊。

突然，眼前的东西开始摇晃，身体似乎在坍塌。除了空气泵的声音外，还能听到背部和沙发摩擦的声音。变窄的视野捕捉到了天花板。

她看到了安保公司设置的被动传感器。虽然它可以感知侵入者的体温，但由于没有办退出手续，所以即使有人在移动也不会通报给安保公司。

对了，社长室里有紧急按钮。按钮在距离地板七八十厘米的地方，只要按下去，即使什么话都不说，保安也会赶过来。不，果然还是不行。连桌上的电话都拿不了，从屋里走出去到社长室那里根本不可能。

只能这样等死了吗？

晚上十点四十六分。凛子还是不甘心就这样放弃。

眼睛也能看到，手指也还能动。用尽最后的力气，朝着紧急按钮那里……

只能像海兽一样从地板上滑过去。为此，她需要大量的水。

距离模特应该不到两米。就这样从沙发上滑下去，脚尖如果能够到基座的话——

她把所有的神经都集中在臀部，用尽力气，尽量让身体僵硬，这样容易从沙发边上滑下去。

头上的天花板开始向上移动，摩擦的声音从背后传到脖子。终于，后脑勺传来一声闷响，她感受到了眼珠都能跳出来的冲击。

同时，她感到脚底猛撞到圆盘状的基座上。

接下来的一瞬间，一个黑黑的人影对准凛子倒了过来。惊恐之下，她试图闭上眼睛，但眼睑却下不来。

她看到模特背的氧气瓶缓慢地撞到了水槽上。

玻璃破碎的声音和水流出来的声音仿佛瀑布一般。抵挡不住的水直往下淌，流满了整个地板。

利用身体下方创造出的水膜可以减少摩擦。虽然她想尽办法挣扎着让身体滑向紧急按钮，但却只能停留在以腰部为中心，腿和头左右摇摆的程度。

凛子以手臂作桨，划着地板上的水。虽然她拼尽了全力，但肩膀和胳膊肘都一动也不动。没有用。只是浑身湿透，消耗了体力而已。

最终阶段　接受事实

晚上十点四十九分。嗓子在沙哑地嘶鸣，窒息感已经达到了极限。

从水槽落到脸上的纳米气泡吹出口的空气好像在代替自己的呼吸一样。正在胸上跳跃的是鲷鱼吧。

凛子想抱紧鲷鱼，她是为了自救才打破了水槽。

手缓缓地动了。就像是蜡烛的火焰在消失前会变大一样，这或许就是自己剩下的生命火焰。

就这样死掉会很轻松的，有一个自己轻声说着。也有一个凛子，在精神振奋地告诉自己绝不能放弃。

“吾身匿迹于此，如彼处结成的气泡般，轮回转生至现世。”

她的脑海中浮现出社内报的对谈中某人告诉自己的藤原公任的和歌。那个人说，虽说人生从出生到逝去，如同气泡般虚幻，但小小的气泡也会有巨大的意义。

我作为一个即将离世的人，有没有起到一点点作用呢？

如果是在水中的话，有调节器和氧气瓶就可以呼吸吧。然而，这里不是水中。而且，即使有氧气瓶，也没有办法向无法自发呼吸的凛子供给氧气。更何况氧气瓶还是空的。

她摸索着有没有用得上的东西。烦人的气泡产生装置、没用的调节器，还有潜水包，包上破裂的地方碰触着她的手指。

包可以换新的，但自己已经回不去了。

原来如此啊，她在心中哭喊着。凛子的内心一切都明了了。琢朗意思不明的电话、山户的话……麻那被利用了。

然而，即使知道凶手是谁也无济于事了。

到目前为止，自己的人生都是自己决定的。她不愿被别人杀死，人生的终结也想由自己来决定。

凛子鼓足勇气，从包里拽出了刀子。

她果断地用它扎向了喉咙。

3

山户走进帝国酒店的大门，从一个大柱子后面窥视着大厅。

他看了看时间，上午十一点四十五分。

好像昨天有一个盛大的宴会，不过现在退房的客人也少了，大厅里一片祥和的氛围。大厅中央有一组大型插花，上面插着色彩缤纷的鸡冠花。

鸡冠花丛下铺着蕨类，插花中使用了吸水海绵。如果使用本公司的产品的话，或许可以创造出流水的都市绿洲般的效果。

山户确认了一下时间，正好是中午。虽然他算计着目的已经达成，但还是想以防万一。他正想着，突然前台附近起了骚动。

他惊讶地转过头去，看到前台人员迅速地蹲了下去。好像是有老人倒下了。

急性发病啊。

为了平复心情，他做了个深呼吸，看了看休息区，寻找着貌似东和调查公司的员工。他看到，在情侣、一家人、外国客人中混着两个像模像样穿着西装的男人，他们正并排坐在一起，明显是在等对面座位上的客人。

山户走近桌子，打了声招呼："不好意思，请问两位是来自东和调查吗？"

"是的。"一位聪明利索的男人站了起来，"那么，您是来自Activate Microbe公司吗？"

"是的，我叫山户，是公司的专务董事。"他低了低头。

"我叫樱井，是株式会社东和调查调查部的负责人。这位是……"被樱井催促后，一个矮胖的男人站起来颔首说道："我是立花。"

"请问，日下社长呢？"樱井一边说一边看着山户周围。

"社长没来吗？"他知道社长不会来的。"她这个人很守时的，能麻烦您再等一会儿吗？"

"好的。"樱井和立花坐下后，他也坐下了。

五分钟过去了。即使知道凛子不可能来，山户的心还是扑通扑通地跳。

十分钟过去了，他确信计划成功了。

这样，他就可以拿到纳米气泡产生装置最新的共同专利独占权了。

在东南亚的项目中他做了很多违法的事情：向政治家和危险组织上缴了金钱，还参与了贩毒。如果这些都被东和调查暴露在光天化日之下的话，那可就不是被抓就能了事的，甚至有被那些家伙杀人灭口的危险。

为了隐瞒这些，他一直在利用想要毒品的琢朗。不过，越出常轨的琢朗已经成为知道秘密的危险人物。

“好慢啊，到底怎么了。”他做出眉头紧锁的样子。

“这上面，签订合同的房间也已经准备好了。”樱井说道。

“这样啊。非常抱歉，请问这次的事情能不能延期？”

“这是什么情况？”樱井露出惊讶的表情，“您是在说不能与敝公司签订合同了吗？理由是什么呢？”说完，他把手托在下巴处。

“不，因为决定权在日下社长那里。”

“嗯……那是没办法了。”樱井不乐意地眨了眨眼。

“非常抱歉。”山户郑重地低下头。

如果凛子和琢朗都死了的话，拥有专利权的人应该有资格成为社长。而且他也有海外事业的成绩，董事会上也不会有人反对吧。这样的话，把与东和调查签合同的事情作废就好了。

“不不，您道歉也是……那这件事就先延期吧。”樱井站了起来。

山户从椅子上站起来，再次鞠躬说道：“实在抱歉，还请继续多多关照。”

“不我们才是，请多多关照。那我就先回去了。”说完，樱井朝坐着的立花打了声招呼，“可以吧，刑警先生？”

“刑警？”山户目瞪口呆地伫立着。

“辛苦您了。”立花送走樱井，立刻朝这边走来。“请坐，我是警察。”

“为什么刑警先生会来这里？”

“事实上，贵公司的日下琢朗副社长去世了。”

“你说什么?!”他大声说道，周围的客人都回过头来看这里。“请不、不要开玩笑。”

“不是玩笑。今天早上，保姆在家中发现了遗体。副社长的手机里还有遗书。”

“遗书就是说，是他自己……”

“嗯，好像是服毒了。”

“怎么会这样。”他用手帕擦了擦额头的汗，“不过，为什么没有立刻告诉我呢？刚刚您就一直在这里。”

“要是打扰您工作就不好了。那个，好像也已经结束了。我想重新问您一些事情。”

“如果是我知道的，我一定知无不言。”

“那么首先，遗书上是这么写的：自己染手毒品，和妻子因为离婚的事情有纠纷。因为对什么都感到厌恶，所以就杀害了妻子，自己也服毒了。”

“杀害了妻子，那就是说，社长……”

“毕竟从副社长的遗体来看，社长从被下毒的时间，到现在也已经过去九个多小时了。”立花摇了摇头。

“难以置信。我们公司的象征，社长……我们居然失去了她……”他发出悲痛的声音。

“您的心情我能理解。社长看上去也是相当痛苦的，我们进入房间的时候，地面上全都是水。”

“水?”

“水槽破得很厉害。但是，您公司那个叫什么来着？吹气泡的那个?”

“纳米气泡产生装置。”

“啊，就是那个。只有那个没坏，还在有规律地产生气泡。”

“那是让我自豪的作品。”

“您的？”

“对，是我的创意。”

“我以为贵公司的产品全都是社长的创意。原来是这样啊，那个是山户先生的创意啊。”

“不，那当然是因为有社长专心致志的研究才产生的创意。”在这里，坚持说是自己的功劳也没什么意义。

“研究啊。确实，社长是个很厉害的人呢。我就没法做到她那样，或许是因为过于痛苦，她用刀扎了自己的喉咙……算了不说了。”立花把手放在额头上，叹了口气。

“用刀怎么了？”

凛子过于痛苦，无奈之下自杀了吗？

“这个先放一边，总之，希望您能回答我两三点疑问。两人所喝的是河豚毒，但因为这是一种剧毒，所以没法那么轻易弄到手。关于这一点，您有什么能想到的吗？”立花拿出了笔记。

“河豚啊……对于副社长的话，不是那么难的事情。”

“真的吗？”

“嗯。副社长的兴趣是在海里钓鱼，前段时间他还约我一起去钓鱼呢。那个时候也是，在东京湾钓到了两三条红鳍东方鲀，当场他就请我吃了。”他说，游艇上配有烹调器具。

“自己杀河豚？”

“副社长有许可证。”

“原来如此，您还记得当时是怎么处理河豚的危险部位的吗？”

“嗯。我记得，他把肝脏和卵巢扔到带有金属钥匙的容器里，说事后会拜托专业人员处理。”

“这样啊，山户先生也知道河豚的危险部位在哪里吧。”立花一边出声一边记录着。

这说法真令人讨厌。

“嗯，日下社长那边，据说她每周五晚上都会在社长室里面的屋子喝酒呢。”

“对，已经成为惯例了，这个公司上层的人都知道。”

“出入自由吗？”

“不，因为公司机密很多，所以除了社长以外，其他员工都进不去。那里有社长的视网膜认证系统。”说完，他想到刑警们是破门而入的，那样的话应该知道没人能进去。

“好厉害。毒好像是被加入到矿泉水里面了。瓶底有一个很小的孔，盖上盖子的话，水就不会漏出来。我以前都不知道。”

“副社长居然不惜那样……”

“嗯。但是问题在于，副社长是怎么把矿泉水瓶拿进去的。恐怕是利用了秘书青柳小姐吧。”

“利用了她？这是怎么回事？”山户皱着眉反问道。

不了解凛子性格的刑警是不可能知道的，只要慎重应对就没问题。

立花从西装里面的口袋拿出一张照片给他看。“这是把矿泉水瓶上的标签放大后的照片。请仔细看一下，这里有一个好像用指甲划过的痕迹。”

“好小啊。”

“小得不仔细看就发现不了呢。普通人的话，估计都不会留意到。但是，贵公司的社长不一样，好像她很迷恋那款矿泉水。”立花窥视着山户的眼睛说道。

“我听说她很喜欢这款矿泉水。”

“当然水本身她也喜欢，但是她好像迷恋上那个标签了，标签上只要有一点瑕疵她都会不高兴。”

“这么说起来，青柳小姐给社长矿泉水的时候，都会用毛巾擦一下。她是那个时候检查的吗？”山户做出想起来的样子。

“没错，正是如此。青柳小姐就是这样证言的，她说社长甚至说要投诉销售商。”

“那也就是说，青柳小姐会选择标签漂亮的矿泉水吗？”他佯装不知地确认道。

“就是这样。青柳小姐说，六瓶矿泉水中有五瓶的标签一端都有点翘起来了。让她来选的话，就只能给社长标签没有伤的那一瓶。问题是，谁知道这件事呢？山户先生，您是知道社长执着于矿泉水标签的事情的吧？”

“不，我没想过会这么严重。”

“是吗？青柳小姐记得，以前社长曾经在您面前因为矿泉水标签的事斥责过她。”

“这个我不记得了呢。”

“这样啊。但是，副社长好像完全不知道。首先，据说如果没什么特别的事情，别说社长室，他连那一层都不会去。”

“这、这倒没有吧……”

“这先放一边，我们还有疑问。副社长在临死前，曾经给妻子打了通电话。”

“电话？”难道，他跟她说了什么吗？就算是这样，两个人都已经死了，也没什么可怕的。

“嗯，他在电话里说，什么来着，请等一下。”立花翻了翻笔记，“是这个。‘这个是夫、妇的奥啊……’他好像是很震惊地说的。”

“啊？什么？”他反问道。

“可能是因为毒药的作用，说不清楚，所以也听不明白。我们是这样解读这句意思不明的话的。‘这是河豚、河豚的毒[①]。’把这个告诉自己要杀害的人，这很奇怪，而且明明是为了寻死自己喝下的毒药，他却感到震惊，这一点也很奇怪吧？”立花看过来，他的眼神充满了自信。

“奇怪的是刑警您的话吧。刚刚您不是说，他是临死前说的吗？那个时候说的话，您怎么可能知道嘛。”他满脸笑容。

“这可不是可笑的事，山户先生。毫无疑问，副社长在电话里是这么说的。所以，他不可能是想和社长双双赴死，给两人下毒的凶手另有其人。我猜测，凶手的目的会不会是阻碍今天在这里进行的签约仪式，就像刚刚你对樱井先生所说的那样。”

“请等一下，您那样说，就好像我是凶手一样。”

“就是这样。”立花点了点头。

“怎么会！刚刚您所说的一切都是想象，您是打算编一些听都没听过的话让善良的市民陷入罪恶之中吗？”他沉稳地说道。

没有任何证据。

昨晚八点半左右，山户把“新型违法毒品”交给了在家的琢朗。他看上去等不及了，说想立刻尝试一下。“混在酒里一口气喝下去是最爽的。”山户这么告诉琢朗后就离开了。新型毒品当然是在海上钓鱼时趁机提取的河豚毒。他开了三十分钟车，去了经常光顾的小酒吧，做了不在场证明，然后从那里给琢朗打了电话。那个时候，琢朗已经没有接电话了。即使他有可能不接别人的电话，但山户的来电铃声他应该不会无视的。山户

①日语中夫妇（fufu）的发音和河豚（fugu）有些像，所以当副社长口齿不清地告诉社长的时候，社长理解成了“夫妇”。

确信琢朗已经喝了毒药，于是用他手机里安装的远程操作应用打了遗书。之后，他又给社长室打了电话，但没有回应。

立花“呀”了一声，投来了严厉的目光。“这可不是编造的。”

“请适可而止吧。”

“正如您所知道的那样，河豚毒是致死毒。如果立刻去医院的话也许会得救，但如果放着不管的话就会引起全身麻痹，大约两小时后停止呼吸，然后窒息而死。但是反过来，只要能维持住呼吸，八九个小时候毒素就会被分解，也是有可能恢复的。”

“事到如今，说这种事情还有什么用。”他皱起了眉。

“您先听我说。维持呼吸并不是件容易的事情。如果有人工呼吸器的话倒还可以，但社长室怎么会有这种东西。”

“您想说什么？”他突然有一种没有依据的不安感。

“日下社长呢，把那个屋里的纳米气泡产生装置和调节器连接在一起，在自己的喉咙下开了个孔，然后把它插了进去。就像在医院切开气管一样。”

“切开……”

“没错，也就是说，她做了一个人工呼吸器。好像你发明的接近一分钟十五次的呼吸频率也起了功效。就是说，那个人徘徊在生死之间，绞尽了脑汁，思考再思考，思考到最后，孤注一掷地下了一大盘赌局。那是从不想死的心情变成想要活的强烈愿望的一瞬间所下的决断。据说，在用刀子切开喉咙的时候，她已经决定了，无论变成什么样子都要活下去。”立花的话充满了力量。

“骗人，那种事。”

“没有骗你。是吧，社长？”

山户感到坐在后面座位上的人站了起来，他战战兢兢地转过头去。

“呃……”他倒吸了一口凉气。

脖子上卷着白色绷带的凛子正被两个看上去像是护士的人搀扶着站在那里。

“我的说明没有问题吧？”

立花问过后，凛子点了点头。

然后她又转过头，一直盯着山户。她的目光并没有愤怒等感情，只是在哀怜着对方。

山户低下了头，好像要逃离凛子的视线一样。

“社长，您和东和签约后，如果查出海外事业中存在非法行为，请告诉我们。因为这有助于阐明本案的动机。”立花说道。山户感觉到他转过身来。

“山户先生，您暗中促使青柳小姐选择了有毒的矿泉水瓶。社长在摸着潜水袋的破损处时，想起来您说给青柳小姐的话了。您说：‘你也挺不容易的啊，要照顾一点小破损都不能容忍、完美主义——不，是有洁癖的社长。’社长就很在意，只是在擦瓶子上的露水，为什么您会说小破损呢。什么事情都没有，结果毁了您的，是语言之毒啊。”

（王倩 译）

花即是心

作家二阶堂黎人邀请我在《不可能犯罪集》中写一篇作品。二阶堂先生曾在公开征集短篇作品的《新·本格推理》一书中收录了拙作《成为真草之种》(收录于《伊哈套布侦探 随波逐流》)。本作品是在众人环视的舞台之上，能乐表演过程中发生杀人事件的本格推理小说。我自己有过出演能乐的经历，尽可能地写出了能乐师的动作与舞台背后的样子。希望读者不仅对于谁用了什么诡计感兴趣，同时，由于我也在作品中加入了世阿弥所著的《风姿花传》的新解释，所以希望读者能够一并赏读。

1

阴历三月二十二日星期日，今年的樱花花芽也差不多开始绽放了。

纸屋鞠子为了唱地谣[①]，来到了舞台进出口的小门[②] 前。成为女能乐师十五年了，虽然能在男性为主的地谣队伍中占据一席之地是一种荣耀，但本质上的音质差别是无可奈何的。

能乐师的发声，在一般人听来好像是低沉粗犷的声音，但其实是高音域。只要与能乐师一起唱一下，很快就会明白。如果试图压低音域的话，就会因为声音过低而声不成声；如果试图升高音域的话就会变成假声，这就已经不是能乐而是声乐了。

即使如此，经过十五年的锻炼，她好不容易才使得自己的声音没有变成不和谐音。虽说是十五年，但成为一名专业能乐师是在五年前，三十二岁的时候。

出生并成长于神田明神下的鞠子邂逅能乐，是她在京都的

①地谣，能或者狂言中，主、配角等上场演员以外的演员齐唱的歌谣，亦指其演员。

②位于能舞台里侧右边的通向后台的小门。演出时，主要供地谣和辅佐员进出。

女子大学学习的时候。

她的专业是中世文学，课堂讨论的负责教授桥爪景子极其喜爱能乐，一有机会就会推荐能乐鉴赏，然后留的课题是写感想报告。

从为了取得学分的鉴赏到将其作为一生的事业，成宫玄藏这位能乐师起到了很大的作用。现年七十八岁的他一直患有糖尿病，虽然因病情恶化退出了一线，但在十五年前，连观音流的宗家都要逊他一筹。

虽然桥爪说他是一位天才，但纸屋并不太明白她所说的演员的差别。虽然曲子会有所不同，但这种戴上没有表情的能面，用固定的形式来跳舞的表演方法中是没有大的差别的。不，正是因为没有大的差别，它才能够作为古典文化保存下来。也就是说，她认为这种艺能欣赏的不是演员，而是戏剧本身。

然而玄藏是不同的。

她第一次见到玄藏是在大三临近确定毕业论文题目期限的三月，还是受到桥爪的邀请，很不情愿地去了观音能乐堂。玄藏演出的曲子是《舍利》。

舍利指的是佛舍利，释迦的遗骨。这出能乐来源于《太平记 · 卷八 · 谷堂炎上事》中所介绍的故事。相传释迦死后，足疾鬼从遗骨中偷走了牙齿，婆罗门教之神韦驮天追赶他并将其取回。足疾鬼和韦驮天都是无与伦比的飞毛腿。

韦驮天所取回的舍利历经了三千年的时间，一直被安放在位于京都东山的寺院泉涌寺中。

能乐就是从出云的僧侣（胁[①]）前去访问开始的。他提出想

①即配角。

参拜故事中的佛舍利，如果愿望能够实现的话就诵经。这时出现了一个男人，是曾经想要得到舍利的足疾鬼的执念化成的。

男人报名说自己就是足疾鬼，一改之前温和的样子，偷走了舍利，踢破了舍利殿的天花板飞上天空逃走了。到这里是前半段的故事。

男人变成足疾鬼，抱着舍利踢破天花板的场景要在舞台上仅一张榻榻米大小的台子上展开。能乐的话，几乎是没有舞台布置的，只靠演员和尽可能少的道具来完成表演。

虽然什么都没有，但却能演出那里仿佛有山有海岸、有天国也有地狱的感觉。能乐的厉害之处就在于，它可以最大限度地发动观众的想象力。

而《舍利》中还准备了有趣的演出。

夺取完装饰着火纹的舍利后，下面会留下一个木盒，这个木盒被比作舍利殿，根据设计，足疾鬼将它的面板踢破时，会实际发出粉碎的声音。

出演足疾鬼（仕手[①]）的玄藏会发出绝妙的声音，然后漂亮地踏破面板。那种感染力完全让人想不到这是一位年过花甲的演员的表演。

故事的后半部分中，被韦驮天追赶的足疾鬼在经历过一番打斗后被带回今世归还舍利，那种激烈的紧张感和跃动感令人震撼。

不过，打动人心的不仅仅是玄藏的表演。

简单地说，是足疾鬼的悲哀直击心灵。

足疾鬼也是因为追求佛道，希望被救赎才会那么执着于释

---

①即主角。

迦遗骨的牙齿。几千年的时间，他一直存着这份念想。被韦驮天斥责，哭着归还舍利的一瞬间，他流露出的哀伤之情让人印象非常深刻。

那个时候，能面上明显是有表情的。鞠子感觉，是自己内心的悲哀反映到了面具上。

投射观众内心的别无他人，正是玄藏。为什么会产生这种效果？能面如何才能变为映出内心的镜子？

她非常在意，欲罢不能。

于是她毕业论文选择写谣曲[①] 文学，题目是《有关世阿弥的花》。

鞠子原本就是做事情很专注的性格，所以她节衣缩食，把时间和生活费都花在了能乐堂上。当然，她是为了看玄藏。

但是，越了解能乐，就越觉得不懂的东西多了起来。世阿弥的著作《风姿花传》中所写的内容是赠给能乐师的话语，类似艺事的秘诀。也就是说，实际上是写给地谣、舞者、演员的指南书。

如果连一个舞蹈样式、一首曲子都不会的话，是不会有真切感受的。她发现，世阿弥所说的“花”并不是纸上谈兵就可以读懂的那般单纯，更没有可能解开玄藏的《舍利》中那个能面投射观众心理状态的谜题了。

鞠子决定要成为玄藏的弟子。

然而，她没能成为亲授弟子。玄藏有两个儿子，她被要求成为其中之一的弟子。

长子是玄一郎，次子是玄治。两人都是能乐师，有充分的

---

①能的词章。

实力继承成宫家的技艺。

玄一郎认真努力，而玄治则被称为天才，两人有着完全不同的拿手好戏。

玄一郎擅长的曲目是第三出[①]，叫作鬘物[②]。主人公主要为女性，优美地演出王朝故事中的美女和草木精灵。他善于用缓慢的动作表现主人公的心情。

玄治与哥哥形成对照，他擅长第五出剧目尾能，给一天的演出完美收场。人物和动物等的妄念凝结，经常是从异次元空间来访的故事，机敏的动作和艳丽的打斗是该曲目的看点。由于这部分不同于能乐“静”的形象，经常会飞来跳去，因此需要相当程度的训练才行。

虽然尾能中有许多夸张又快速的演出，但因为故事很简单，所以按部就班的表演很难令观众感动。即便如此，玄治被称作天才，是由于他经过禁欲主义般的磨炼，能够瞬间爆发令人惊叹的专注度。

这一点遗传自父亲玄藏。在律动的杂子[③]中配上杂技般的动作，表现出主人公的心理，这项技艺玄治已经了然于心。

当然，鞠子也希望成为玄治的弟子，但由于他已经有上门徒弟了，所以没能如愿。

就在她为只能放弃成为能乐师的道路而烦恼时，玄一郎找到了她。他爽快地接受了被弟弟拒绝的鞠子成为自己的弟子。

后来她才知道，好像玄治拒绝接受她成为弟子，真正的原

---

①正式的五出戏能乐中的第三首曲目。

②鬘物因使用假发而得名，指能乐中以美女为主人公的曲子，第三出剧。

③杂子是日本各种文艺演出活动中，为给表演、舞蹈、歌唱伴奏，或者为营造出气氛，用乐器或人声伴奏的音乐。能乐的杂子中使用笛子、小鼓、大鼓、太鼓四种乐器（四拍子）伴奏。

因在于她是女性。

他看不起自己。

做了玄一郎的弟子后，鞠子一心想着要报复玄治，刻苦练习。她咬紧牙关不断地训练着身体，就为了证明即使是女性，也能够在尾能中感动观众。

她觉得，就是这件事促使自己跻身男性能乐师之间，走到能舞台上的。

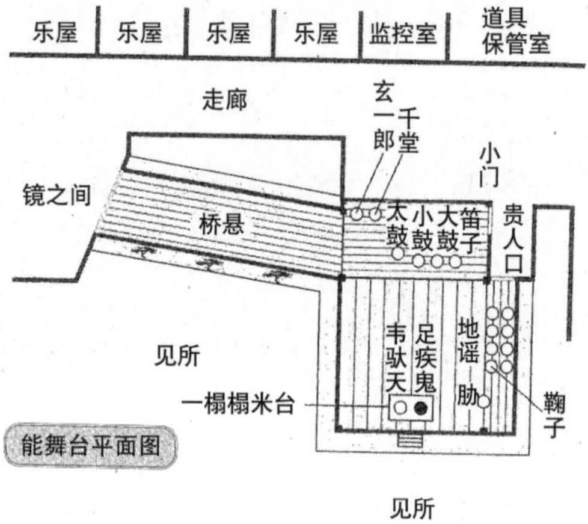

能舞台平面图

今天的地谣曲目是《舍利》，表演者是玄治。不容置辩，充满了力度。

地谣是一种合唱，共由八名成员来演唱故事。在大家伴着杂子方[①] 演奏的笛子、小鼓、大鼓、太鼓进行合唱时，仕手一边说台词一边跳舞。不必说，这三者的一体感会增加舞台上的完

①担任伴奏的角色。

成度。

为此，玄治甚至说，不仅是地谣的班底，辅佐员[①]、杂子方也是，如果不能让人满意的话就别上台。

通常，这种事情没有充分的理由是不会发生的。即使是观音流的宗家，也在极力避免破坏狭小的能乐界的人际关系。

只不过是一个能乐演员，即使是不上舞台，也不会对能乐界产生影响，也有相关人士这么说过。但是，节目有没有玄治的名字，见所[②] 的情形会大不相同。大约有四百席位的见所出现站着观看的人，这种情况仅在玄治演出的时候才会有。其他演员只要有六成席位坐满就是很成功的表演了。

能乐师的收入来源除了教谣曲和仕舞[③] 所得的月薪外，舞台演出费所占的比例很大。可以说，周六日和节假日，京都的能乐堂都在演出能乐，就是为了维持生计。

不过，它不同于人气歌手的演唱会。令人遗憾的是，对古典艺能感兴趣的人并不是那么多，这也是事实。

为了不让见所出现太多空位，演出的能乐师们必须努力经营。他们也会担任市民讲座的讲师，或是在网上发布信息。

如果是玄治演出的话，什么都不做票就会卖光，连平日里几乎无人的二楼见所也会被观众的热情所包围。

这种热情不仅会带来经济效益，同时对年轻能乐师来说也是一个极大的刺激。为了不出现拙劣的演技、舞蹈和谣曲，他们会不自觉地发奋练习。

不仅如此，还有人以受到玄治赏识为目标。

---

①在能、歌舞伎等表演舞台上，在演出者背后等着为其提供帮助的人。

②能乐堂等场所的观众席。

③能乐演出时，主角一人穿着礼服、裙裤在伴唱下独舞。

虽然鞠子觉得这是本末倒置，但自己也是其中一员。别说是复仇了，她就像一只摇着尾巴的小狗一样，为能够加入地谣并成为其中的一员而欣喜。

努力练习的时候，她就会觉得这种心情很可怜，也会因此而沮丧。但是，她也告诉自己，首先要和他站在同一个舞台上才行，否则一切都是空谈。就这样，她迎来了登台的机会。

2

不知是不是出于紧张，穿着布袜[①]的脚趾头感到异常水冷。

舞台上，正面已经放好了一榻榻米台[②]，杂子方也都准备就绪。即使在后台上关着的小门后，也能感受到这种气息。

玄治的爱徒千堂保刚刚从鞠子他们身边走过，去舞台上设置佛舍利的仿制品。

马上就要开始了。

地头（地谣的领队）向全体出演者说道：

“请多关照。”

鞠子端坐着，低下了头。

像茶室的膝行口[③]一样的小门打开了，她用行礼的姿势走上了舞台。

地谣前后分别坐四人，前一排离观众近的地方就是鞠子所坐的位置。

---

①日式布袜的大脚趾与其他四个脚趾分为两部分，在脚后跟的上边用搭扣固定住。

②能乐道具之一。木架台子，面积约一榻榻米大，高约二十厘米，上蒙织金缎缎子台布，模仿山、祭坛、桥等各种实物。

③茶室供客人用的出入口，小间特有，高约六十五厘米，宽约六十厘米，因须膝行进入而得名。

端坐好后，她将插在腰带的扇子放在身前，两手放在袴[1]上等待着。地板的冰凉一点点传到臀部，但心情很紧张，脸是烫的。

因为一直看着前方所以没法确认，但见所正面最靠前的座位上一定是桥爪，她对今天的演出也期待已久了。

出演胁的僧侣登场，在他向泉涌寺的男杂役提出要参拜佛舍利的场景之后，地谣正式开始。

比以往的音调都要高，是因为紧张的程度不同吧。

接着，主角足疾鬼终于出场了，舞台上飘荡着紧迫感。

玄治戴着红铜色的新月面具从幕后出现了。他皱着眉，露出焦虑的表情，睁大眼睛，一副精悍的容貌。

他流畅地擦着扁柏地板静静地移动身位，上半身的姿态则丝毫不动。虽然他的身体应该非常用力，但运足完全没有停滞。

玄治所扮演的乡下男子听到了僧人诵经，于是说："长久以来，我都想参拜佛舍利，多亏了你这一愿望才得以实现。"接着，他讲起了舍利的传说。

"泉涌寺的舍利叫作牙舍利，因为是释迦的牙齿，所以更为可贵。"

以此结尾。

不知是不是玄治所唱谣曲的作用，鞠子觉得自己被一种前所未有的一体感包围着。就在这种舒服的感觉中，终于要迎来前半场最精彩的部分了。

男子的样子骤变，自称是足疾鬼。

小鼓、大鼓连打，地谣也不甘落后地从腹部挤出声音唱了

①和服裤裙，套在和服外边，从腰部遮到脚的宽松衣服。

起来。

足疾鬼走上一榻榻米台，转了个身，拿到了仿制的舍利。

他把舍利挟在腋下，一瞬间好像放低了身体，接着很快抬起左脚。

鞠子也看到了白布袜的下面。

下一个瞬间，玄治的脚落在了盖着木盒的缎子上。

发出了猛烈的声响。

原本应该立刻将脚放回一榻榻米台，但玄治在这里面对着观众停了一下。这一刹那间，看上去像是在牵制僧侣，连观众也被威慑到了。

接着，玄治一口气跑过被称作桥悬[①] 的花道[②]，消失在幕后。

完美的表演。

美到鞠子都忘记了自己作为地谣的重任，看得入迷了。

为了把面板上破了的仿制物从舞台上拿下来，千堂走近一榻榻米台。这时，他看了一眼鞠子。

虽然他只是短短地叹了口气，但鞠子领悟到了他的意思。

作为弟子，他因感受到了巨大的墙壁，不由自主地叹了口气吧。

的确，鞠子和千堂总有一天得跨越玄治这面墙。不，他们应该是一边想着跨越，一边辛苦地练习。

然而，自己却因为那座墙的高大和深厚而畏缩。一想到一辈子都可能跨越不了，她就觉得自己流过的汗水有些徒然。

鞠子也静静地叹了口气。

---

①能乐舞台上，从镜间斜架起通向正面舞台的设有栏杆的通道。除演员登场、退场外，亦作为舞台的一部分使用。

②歌舞伎剧场中贯穿观众席到舞台的通道。

突然一道闪电划过，响起了打雷般的轰鸣声，杂役被吓得四处打滚。他看了看舍利殿，发现佛舍利不见了。当然，他怀疑是旅行的僧侣所为。

僧侣说是足疾鬼盗取了舍利，打破天花板飞到空中去了。作为证据，他指了指天花板。

杂役看着天花板上的洞，相信了僧侣的话，再一次讲起了足疾鬼和韦驮天的故事。

这段讲述叫作间狂言[①]，由狂言方[②]演出。在这期间，退到幕后的前仕手在镜间换装，不仅是装束，面具也要换。后仕手足疾鬼戴着叫作颦[③]的鬼形面具，虽然没有角，但张着大嘴，獠牙外露。正如它的名字一样，眉间有着深深的皱纹，一副苦大仇深的样子。

杂役接受了僧侣的提议，决定像过去那样借助韦驮天的力量。他们开始一起祈祷，这时韦驮天从幕后登场，追赶足疾鬼。表演韦驮天的是鞠子的师兄上条道夫。上条虽然只有二十多岁，但却很有实力，师傅玄一郎对他寄予了厚望。特别是评论家也给了他很高的评价，称赞他在玄治的舞台上崭露头角。

韦驮天一头黑发，装束以藏青色和白色为基调，他开始追赶足疾鬼。足疾鬼头发通红，穿着一身镶着金丝的深红装束，在边长六米的四方形舞台上四处逃跑。这种对比以及两人和谐的打斗，即使是从地谣座来看也是华丽而惊险的。

为了表演出速度感，两人的脚步快速而小幅。由于在设定

①一曲能乐演奏中的狂言部分，最常见的是主角在幕间休息时出场叙述曲子主题的道白。
②即提词拉幕员。
③能面具之一，嘴巴大张、獠牙外露、相貌可怕的能乐面具。

上，两人的追逐一直持续到宇宙的尽头，因此他们在四方形的舞台上纵横无尽地来回奔跑。中途，在一榻榻米台上跳动，如芭蕾舞般旋转的动作是《舍利》所独有的。

终于，足疾鬼被韦驮天追到了，他跳上了一榻榻米台。

将他赶回原来的下界。

地谣更加用力了。

两人站在狭窄的一榻榻米台上，袖子都快要碰到一起了。韦驮天挥起打仗猛攻足疾鬼。

可是，样子有些奇怪。

足疾鬼举起手蜷缩着身体，仰望着天花板摔了个屁股蹲儿。

有这样的小写[①] 吗？

小写指的是特殊演出，但是这个造型鞠子并不知道。

奇怪的是，表演韦驮天的上条一直伫立在那里。他用近似呆若木鸡的状态看着师傅所坐的辅佐员座位。

明显很奇怪，这已经不是能乐的动作了。

玄一郎正要站起来，旁边的千堂一看情况，也慌忙地先上了一榻榻米台。

地谣在这里暂时停下来了。

见所一片嘈杂声。

千堂蹲下来，看了看玄治的情况。接着，他向后退了几步，脸色也变了。

他一边把手掌往袖子里藏，一边给身后的玄一郎看。那只手沾满了红色的液体。

玄一郎给千堂下了指示，千堂抱起了玄治的身体，从小门

①能乐中，写在剧目曲名左下方的很小的特殊演出标记。亦指其演出类型。

处到了舞台外。

原本，由于事故导致仕手演出中途退场的情况，要使用地谣座旁边的贵人口[①]，但观音能乐堂的贵人口是关着的，听说是因为不吉利。

杂子方率先伴奏，地头开始唱起来。

玄一郎代替被抬出来的玄治出演足疾鬼——没戴面具，仍旧穿着带徽袴。

讽刺的是，这天，玄一郎的代演比平时都要出色。

3

玄治有问题是毫无疑问的。他用苦闷气绝的姿势向后仰着，就这样一屁股坐下一动也不动了。

而且千堂的手上还沾了血。

玄治究竟发生了什么？

能乐以仕手的留拍子[②] 结束演出。而且按照惯例，演出是在出演者全部走下舞台后，由地谣用一段祝词小谣[③] 的演唱来宣告结束的。

在祝词小谣演唱期间，能乐堂的后门附近，救护车的声音停止了。

克制住急躁的情绪，按照规矩将扇子收回腰带里，然后按顺序从小门走下舞台。

①能乐舞台右侧，地谣座里面的门。据说原先是贵人跳舞时用的出入口，但现在通常不使用。

②能乐中曲终部分时，由主角或配角用脚打的拍子。

③能乐演出时，在当日的最后剧目演完以后，为祝贺顺利演出而由伴唱人演唱的一段谣曲。大多演唱《高砂》中的一节。

一出小门，有一条走廊通到后台。玄治正躺在走廊上，他的面具被取了下来，衣服也解松了一些。

急救队员正在对他施行心脏按摩。

“右颈部根处插着一个锐利的道具，一把短刀。瞳孔放大，没有意识，没有神经反射。”

另一位队员用无线电联络了准备送往的医院。

插着一把短刀……

的确是这么说的。这怎么可能呢？

有一大堆观众在从舞台的正面和左侧注视着仕手的举手投足。背后有演奏笛子、小鼓、大鼓、太鼓的杂子方，稍微往里有辅佐员玄一郎和千堂，右侧是八名地谣和胁。四面八方的目光都投在一榻榻米台上，不可能有人用短刀刺玄治的。

一定是听错了。

鞠子看了看周围能乐师的样子。

他们都伫立在那儿，注视着正在实施急救的队员。

大家都没有听到吗？

“师傅，您一定要坚持下去啊。”

千堂紧抓着玄治的身体，走廊里只回响着他的哭声。

大概是从舞台上将玄治搬过来后，他叫了救护车。一想到等待急救队到来期间千堂的焦躁，就感到心痛。

不久，穿着制服的警察到了。

好像是急救队员认为伤口有可疑点，因此联络了警察。

“各位，能先暂时去一下大厅吗？”

一位警官对所有人说道。

“师傅还活着，请继续进行急救。”

千堂不愿意离开玄治。

“我们都是他亲近的人。”

对警官说这句话的是玄一郎。

“那么，就让其他各位……”

“好的，坂本先生，麻烦您了。”

玄一郎向在舞台上担任地头的坂本三郎使了个眼色。

坂本带着大家去了大厅，鞠子也跟在后面。

从观音能乐堂开走的救护车的鸣笛声听上去非常令人厌烦。

4

大厅里满是观众，拥挤不堪。能乐堂的员工正在大声道歉，引导大家走出能乐堂。

“纸屋。”

穿着和服的桥爪从排着队的客人中挥着手。

“老师。”

鞠子走了过去。

“成宫老师怎么样了？”

“还不知道。”

“用救护车送医院了？情况很糟糕吗？”

桥爪像是追着还未离去的救护车一样，朝门口望了一眼。

她认为玄治说因为身体不适才倒下的，这很正常。从见所看不出他受了重伤吧。

“这个也还……”

现在什么也说不了。

“今天的演出真的很精彩，所以才觉得可惜。特别是前仕手打破舍利殿天花板那里，动作和声音都太棒了，踩破就一瞬间，特别好，还有睥睨那个僧侣的感觉。”

桥爪像是还没有从兴奋的状态走出来一样，不换气地说着。

“抱歉，老师，我再联系您。”

看到警官招呼所有观众退场，鞠子对桥爪低头说。

和桥爪分开后，鞠子正打算在大厅的长椅上坐下，这时，她看到了用锐利的视线送观众回家的刑警的脸，于是叫了他一声。

“三波？”

“您果然在这里啊，纸屋老师。”

“你说是当了公务员，原来是警察啊？”

这是鞠子从去年开始负责的市民讲座“谣曲入门”的学生三波晋介，名簿的职业一栏只写着地方公务员。

“我接到观音能乐堂案件的联系时就在想，或许能见到老师您。我也没打算隐瞒身份。”

三波的表情有些不好意思，但嘴角却流露出威严的感觉。

他应该比鞠子小一岁，今年三十六岁，不过正好三七分的发型让他看上去比鞠子还要年长。

“舞台正在进行刑事鉴定作业，请大家在这里等待。那老师，我先去忙了。”

说完，三波去了见所。

过了一会儿，客人都退馆了，大厅一下子变得安静起来。

坂本他们都坐在长椅子上，鞠子透过窥视窗看着见所，以此排遣不安。为了测量能乐演出过程中客人入场的时机，门上有一个窥视窗。

没多久，三波从见所出来了。

“刚刚医院来电话了，非常遗憾，成宫玄治去世了。”

“这，这……”

师傅们过于震惊，连声音都发不出来了。

“从现在开始，我们将本案作为杀人案件进行调查，还望大家配合。我是京都府警搜查一科的三波晋三，接下来，我想了解一下舞台上的详细情况，现在请先稍等一下。”

自我介绍之后，三波又一次去了见所。

“你认识他吗？”

坂本问道。

“他在市民讲座中听过我的课。”

鞠子回答，之后两人就沉默了。

不知是不是因为听到杀人这个词，大家都沉默了。

大约过了三十分钟，陪在玄治一旁的玄一郎和千堂回来了。

千堂的眼睛非常红肿，连站着都显得很辛苦。玄一郎看上去反倒像是在强忍住自己的感情。

“师傅。”

鞠子向玄一郎跑去。

“警察说让去舞台集合，在这儿等着就行了吗？”

“好像现在正在鉴定作业中。”

“哦。不过，情况真是严重。”

在长椅子上坐下后，玄一郎说道。

“那个，师傅。”

“嗯？”

“玄藏师傅那边……”

“还没。要怎么转达，我找不到合适的语言。总之，师傅没有看到玄治那个样子太好了。或许，倒不如说在住院比较好。”

玄一郎把自己的父亲称作师傅。

“我担心师傅的身体。”

“啊，师傅身体虽然还算硬朗，但要是知道玄治……”

鞠子也知道，玄藏对于和自己很像的玄治要更加照顾。虽然对外界看来玄一郎是家族继承人，但成为弟子置身内部的话，就会知道情况并非那样。

只是如果直接让比玄一郎小九岁的玄治做继承人的话，于内于外都会起风波。所以，这只是形式上的继承。曾经有位评论家就说过，玄一郎就像防护林一样，为的是给玄治遮风挡雨，减轻他的压力。

“之前老师的发作也……”

成宫家有练习用的舞台。五天前，玄藏在那里糖尿病发作倒下了。

当时在舞台上等着让老师看自己练习的就是玄一郎和鞠子。结果老师一直不出现，他们正担心着，这时候千堂从起居室跑了过来。

玄藏突然动不了了，摔倒在榻榻米上。他们立刻叫来了救护车把他送到医院，从那天起他就开始住院了。

“那个时候，真是吓了一跳。”

鞠子想起被送走的玄藏变紫的嘴唇。

“那是下午三点左右吧？”

“是的。”

“在那之前，师傅在帮玄治练习，也没有吃午饭。”

为了控制血糖值，玄藏在饭前会打针。如果打针和吃饭的时间空出来的话，就会陷入低血糖状态。

“师傅明明已经很注意了。”

“他专注于练习，就忘了原本应该吃的午饭。好像千堂叫了他好多次去吃饭，但他都没听。”

玄治的登门弟子千堂负责照顾玄藏的日常起居。

“师傅也是太拼命了。”

“这一面师傅不会给我看的。”

玄一郎注视着远方说道。

兄弟走相同的道路是有困难的，鞠子想着。

“师傅，玄治师傅真的是被刺死的吗？”

虽然鞠子觉得确认这件事也很恐怖，但她还是鼓起勇气说了出来。在三波找自己听取情况之前，她想整理好心情。

“好像是。”

玄一郎叹着气说。

“可是大家应该都在看着，师傅您也是，我也是。”

“是啊，不可能的事情。”

他的表情很严厉，平时很难见到。

鞠子讲了自己的意见。她认为四面八方都是人，如果有人行凶的话，一定会有人注意到的。

“说起来，离得最近的上条应该会注意到吧。因为玄治倒下的时候，他同样在一榻榻米台上。”

仔细回味一下玄一郎的话，就变成唯一能够接触玄治的人就是上条了。反过来说，除此之外没有人接近过一榻榻米台，更没有办法接触到玄治了。

“立志走同一条艺术之路的人，是不会有人杀人的，我相信。”

玄一郎像是察觉到了鞠子的疑心，他瞥了一眼站在远处的上条说道：

“嗯，我也这么觉得。”

虽然是这么说，但除了能乐表演相关人员以外，没有别人在那个舞台上了。而在一榻榻米台上的只有足疾鬼和韦驮天这两人，这个事实沉重地压了过来。

“久等了。”

三波出现了，他让大家走上舞台。

鞠子端坐在地谣座上。杂子方、胁方，还有两位辅佐员也到了指定的位置。

取下面具，脸色苍白的上条正站在一榻榻米台上，脖子以下的装束仍是原样。

“请大家再现一下今天发生的事情。”

说完，三波确认了一下现在的布置是否有误。

“那么，我来扮演受害者。”

三波走上一榻榻米台。

“当时是什么情况？”

“是我追着足疾鬼，穷追不舍的场面。”

上条用虚弱的声音回答道。

“是我被穷追不舍吧。”

“嗯，师傅的动作非常精彩。”

“没有什么异样吗？”

“嗯，完全没有。”

“不好意思，三波先生。”

鞠子从地谣座喊道。

“您注意到什么了吗？”

三波当即问道。

“师傅踮脚了。”

“踮脚？”

“嗯，有一瞬间踮起脚了，然后扑通一下坐倒了。”

“是这样吗？”

三波踮起脚给她看。

“就是这种感觉。”

“好的。上条先生当时是什么样子呢？”

“我拿着打仗，就是这个，拿着这个挥了过去。”

上条把拿在手里的打仗给三波看。它是用织金缎卷着装饰起来的细棒，形状像一个长长的T字。

“左手是空着的呢。”

“啊？这、这是在怀疑我吗？”

上条像平常一样大声说道。

“这是一个可能性的问题，请不要介意。”

“因为我惯用右手，所以左手什么也干不了。而且因为戴着面具，近处是看不到的。”

“虽说看不到，但面具上是有孔的吧？”

“视野很窄。”

没有戴过能面的人一定不会懂得由狭窄的视野所带来的闭塞感。

左右的视野大概有二十度，上下就更窄了，可以说几乎只有正面可以看到。上条解释说，能舞台上四个角落的柱子就是用来把握自己站在舞台的哪个位置的，从演员这里看到的右手边的柱子，就照字面意思叫作目付柱。

“是说这个距离的话，看不到我的脖子吗？”

“如果试图去看的话，面具就会看不清了。”

“看不清是指面具往下掉吧。”

“没错。这个如果是有鉴赏力的客人，不，这里的专家们看到的话，马上就会觉得很不像话。”

“那种难看的动作，很快会被发现的。”

玄一郎从辅佐员座位出声道。

“这就是说，上条先生并没有采取那种难看的姿势吗？”

“大家都在看着，当然会注意到。所以绝对没有做那样的动作。”

玄一郎的话里有种感染力。

“这样啊。那么，请告诉我被害人倒下之后大家的行动。”

“玄治做出了付型以外的动作。”

玄一郎站了起来。

付型是指表现能乐里规定动作的编舞。

“我觉得很奇怪，就想要站起来。我旁边的千堂也注意到了，他就去玄治那里确认了。看到千堂的手上有血，我就代演了。”

“代演事先都已经定好了吗？”

他的眼神很惊讶。

“在能乐的表演中，如果仕手有了什么异样，也就是说当判断要继续演出很困难时，就由辅佐员来代演。虽然几乎没有先例，但就是这样规定的。”

“可是辅佐员有两位吧？”

“有经验的人来代演，这也是规定。所以千堂把玄治搬离舞台后，就由我来代演。”

“我想问一下千堂先生，被害者当时是什么样的情况？”

三波把视线投向了千堂。

“我在耳边叫他，但没有任何反应，于是我就扶着他的肩摇了摇。然后我一看，手就变成鲜红的了。我失去了冷静，记得也不太清楚，反正就是恍惚中把他搬到了小门那边。”

“也就是说，当时被害者已经一动不动了？”

“纹丝不动。”

千堂的声音在颤抖。

“其他各位还有什么注意到的地方吗？”

大家都摇了摇头。

之后，为了保险起见，三波分别叫大家去后台进行了单独问讯。

“您做地谣的时候，可真是发生了不得了的事啊。”

鞠子一进入后台，三波就变成练习时那种亲切的眼神对她说道。

“是啊。不过，舞台上我看得很仔细。”

她想拉一条预防线，好保证舞台上没有凶手。

“的确，那儿就像是特等席一样。”

三波用手掌摩挲着宽大的额头，这好像是他思考时的习惯。地谣学习中出现难发的音程或调子时，他也是用手掌摩挲着额头的。

“玄治师傅的死因是什么？”

她大胆地问道。

“详细的还不清楚。现在能知道的是，脖子右侧根部和肩膀的中间位置刺着一个短刀，切断了颈动脉和神经而致死的。犯罪时间是……老师您应该知道吧。”

“是能乐的后半段开始大约十分钟的时候。”

鞠子一边回忆一边对三波说。

“大家说的都完全一样。”

“因为这是事实。”

鞠子窥视般地看了一眼三波。

“如果在一榻榻米台上使用短刀之类的东西的话，应该是可以知道的。我发誓，绝对没有发生过那种奇怪的事情。”

“可是，短刀也不会从天而降吧。有两个穿着那么厚的能乐装束的人都上了一榻榻米台，即使是没有什么鉴赏经验的我也觉得空间很狭窄。就是说，我感觉可以用袖子在背地里搞鬼。您觉得呢？”

常用的手被打仗占着，越过面具看不到玄治的脖子……即使知道了这些，他还是在怀疑上条吗？

“的确是很狭窄，也还不至于能用袖子背地里藏东西。不仅是那一个方向，能舞台从前后左右都可以看到，你觉得只用袖子就可以藏住一切吗？”

“这样啊，但是……”

三波的态度非常沉着。

“我在意的是，假发。鲜红的头发，而且还特别长。”

背面的红发越过了肩胛骨，从一旁垂到前面的头发，长度达到了胸部以下。

正如三波所说，被激烈的动作弄乱的头发可以遮住仕手的脖子。

“这个……”

“看起来，好像有四角啊。”

“你还在怀疑上条吗？但是为什么他要这么做呢？没有理由啊。”

“我不知道，纸屋老师。我什么都没说哦。”

“你就好像在说上条是凶手一样，因为只有他上了一榻榻米台。但是，如果他真的是凶手的话，他会在自己最先被怀疑的状况下实施犯罪吗？”

在一榻榻米台上行凶，就好像专门在展示只有自己才可以做到一样。

“嗯，搜查也才刚开始。对了，您能帮我叫一下给受害者穿衣戴面具的人吗？”

三波正打算把手放到额头上，他或许是感受到了鞠子的视线，手伸到半空，停了下来。

5

两天后，结束了司法解剖的玄治的尸体被送回了成宫家。由于死法并不普通，因此只有亲戚和成宫的门下徒弟在守夜。玄治还是单身，丧主由哥哥玄一郎担任。

据说，前一天玄一郎已将详情告诉了住院中的玄藏。

他无法接受玄治的死，说自己不会出席守夜和葬礼。病情也没有好转，仍在住院。

即使这样，为了做一个了结，玄一郎还是决意要举行葬礼。只是，明天的葬礼要采取秘葬的形式。

“你能不能去问一下那个刑警，看看上条什么时候能回来？”

在守夜餐会上，坐在鞠子旁边的玄一郎说。

今天早上，上条被三波传唤至川端警署，到了晚上仍然没有回来。

作为凶器的短刀是成宫家祖祖辈辈传下来的，装饰在玄藏屋子的壁龛上。在观音能乐堂仕手方后台的抽屉里发现了刀鞘，上面检测出了上条的指纹。

“指纹什么的是找碴儿呢吧。”

玄一郎不满地嘟囔完，喝了口杯中的日本酒。这两天，感觉他头上的白头发多了一些。

“上条马上就能回来了。从他的装束中没有测出血液反应，而且指纹也是从刀鞘而不是刀柄上检测出来的。”

如果在演出能乐的过程中拿着短刀的话，空手站在舞台上的能乐师的指纹没有留在刀柄上就很奇怪了。而且，假设刀柄上有指纹，这也不能成为定罪的关键。因为，虽然鞠子没有碰过那把刀，但上门弟子打扫卫生的时候也有机会拿到短刀。

“完全是偏离要害的搜查。不过，刀上什么也没留下，这一点反而让人很在意。”

玄一郎生硬地说道。

“确实刀鞘上有指纹，刀柄上却没有，这一点很奇怪。”

上条因为在演出时离玄治最近而遭到怀疑。无论刀柄上有没有指纹，结果都是一样的。

正因为没有指纹，所以才被推测这不是事故而是杀人案件。反过来，也可以说这样能够让大家认为是杀人案件，这样一来，一榻榻米台上的另一个人就——

“难道是自杀？”

她低声说道。

“我们去院子里吧。”

玄一郎站起来走向了内院。

鞠子一边思考着，一边跟在玄一郎后面。

玄治的手里拿着舍利的仿制物，拿着它从韦驮天那里逃窜。能乐中，是用拇指和食指以外的三个手指握着装束的袖口来跳舞的。如果事先将短刀藏在舍利的仿制物里，用抓着袖子的手来拿短刀的话，就不会留下指纹。

玄一郎所担心的是自杀的可能性。

的确，如果是自杀的话，众目睽睽之下玄治之死的谜团就可以解开了。

“但是师傅，我不觉得玄治师傅有需要自杀的烦恼。”

她追上玄一郎说道，春天的夜风有些凉。

“烦恼啊……他会烦恼的也只有能乐吧……”

他停下来摇了摇头，然后接着说道：

“非要说的话，就是跟花有关了。”

“花？是《风姿花传》里的‘花’吗？”

“嗯。”

“有关世阿弥所说的‘花’，成为能乐师的人都会思考一次。可是，玄治师傅他……”

“你是想说，他会因为‘花’而烦恼吧。”

玄一郎说出了鞠子想说的话。

“我也觉得自己并没有理解世阿弥的‘花’，但是玄治师傅烦恼到要自杀就有些……”

“但是，它也不浅显。”

“这个，虽然是这么说……”

人死了会开花结果吗？这不合时宜的话回荡在她的脑海中。

鞠子回到屋里，走向正在祭坛前低着头的千堂。

这三日，恐怕他都没好好吃过饭吧。双颊消瘦，憔悴不堪的脸仿佛能的新月面具一样，几年几十年忧思焦虑产生的深深的皱纹，看起来就像是刻在了眉间一样。

“千堂，你稍微休息一下吧。”

她对不愿意离开祭坛前的千堂说道。

“谢谢，我没事。”

他的声音不似唱歌时那么美。

“我给你拿点寿司吧，稍微吃点什么比较好……”

“我不想吃。师傅在表演之前都会像苦行僧一样不吃不喝，不断挑战。跟他比起来我这算不了什么。”

“唉……”

“那个时候，如果我懂急救的话，也许师傅就得救了。一想到这里，我就觉得很愧疚。”

千堂紧咬着牙齿，泪水从双颊上流下来。

“请不要责怪自己了。”

“但是我无法原谅，究竟是谁对师傅下这样的毒手？对这位能乐界的至宝……”

千堂紧握着拳头，眼神非常严峻，仿佛是要去复仇一般。

“那家伙真是……”

虽然她很快就明白说的是上条，但这听上去也不像是认真的千堂所说的话。

“现在还什么都不知道，我觉得不是他。”

“那是谁？”

“这个嘛……”

怎么可能知道。

“你不是一直在看吗？没看到师傅被刺吗？我一直在杂子方的师傅身后，玄一郎师傅说出事之前我什么都不知道。但是除了那家伙以外，不是没有别人了吗？我去看师傅的时候，他一动不动，已经被刺过了。上一榻榻米台之前还跳得那么欢快，只有那一瞬间有可能。”

千堂瞪眼看着鞠子。

“我觉得现在下结论为时过早。”

“唉，算了。对了，你跟刑警认识吧？要是能说上话，你去问一下，师傅身上穿的东西什么时候能还回来。”

玄治是穿着能装被抬走的。只是，上面应该沾了很多血痕。

“上面有玄治师傅的血吧。”

“没关系。那不是师傅的遗物吗，我想全部继承，从襦袢[1]到布袜全部继承。”

“知、知道了，我去问一下。”

她有一种阴气逼人的感觉。

“千堂，你知道玄治师傅因为‘花’而烦恼的事吗？”

千堂总是和玄治一起行动，如果是他的话，或许会知道玄治的烦恼。

“什么？为什么问这个？”

“啊，没事。我自己烦恼过，想着有机会听一下玄治师傅的想法。”

一刹那，她撒了谎。

“‘花’是师傅永恒的主题。世阿弥所说的‘花’也许很有意思，但师傅不一样。”

世阿弥用了“花之所以为花，在于看花的人感到珍贵”这样的说法。有趣与珍贵才是花，这个解释完全可以接受。但是，玄治并没有那样理解。

“你知道‘花即是心，种子即是技艺’这句话吧。”

“长年积累的精进之心会让花朵绽放。有了技艺积累这颗种子，就可以根据时期绽放花朵。所以，只要不忘记精进之心，花就永远不会枯萎。这是玄一郎师傅教给我的。”

“就是这里不一样。师傅说，虽然这么讲有点粗暴，但是有

---

①和服贴身内衣。

的人原本就有‘花’。这种天生就有‘花’的人，几十年会出现一位。”

“是指才能吧？”

“没错，那个人正是花，而不断地守护传统的其他大多数人都是种子。”

真粗暴的想法，而且很偏颇。

“当这个天才出现的时候，能乐这种艺术就会进化。嗯，世阿弥说其代表人物就是自己的父亲，关阿弥。这里有没有感受到历史的相似？”

“相似……啊。”

“没错，玄藏师傅和玄治师傅。”

鞠子看了看四周，确认了玄一郎是否在附近。因为这就好像是在说，应该把长子搁在一旁，由次子继承家族一样。

“别说了，千堂。”

“抱歉，不由得就兴奋了。不过，从那个花的解释出发，他做了一个彻底将实力至上主义带入能乐界的计划。”

“实力至上……”

“是彻底的。如果导入这个计划的话，能乐界就会切实地发生变化吧。”

千堂的脸上没有眼泪。

“这是他的烦恼吗？”

“因为这是一个会破坏成宫家，不，是破坏观音流本身传统的行为。”

只允许有能力的人继承“花”，这样会完全否定世袭制。

“师傅也没能狠下心来。”

鞠子感觉，千堂的表情变得有些平的了。

6

虽然在守夜的座位上给三波打了好几次电话，但打通电话是在第二天，秘葬结束的傍晚。

他说接下来要去现场，可以的话想在那里说话。

因为受玄一郎和千堂之托，所以鞠子回复说自己也去能乐堂。

从成宫家到冈崎的观音能乐堂坐出租车大概不到三千米。

她联系了一直使用的出租车公司，急忙重新系好了腰带。时刻保持装束整齐，这也是玄一郎的教导。

大约五分钟后出租车到了，鞠子坐上车，拿出粉盒检查了一下妆容。

好久没有熬过夜，妆都变得不服帖了。还有三年就四十岁了，果然皮肤很诚实。如果只是看眉目的话，她有自信，即使在市民讲座上说自己刚过三十也不会有人怀疑，一想到这里，她就觉得可悲可叹。师傅的教导是为了戒除内心的杂乱，然而却起了反作用。

能乐堂的入口有警察站着，从售票窗口附近到见所都拉了黄色的警戒线。

出现杀人事件这一现实，仿佛玷污了将人们引入幽玄世界的能乐堂，让人非常心痛。

朝着见所向左转，就是后台入口了。鞠子在那里换了拖鞋，走上了狭窄的走廊。

她正打算进入仕手的后台，三波从更里面跑了过来。

“纸屋老师，让您久等了，请这边来。”

说完，他转了个身要往回走。

"那个，我想跟你个事情。"

她朝着穿着正装的三波背后说道。

"我们来这边说吧。"

三波停在后台小门前，也就是玄治死去的地方。

脚底下的地毯上还残留着非常新的黑色血迹。

为了不踩到血迹，她用脚尖走到三波旁边。虽说是血迹，但感觉像是踩在玄治身上一样让人心生畏惧。

"上舞台穿着袜子不行吧？"

三波把手放在门上，转向鞠子。

"最好是穿布袜。"

她故意冷淡地说道。光着脚或穿着鞋在舞台上走的话，舞台的光滑度会发生变化。现在已经有许多警察上了舞台，估计需要彻底地擦洗一下吧。

"果然是呢。"

三波像之前一样从口袋里拿出塑料罩套在脚上，然后微笑了一下。

"这样就可以了吧？"

"也没办法了。"

鞠子闭上了眼睛。

舞台上，一榻榻米台仍旧原封不动地放在原处，用白色的绳子标示着杂子方、辅佐员、胁、地谣的位置分配。

"什么时候能让上条回来呢？"

鞠子问道。

"上条先生的证词是有可信度的，这一点我也很理解。我打算今天之内让他回去。但是，如果不是上条先生所为，那么调查就真的回到了原点。”

三波坐在了一榻榻米台上。

“从一开始，上条就不可能是凶手，这也是没办法的事情吧。”

“我比较在意纸屋老师您所说的，受害人的身体有一瞬间踮起脚了这个情况。”

确实，能乐师最基本的基本功就是，维持住固定腰部擦着脚的身体姿势。固定腰部指的是将膝盖稍微弯曲，放低重心的姿势。无论有多么激烈的动作，身体重心始终保持在肚脐的位置。

“能里面是没有伸长身体的姿势吧？”

鞠子不愿意俯视三波，便端坐在一榻榻米台上了。

“我们也讨论了毒杀的可能性，但是并没有发现毒药。玄治师傅在镜之间换上后仕手足疾鬼的装束，再一次登上舞台大约过了五分钟就倒下了。大家都说，在总共二十分钟内没有什么异常，与往常一样。也就是说，如果是毒药的话，我们要调查一下有没有在二十分钟后发作的迟效性药物。”

“毒？死因不是被刺吗？”

“由于被刺造成的休克性失血死亡，这是没有问题的。但是因为找不到刺杀的凶手，警察也想了各种可能。虽说是毒，但比如说能让他失去知觉，或者不能动弹的强效安眠药之类的。”

“安眠药能那么突然地发作吗？”

玄治并不是逐渐变得动作迟缓，而是突然倒在地上的。

“好像在换装过程中，他和平时也没有两样，连一口水都没喝。”

帮忙换装的几个人都听到玄治说杂子方的小鼓音色太干，让他们立刻修正一下。音色是由演奏者自己舔舐鼓的皮革中心位置，以此增加湿度加以修正的。

“真像玄治师傅的作风。能一边表演，一边注意到这些，真是厉害。”

“说明师傅也觉得没有什么异常吧。”

“是啊，完全是用平常心在表演。”

“虽说是要寻找大约二十分钟后突然发作的安眠药，可是原本就没从受害者身上检测出药物，真是一筹莫展。”

“没有可能是自杀吗？”

虽然想着不说这个，但看着灰心丧气的三波，她不由得说了出来。

“他有自杀的动机吗？”

没办法，鞠子讲了从玄一郎和千堂那里听来的话。

“花啊，艺术的世界也不容易。”

三波擦了擦额头。

鞠子看着三波脚上的塑料罩，想起了千堂的口信。

“玄治老师的装束。”

“嗯？”

“跟刚才的话题没有关系。希望您能还回来。”

“装束的调查已经结束了，随时都可以还给您。不过……”

她看得出，三波眉头紧锁地想要倾诉。

“是血吧？”

“嗯，那个里面的棉内衣是一样的。”

“是小袄吧。”

“那个小袄的棉吸了血，所以才没流到舞台上吧。但是进行救命措施的时候，一解开胸部的束缚血就大量涌出了。能洗吗，能的装束？”

“只能拿到专业清理的地方了吧。平时也就晾一下而已，不会洗的。”

“那还真是麻烦呢。”

“他说想作为遗物留着。”

“哪位？”

“千堂。”

“那还真是非常尊敬师傅呢。像我的话，再怎么是老师的东西，染了血的衣物还是不太想要的。”

“或许那就是师徒之情。”

虽然嘴上这么说，但鞠子也只觉得这物品不祥。

“第一次问千堂先生情况的时候，他完全无法回答问题呢。”

“毕竟师傅在舞台上遇到那种事了，我看到他手上的血时也吃了一惊。”

“他说在玄治先生耳边喊了几声，但完全没有反应。”

“往外搬的时候也没有抵抗，感觉像是被拉出去的。”

“嗯，果然是在一榻榻米台上被刺的，这个应该没有问题。”

三波不再擦额头了，而是抱起了头。

7

那天晚上，上条从川端署回到了成宫家。

鞠子到玄关处迎接他，发现三波也一起来了。三波的手上拿着一个大大的手提袋。

“这是装束。我能进去一下吗？”

拿出袋子后，他表示想和玄一郎打声招呼。

鞠子带三波去了玄一郎所在的起居室。

“请问能让我看一下玄治先生的屋子吗？”

说明了长时间拘留上条的情况后，三波提出这一请求。

“是说玄治有自杀的可能性吗？”

鞠子把之前跟三波讲的话全部告诉了玄一郎。

“不是，这个搜查也是最初安排好的。”

“明白了。纸屋，你带他去玄治的屋子。”

“好的。”

“这个要怎么办？”

三波拿出了手提袋。

“这是玄治师傅穿的装束。”

鞠子向玄一郎解释道。

“请放在玄治的屋子里。”

听完玄一郎的话，三波点了点头。

鞠子带着三波朝玄治的屋子走去。

隔着练习用的能舞台，另外建了一栋房子，这里住着玄治和上门弟子千堂。

“有了能舞台，就可以像正式演出那样练习了。”

在走向侧屋的走廊上，三波说道。

“这里的设计，一切都跟正式演出一样。这在其他能乐师的家里是无法想象的，连仿制物都有。”

“一榻榻米台也有吗？”

“当然了，在舞台上踩破的舍利仿制物也有。”

“那个每次都得重新做吗？”

“说是重新做，但不是从最开始做的。”

因为要踩破，所以容易被认为得重新做，但其实它的设计是从边上破的。外框做得很结实，顶板是不固定的竹席，在它上面再盖上一层布，做成舍利殿的样子。

“如何发出巨大的声音，产生出这就是足疾鬼踩破的效果，这就需要努力练习了。”

“那案发当日的仿制物也是？”

“一榻榻米台是观音能乐堂的，但牙舍利和舍利殿用的是这里的，因为都用惯了。不，或许说踩惯了会更合适。”

到了两层的侧屋，那里的一层由玄治使用。

“这里是？”

“玄治师傅的书房。”

她想起来玄治严肃地说过，绝对不许进入他的书房。

“上锁了呢。能帮我打开吗？”

听了三波的话，鞠子叫来了二楼的千堂。听说葬礼结束后，他就一直躺在屋子里。

稍等了一会儿，脸色苍白的千堂走了下来。

鞠子道了歉，让他开了锁。

“请不要乱摸。”

千堂对三波说完，就回去二楼了。

“怎么感觉有点可怕。老师，您可得做我的见证人啊。”

三波怯懦地说着，打开了门。

书房里放满了从文学到体育理论等各类书籍，看得出玄治很热心于研究。

三波开始检查被认为是玄治所写的文件、笔记、记录。

他时不时地让鞠子进行解说。从这些也可以看出，主要是以能乐中的戏剧论为中心，好像并没有日记等个人所写的东西。

夜幕降临了，但三波仍未停止工作。他得到了玄一郎的许可，要在这里熬夜搜查，于是耐心地钻在书房里。

鞠子在一旁陪着也累了，她想看看玄治身上穿的装束。

就算是拜托专业人员清洗，这也会是鞠子的工作。

早晚都得检查。

“我也工作一下可以吗？”

“真是不好意思。我的坏习惯，干什么都会沉迷其中。”

“还真是。我想检查一下你带来的装束，我在这边弄，有什么问题你叫我。”

“谢谢。”

三波轻轻地低了低头，然后又开始翻看文件了。

鞠子挪到起居室，战战兢兢地打开了三波带来的袋子。

能装束原本就非常重，现在吸了血液，拿起来感觉更沉了。

深红色的夹衣法被[①] 被血液染成紫黑色，金丝发出瘆人的光泽。穿在它下面的叫作厚板[②] 的织物，以及叫作半切的厚袴上也都沾着血。

一定很疼吧。受伤流了这么多血，就算是喊出来也不奇怪。然而连呻吟声都没听到，是因为杂子和谣曲的缘故吗？

最严重的果然是小袄。棉吸收的血都凝固了，变得很僵硬。没有沾上血的也就是衬裤和布袜了。

衬裤和布袜的话，自己也能洗的。

她不经意地看了眼布袜。

血？

左脚布袜的脚心部分有一个小红点。鞠子在近处仔细看了看，发现中心有一个细微的小孔。

正式表演时，对装束比一般人都要谨慎得多的玄治师傅不

①套在长和服外面的长度到膝盖或腰间的衣服。

②用熟丝做经线、生丝做纬线织出底纹的结实厚丝织品。

会穿着这样的布袜上台的。

她确认了一下右边的布袜，什么也没有。

是针。不过这也太小了，一定是非常细的针。

难道是——鞠子的脑里想到了一个场景。

“三波。”

“怎么了？”

三波用疲惫的声音回道。

“有个事情想请你调查一下。如果我想得没错的话，我们可以找到凶手了。”

“真、真的吗？我会调查的，不过要调查什么，麻烦您告诉我。”

鞠子走进玄治的书房，关上门，接着她向三波说了自己的想法。

8

第二天下午，鞠子把玄一郎、千堂，还有上条他们叫到成宫家的主屋集合。

“这么忙还打扰师傅们，实在抱歉。”

鞠子在玄藏房间的下座[①] 低了低头。

“可以用师傅的房间吗？”

千堂问玄一郎。

“纸屋说一定要在这里，所以我就允许了这一次。”

“哦，有话说是指什么？”

---

①正面左方的位置。

“杀害玄治师傅的凶手找到了。”

“什么？”

千堂和上条同时反应道。

“不是开玩笑吧。”

上条投来了怀疑的目光。

自从接受过警察的讯问后，他就对鞠子很冷淡，或许是介意她和三波是熟人吧。

“当然不是开玩笑。”

“快点儿告诉我们。”

上条探出身子。

“这个案件，果然是经过巧妙设计的。就好像是能乐的形式一般，分成前后两幕。”

鞠子把准备好的舍利仿制物摆在大家面前。

“这个犯罪中的仕手也有前后两个作用。前仕手的工作，首先是在仿制物上花功夫。我们非常清楚，玄治师傅是个完美主义者，几乎是如禁欲主义者一般严格地磨炼肉体。期望完美的玄治师傅，为了知道用多大力气、踩到这个仿制物顶板的哪个位置才能发出最好的破坏音，进行了无数次的实验。然后，他应该是找到了这个点。再加上他还戴着面具，没有办法看下面，因为面具会掉下来挡住视线。所以，在踩破之前，他估计会用脚趾头确认一下位置，然后分毫不差地踩下去。”

鞠子停下来，看着三个人的脸。

“要是玄治的话估计会这么做。”

玄一郎闭着眼睛说。

“第二个就是肉体的磨炼。玄治师傅在演出能之前，会几乎停止饮食。因为无论是怎样的仕手，没有一个主人公是满足的。

为了和有执念的主人公们拥有同样的心理状态，师傅觉得饥饿状态是最好的吧。关于这一点，千堂你认为怎么样呢？”

“是这样的。”

千堂自己也点着头答道。

“根据以上两点，可以想出来的机关就是这个。”

鞠子掀开仿制物上的布，拿下竹席状的顶板，给大家看了看里面。

那里设置着一个尖端朝上、像粗笔一样的东西。

“什么啊，那是？”

上条叫道。

“胰岛素注射器，玄治师傅就是踩到这个了。”

“竟然是胰岛素，胡说八道。”

千堂睁大了眼睛。

“上面有紫色的带子，这个是超速效性，是玄藏师傅所用的。”

“是师傅的东西吗？”

玄一郎用安静的语气说道。

“它保存在这个屋子的冰箱里。它的构造是，按下这个注射器后面的按钮时，前端会飞出一根细小的针，这时会注入一定量的胰岛素。如果从上面按压前端部分的话，后面的按钮也会被挤压，这同样会注入胰岛素。超速效性胰岛素如果在三十分钟以内不吃饭，也就是不摄取糖分的话，就会令人陷入低血糖状态。玄治师傅的情况是，以不吃不喝的状态演前仕手，打了胰岛素之后又有运动激烈的后仕手在等着他。根据推测，血糖值下降的程度，大约十五到二十分钟就会让人陷入昏睡状态。玄治师傅被这个机关注入了胰岛素后，在镜之间换衣服，接着上一榻榻米台表演，这个过程大约是二十分钟。估计应该会有一下针刺的疼痛感，但这点事情，正在演出中的师傅是不会说的，这也在凶手的计算之中。”

鞠子想起案件发生后，桥爪所说的“踩破就一瞬间，特别好”这句话。

“那，你的意思就是说，师傅倒下是因为胰岛素造成的低血糖了。”

上条用明朗的声音说道。

“没错。对于健康的玄治师傅应该是起了很大作用的，而且胰岛素是人身体里原本就有的激素，因此不会检出毒物反应，这一点凶手也知道。所以上条和案件没有任何关系。”

“可是，警察一直在问我短刀的事情。”

“是的，那是后仕手的罪行。低血糖使人陷入昏睡状态，却也不会立即死亡。凶手想要切切实实地夺去玄治师傅的生命，为此，在第二幕中，他把玄治师傅从舞台上拖了下去，然后给了他致命一击。出了后台小门，在谁都看不到的地方，杀了毫无抵抗的师傅……是这样的吧，千堂？”

她的句尾非常有力。

“我？怎么可能。为什么我要杀了无比尊敬的玄治师傅？”

“我想就是因为尊敬。”

“别开玩笑了。”

“玄治师傅布袜上的小孔周围检测出了胰岛素。用过的针是由玄藏师傅每月去一次医院进行处理的。凶手所用的针估计也在其中，前端应该沾着玄治师傅的血液或体液，做了DNA鉴定就会明白。”

“可是，这只能证明师傅打了胰岛素而已，并不能证明就是我干的。”

“那么，陷入昏睡状态的玄治师傅，能够碰到他的身体的是谁？无论怎么想，在众目睽睽的舞台上，能刺杀师傅却不被人察觉，这是不可能的。然而，你的手掌上却沾了血。为了让大家认为那是血，你把手染了颜色。这就说明，确实师傅是被某个人刺杀了，但是在师傅被刺杀之前，你就已经知道了。为什么你会知道师傅被刺杀身亡的事情呢，千堂？”

“……诡、诡辩。”

千堂的声音听上去有气无力。

“千堂，原来是你！为什么？！”

玄一郎的声音变得粗暴起来。

“玄治师傅想要在能乐界里掀起一场革命，彻底凭实力一决高下。这样，只有能够存活下来的能乐师才是真正的‘花’，只有这些‘花’可以继承能乐。但是，这就意味着，像玄治师傅这样有才能的人之外，没有人能够存活下来。玄一郎师傅、坂本师傅、纸屋，大家都没办法存活下来啊。就因为一个发狂的天才，大家都没法靠能乐吃饭了。我、我是为了大家……”

千堂用额头擦着榻榻米，哭了。

“可是千堂，为什么你要让上条来背罪？”

玄一郎温和地问道。

确实，没有必要上演一出舞台上的杀人剧。

“师傅很看重上条，本来这次韦驮天的角色应该是我的。”

“结果，是嫉妒啊。”

玄一郎叹了口气。

“不是的。我赌了一把，我想看看师傅所说的‘花’是不是真的。”

“赌了一把？”

"如果胰岛素没有起作用，师傅完成了演出，那就是师傅胜利了。但是，师傅在一个绝妙的时机和位置陷入了昏睡状态。"

虽然千堂带着哭腔，但他的眼里看不到泪水。

"你是说，如果顺利的话，就可以杀害玄治，然后将罪名推给上条吧。"

"那场赌，我本来是赢了的。上条不被问罪的情况下，也会按照师傅自杀来处理吧。如果没有纸屋的话，我明明可以就这样赢了的。如果玄一郎师傅没有允许纸屋投入门下的话……"

千堂狠狠地瞪着鞠子。

"'花并没有什么特别的。勤学苦练，铁杵成针，持有珍贵感方才为花。花写作心、种写作态就是这个原因。'千堂，或许玄治确实是个天才，说他才是花也没有什么不对。但是他能够成为花，并给人珍贵感，正是因为有像我这样没意思的人存在。这一点，玄治也很清楚。为了让珍贵的花活下去，拿来做陪衬的花也是花啊。你真是干了件傻事啊。"

玄一郎用教导的语气说道。鞠子默默地点了点头。

为了让珍贵的花活下去，拿来做陪衬的花也是花吗？或许这是《风姿花传》的新解释。

鞠子深深地吸了一口气，向玄一郎低下了头。

玄治师傅四十九日祭时，将表演追善[①]能。

剧目定为《舍利》，仕手是玄一郎师傅。鞠子也会再一次做地谣。

她在家里参加了师傅的练习，不如玄治师傅的表演那样阴气逼人。

---

①做法会等善事以化解死者苦难并祈祷其冥福。

然而，却有一种圆熟的安定感。练习时不戴面具，韦驮天交出舍利的时候，鞠子感受到了那个足疾鬼的悲哀。这和玄藏师傅所演的足疾鬼是一样的。

陪衬之花，究竟是哪一个呢？

庭院里的樱花正开得绚烂，花瓣随着时而吹来的四月之风翩翩起舞。

（王倩 译）

谢 词

成为小说家已经十年了。我竭力地书写作品，能走到今天全靠各位读者的支持。非常感谢大家。

同时，我也要向对我提议将容易散失的短篇整理成一册的潮出版社的西田信男、有田修等，以及在编辑、营业、宣传、校对、装订等工作中给予了大力协助的各位表示由衷的感谢。此外，正是因为有讲谈社的中谷洋基、双叶社的山上辉代范、集英社的横山胜、光文社的小口稔、原书房的石毛力哉等出版社各位的关照与支持，才实现了这本小说的出版。借此机会，向诸位表达我深深的谢意。

First published in Japan by Ushio Publishing Co., Ltd., Tokyo
This Simplified Chinese edition is published by arrangement with
Ushio Publishing Co., Ltd., Tokyo in care of East West Culture & Media Co., Ltd., Tokyo
著作权合同登记图字：01-2019-0227

图书在版编目（CIP）数据

黑鹤 /(日) 镝木莲著；李轶伦，王倩译．—北京：新星出版社，2019.2

ISBN 978-7-5133-3286-6

Ⅰ．①黑… Ⅱ．①镝… ②李… ③王… Ⅲ．①短篇小说－小说集－日本－现代 Ⅳ．①I313.45

中国版本图书馆 CIP 数据核字 (2018) 第 241123 号

午夜文库
谢刚 主持

黑鹤

（日）镝木莲 著；李轶伦　王倩 译

统筹策划：阮　航　大无限书斋
责任编辑：王　萌
责任校对：刘　义
责任印制：李珊珊
装帧设计：冷暖儿

出版发行：新星出版社
出 版 人：马汝军
社　　址：北京市西城区车公庄大街丙3号楼　100044
网　　址：www.newstarpress.com
电　　话：010-88310888
传　　真：010-65270449
法律顾问：北京市岳成律师事务所

读者服务：010-88310800　service@newstarpress.com
邮购地址：北京市西城区车公庄大街丙3号楼　100044

印　　刷：三河市文通印刷包装有限公司
开　　本：910mm × 1230mm　1/32
印　　张：10.75
字　　数：151千字
版　　次：2019年2月第一版　2019年2月第一次印刷
书　　号：ISBN 978-7-5133-3286-6
定　　价：45.00元